지구별 … 가슴에 품다

지구별… 가슴에 품다

초판 1쇄 발행 2021년 11월 1일

지 은 이 이만열·이연실
발 행 인 권선복
편 집 오동희
디 자 인 최새롬
전 자 책 오지영
발 행 처 도서출판 행복에너지
출판등록 제315-2011-000035호
주 소 (157-010) 서울특별시 강서구 화곡로 232
전 화 0505-613-6133
팩 스 0303-0799-1560
홈페이지 www.happybook.or.kr
이 메 일 ksbdata@daum.net

값 20,000원
ISBN 979-11-5602-924-3 03810

도서출판 행복에너지는 독자 여러분의 아이디어와 원고 투고를 기다립니다. 책으로 만들기를 원하는 콘텐츠가 있으신 분은 이메일이나 홈페이지를 통해 간단한 기획서와 기획의도, 연락처 등을 보내주십시오. 행복에너지의 문은 언제나 활짝 열려 있습니다.

임마누엘과 체리의 지구촌 산책

지구별… 가슴에 품다

도서
출판 행복에너지

이만열 (임마누엘 페스트라이쉬)

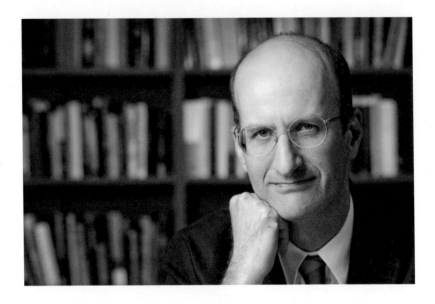

　　1964년생. 예일대에서 중국문학 학사, 동경대학에서 비교문학 석사, 하버드대에서 동양문화 박사를 수료하고 일리노이 대학에서 교수직을 역임했다. 24년 전 한국인과 결혼한 후 두 자녀를 한국에서 교육시켰고 아시아에 대한 순수하고 깊은 애정을 지니고 있다. 한국인의 고민과 실상을 상세히 간파하고 다양한 사회적 모순에 함께 동참하며 한국의 밝은 미래를 설계하고 있다. 또한 2020년 미국 방문 중 미국 정치의 참담한 실태를 직접 경험한 후 과감히 2020년 미국 대통령에 출마했다.

　　미국인으로서 한국에서 오랫동안 활동한 이만열 교수는 한국의 우수한 전통과 문화에 깊은 감명을 받아 한국의 국적을 취득하고 최근 미국 대통령 선거에서 무소속후보자로 출마해 신선하고 창의적 정책을 용감하게 제시함으로써 세계적인 주목을 받고 있다.

또한 동양(한중일) 고전문학을 전공하였으며 특히 한국의 실학사상을 대표하는 연암 박지원과 다산 정약용의 글을 번역하면서 깊은 감명을 받은 박학다식한 학자이다.

2005-2007년 주미한국대사관 문화원에서 미국을 포함한 전 세계에 한국의 위대한 역사와 문화를 소개하는 임무를 수행하면서 한미 외교안보 협상에 중요한 중개자 역할을 해왔다. 특히 2007년에 충남 도지사 국제교류 보좌관으로 내한하여 다지방자치단체(충남, 대전, 광주, 강원도, 서울), NGO, 중앙정부에서도 많은 활동을 하였다.

경희대학교 교수를 역임하고 대전환경포럼 공동대표로서 활동했으며 조선일보와 중앙일보, 코리아타임즈에 오랫동안 필진으로 참여했다.

한국어는 물론, 중국어 및 일본어, 독어, 불어에도 유창하여 일본 및 중국, 유럽과의 문화 정치적 긴밀한 협력에 많은 기여를 해왔으며 현재는 건전하고 발전적인 한미관계를 위하여 한미협회 이사로 근무 중이다.

이연실 (체리 Cherry)

　1965년에 어쩌다 지구별로 와서 눈을 떠보니 동북아시아 대한민국이었다. 용케도 21세기를 살아서 맞이해 반세기 이상 좌충우돌하며 지상에 머물고 있는 생명체이다.

　타고난 초록 유랑의 피를 지녀 집안 살림보다는 다채로운 지구촌에 더 흥미를 느끼곤 했다. 워낙 호기심이 넘쳐 하루 4시간 이상 자는 일이 없었다. 사람, 동물, 식물에 경이로움을 느껴 늘 짝사랑만 하며 산다. 사람에게 배신을 당해보고 벌에게 쏘여보고 식물에 찔리거나 베여보고도 정신을 못 차리고 있으니 짝사랑도 황홀한 불치병이다.

　일평생 자랑할 것 없이 가진 것은 꿈뿐이다. 잘난 것도 하나 없으나 특이한 삶을 살아온 건 맞다. 35세까지 영어 한 마디 못 하고 산 토종 한국인이었다가 지금은 생활 영어로 잠꼬대까지 가능하다. 뒤에서 인도 사람이 영어를 하면 북인도 출신 아리안족인지 남인도 타밀나두주 출신으로 나름 성공한 드라비다족인지까지 구분이 가능하다.

현재까지 200개 넘는 지구촌 각양각색의 나라 사람들과 소통했다. 외국의 왕족부터 걸인까지 다양하다. 메이플라워호를 타고 신대륙으로 건너온 청교도 후예의 미국 상류층 여인부터 남태평양 바누아투섬의 교도관들까지, 네팔의 쿠르카 용병과 러시아 사마라주의 혼혈인 아가씨들까지, 영국의 엘리자베스 여왕 사촌 동생과의 티타임 행사부터 프랑스 파리에 머문 다국적 난민들까지 두루 경험하며 살아왔다. 모든 것이 삶의 지문이 되었으니 추억만 먹고 살아도 남은 인생 배부른 '추억 창고'이다.

삶의 원심력을 따라 잠결에도 끊임없이 지구별 여행을 꿈꾸고 산다. 구심력을 따라 내면과 만나 여행기를 쓰거나 시를 쓰는 등 자신과의 시간도 충실히 보내고 있어 외로울 시간이 없었다. 백세 장수시대라고는 하나 잘 해야 수백 개월 남은 인생을 아끼며 하루씩 살아가고 있다. 지나온 50년을 마치 150년처럼 살아서인지 아직도 그 세월이 과연 내 인생이었는지 아니면 어떤 파란만장한 대하소설을 읽고 있는 건 아닌지 스스로 헷갈린다.

내가 사는 세상이 진짜 세상인지 아니면 우주의 어느 별에서 지구라는 별로 잠시 여행을 와 있는지 그것도 아니라면 한바탕 꿈을 꾸고 있는지 알쏭달쏭하다. 이 아리송한 세상에서 수시로 생의 안개에 젖다가 폭풍우를 맞으며 비현실적인 현실을 맨손으로 통과 중이다.

체리님 삶의 여정에 깊은 감동을 받았습니다. 국적, 인종, 종교 등을 초월하여 다채로운 사람들과 만나 소통의 즐거움을 만끽한 그녀가 200여 국가의 지구촌 사람들 삶 이야기 중 몇 편을 글로 들려줍니다.

저자의 운명과 건강, 용기, 담대성에 놀라지 않을 수 없습니다. 우주와 동식물의 경이로움과 사랑에 도취하며 지식의 한계를 절감하고 있는 저자는 선진 세계인보다 먼저 세계화의 화신이 되었습니다.

저자는 파란만장한 우주의 별이 될 것을 예측하고 대비하는 모습을 보여주고 있습니다. 본서가 우리 인간의 삶과 가치를 존중하고 새로운 패러다임 변화에 큰 몫을 하는 남다른 지침이 될 것으로 확신합니다.

이 책이 우리 독자들의 기쁨과 지식 축적에도 도움이 되기를 기대하며 저자의 건강과 무궁한 발전을 기원합니다.

(주)메트로패밀리 회장, **가갑손** 법학박사

대자연에 대한 인간의 대응 과정에서 인류문명이 시작됐다. 지금도 동서양의 다른 문명과 문화가 끊임없이 충돌하고 상호작용을 하면서 신문명과 문화가 빠른 속도로 전개되고 있다. 이만열 교수와 체리 님, 동서양을 넘나드는 최고의 스토리텔러가 쓴 책을 통해서 독자들은 한 차원 높은 상식과 교양을 쌓게 될 것이다.

제9대 **조석준** 기상청장

수많은 세계인의 가슴을 따뜻하게 해줄 수 있는 것은 배워 익힌 지식으로 되는 것이 아니다. 아무리 훌륭한 미사여구로 표현한다 한들 삶 속에 녹아 스며든 본질을 제대로 표현할 수는 없다. 생생히 살아 꿈틀거리는 경험담을 담백히 표현하는 저자의 자유로움이 느껴져 독자로서 행복하다.

가천대학교 박제권 교수

세상을 향한 따뜻한 애정과 서로 다른 문화에 대한 존경을 담은 체리 님의 글로벌 경험, 이만열 교수의 한국에 대한 진심어린 사랑과 미래에 대한 통찰들로 가득 찬 이 한 권의 책 출간을 축하합니다. 그동안 겪어보지 못한 문명사적인 변화 속 현재의 우리 모습에 대한 객관적인 시각과 미래에 대한 새로운 도전을 확인하는 모멘텀을 줄 수 있다고 믿습니다.

공공외교협회 부회장 장국현 교수

주요 맥락을 이해하는 데 Behind story를 부연함으로써 가벼운 마음으로 읽을 수 있는 소설 같은 수필입니다. 출간을 축하합니다.

삼성생명 서울선진법인지역단 백종택 단장

체리 님의 글은 늘 멋지다! 풍부한 감성으로 남들이 보지 못하거나 느끼지 못하는 것까지 볼 수 있는 예리함과 표현 능력이 있다. 그래서 다음 행보도 기대된다.

도전과 시람들 김계동 회장

이 책은 지구촌을 삶의 향기로 적신다. 두 저자는 일상사에 묶인 우리들에게 시공간을 엮어 경이로운 세상사를 알려주고, 과거와 현재를 색다른 미래의 불로 지핀다. 건조한 디지털 삶으로 가득 채운 현대인의 책장에 이 책은 늘 은은하면서도 진한 인생의 향기를 선사한다.

대한민국 육군 장교, 아산정책연구원 객원 연구위원 **강경일** 박사

저자 이연실 님의 독특한 인생관, 깊이, 명문장에 깜짝 놀란다.

별이 내려와 오두막을 감싸네
꽃들이 불을 켜네
빨 주 노 초 파 남 보
어머니 품 안으로
무한 사랑 자유를 누리네
지옥불 활활 타고
폭풍우 몰아쳐도
굳센 용기 용솟음치네
무지개처럼 빛나는 지혜
어머니처럼 따뜻한 영혼
반짝반짝 살아있는 글
가슴으로 맞이하는 글

윤정수 (이, 세, 명 저자)

드디어 체리 시인의 작품집이 나오게 되었다. 2천 편 이상의 주옥같은 시를 모은 시집보다 글로벌한 시각으로 가다듬어 온 산문집이 먼저 나오게 된 것을 축하드린다. 이 책은 한국을 찾아왔던 각계각층 외국인들의 후원자가 되면서 그들의 애환을 보듬었던 삶의 지문이다. 그들의 힘들고 어려운 이국생활을 도와주면서 한국에 온 외국인들이 전부 친한파가 되도록 힘써 온 오롯한 기록들이 세상에 나온다.

체리는 언어의 마술사다. 폭넓은 시각으로 문화에 대한 넓은 이해와 지식으로 광대무변한 지구촌 곳곳의 이야기가 펼쳐지는 파노라마를 들여다보는 것만 해도 시야가 넓어질 것이다. 한국을 더 잘 이해하기 위해서는 외국인에 비친 이야기뿐 아니라 섬세한 시인의 촉에 걸린 사물에 대한 관찰을 통해 심미안을 확장하기 바란다.

한국전략문제연구소 주은식 부소장

작가 체리 님은 풀뿌리 세계인이자 민간외교관으로 우리나라와 세계 수많은 나라, 특히 어려운 나라 국민과의 교량역할을 말없이 수행하는 진정한 애국자이다. 세계 여러 나라를 여행하면서 그들과 가슴을 열고 소통하며 그들의 사고, 풍습 그리고 제도까지 체득한 걸어다니는 세계사전이라 할 만하다. 그는 지구촌 구석구석 고통받는 사람들을 위해 뜨거운 열정으로 도우려는 참된 인간애의 소유자이다. 그래서 그가 겪고 체험한 것은 우리가 지구촌 사람들과 교류하고 이해하고 더불어 살아가는 데 있어서 꼭 필요한 살아있는 지혜이자 자양분을 제공하므로 일독을 권하는 바이다.

(전) 대구사이버대학교 총장
(전) 국가평생교육진흥원
이영세 이사장

나는 체리 님을 지구의 딸이라고 부른다. 물론 그는 자랑스런 한국의 딸이기도 하다. 지구의 딸을 낳아준 대한민국, 체리가 살고 있는 대한민국은 큰 복이다. 체리 곁에는 정말 많은 지구촌 친구들이 있다. 체리의 국경을 넘나드는 찬란하면서도 사람 냄새 물씬 풍기는 글을 읽노라면 정말 나도 지구촌 그의 사랑에 빨려 들어간다. 체리는 진정한 지구촌 마당발이다. 한국과 유엔은 체리를 지구촌 홍보대사로 임명해야 한다. 이번에 지구의 아들 임마누엘 교수랑 같이 책을 낸다니 이는 지구촌 교과서가 될 것이 분명하고 머지않아 최소 100개국 언어로 번역되어야 할 것이다. 지구촌 마당발, 지구의 딸 체리 님, 지구의 아들 임마누엘 님과의 지구촌 교과서 출간을 축하하며….

세종국어문화원장 김슬옹 박사

체리 님의 글을 읽다 보면 세상에는 이런 일이 일어나고 있구나 하는 새삼스러움을 늘 느낍니다. 주위를 늘 따뜻한 가슴으로 품어주는 체리 님, 그녀는 이미 오래전부터 온 지구촌을 그녀 품 안에 꼭 안고 있었습니다. 저서 출간을 진심으로 축하합니다.

이수바이오 민흥기 대표

체리 님이 선진국에서 오래 살았고 지구촌을 여행 다니면서 느끼고 경험했던 소중한 기억들, 200개 넘는 나라 사람들을 만난 사람이 쓴 글, 이 책을 통해서 그 여정을 함께하시길 희망합니다.

지구를 세 바퀴 반 돈 여자
노도윤 작가

자유로운 영혼이 날개를 펴다. 지구촌 인류를 위하여 사랑 실천을 몸소 보여주신 분! 활화산처럼 타오르는 불꽃같은 여인!
언제나 푸른 청춘으로 세상을 더욱 푸르게 해주소서! 한 시대에 함께해 주셔서 영광입니다. 그대 이름은 체리. 그 여인의 삶은 진정 아름다웠노라!! 고맙습니다.

한국 새생명재단 부산 동래구 음식문화위원회
손동식 위원장

가속화되고 있는 매혹적인 글로벌 시대에 살고 있는 우리에게 체리 님의 통찰력 있는 각 문화에 대한 해석은 다양한 국가의 문화 속에 숨겨져 있는 컬처 코드와 글로벌 코드를 이해할 수 있는 혜안을 제공해 주고 있다.

히든챔피언경영원 대표 컬처코드마케팅전략 ADW그룹 한국 파트너 **조윤성** 박사

체리 언니를 안 지 벌써 7년이나 됐습니다. 그 기간 동안 우리나라를 포함한 세계 여러 나라 문화, 환경, 사람들에게 관심을 가져주신 체리 언니를 볼 때마다 너무나 신기했습니다. 어쩌면 그렇게 마음이 넓고 세계 모든 사람을 사랑하는 분이 존재할까 싶을 정도입니다. 언니랑 만나면 서로 이야기하고 공감하는 것도 수두룩하고 언니에게 배우고 싶은 점도 많습니다. 저는 제 인생에 이런 분을 알게 돼서 너무나 행복하고 감사합니다.

우즈베키스탄 출신 **닐루** 유학원생

지구촌에는 다양한 모습과 언어를 가진 인간들이 흩어져 산다. 정보의 홍수 시대에도 여전히 외국은 먼 곳이고 미지의 세계로 느껴진다. 한편 지구촌을 삽시간에 뒤엎은 코로나19 사태를 겪으면서 우리 지구촌의 인간들은 바이러스의 징검다리가 될 만큼 초연결되어 있다는 역설에 도달한다. 미국에서 건너와 한국에 뿌리를 내린 임마누엘 교수와 인간 징검다리로 평가되는 시인 체리가 함께 쓴 이 책은 바이러스로부터 알게 된 인간 간 초연결의 역설을 설명해 줄 것이다.

한국할랄산업연구원 노장서 박사

체리 님의 글은 항상 새롭고 재미있고 사랑이 넘칩니다. 경험에서 우러나오는 해박한 지식과 세심한 관찰력, 인문학적 통찰력이 넘치는 글은 늘 새로운 시각을 제시합니다. 세계 속의 한국인으로서 가슴 뛰는 역할을 일깨우며, 대한민국의 더 크고 멋진 미래를 상상하게 합니다. 특히 한국인보다 훨씬 더 한국의 역사와 문화를 이해하고 늘 통찰력 넘치는 비전을 제시하는 이만열 교수님과의 저서 발간을 진심으로 축하합니다.

도시유전 주상현 부회장

신이 최초로 창조한 것은 빛이 아니라 여행이라는 말이 있다. 우리 인생은 하나의 여행 가방을 지니고 살아간다. 세월이 흐르면서 우리의 여행 가방은 점점 낡아지거나 누추해진다. 그러나 우리는 여행으로 지혜와 신념과 헌신의 시간들이 빚어낸 꽃향기가 채워진 여행 가방을 다시 찾을 수 있다. 나는 두 분의 생생한 지구촌 이야기를 읽으며, 최선을 다해 자신의 생에 부딪혀가는 지구촌 형제자매들의 모습을 바라보는 것만큼 아름다운 일은 드물 것이라고 생각했다. 그 어떤 환상보다 따뜻하게, 그 어떤 절망보다 웅혼하게 펼쳐져 전해오는 아름다운 풍경화요, 영혼의 산책이었다.

사실과 과학 네트윅 **신광조** 공동대표

체리 님의 글 속에서 강하면서 부드럽고 힘찬 메시지를 느낍니다. 몇 번을 읽고 많은 것을 함축해서 전달하는 저자의 필력에 감탄합니다. 이야기보따리를 풀어 아낌없이 나눠줘 새로운 세상 속으로 시간 가는 줄 모르고 심취하게 만듭니다.

늘 편안한 미소와 함께 소박하고 배려심 깊은 분, 좋은 분이라는 느낌은 곧 범상찮은 필력과 풍부한 지식, 여러 나라의 역사와 문화로 바탕을 채우는 세계로 넓어집니다. 과거와 현재를 통한 미래를 염려하는 순수한 인간적인 내면이 필자의 글 속에 자연스럽게 녹아 있어 서서히 내 속으로 스며들어 동화됩니다.

부림 **추철호** 대표

저자 체리 님의 글은 재미있습니다. 호기심을 자극합니다. 풍부한 지적 배경을 바탕으로 소개한 각 나라에 대한 여행담은 그곳에 가 보고 싶도록 충동질을 합니다. '나도 언젠가는 그곳에 가 볼거야'라는 다짐도 하게 됩니다. 특히 자녀들에게 한 권씩 소개하면 그들에게 공부하라고 할 필요가 없을 듯합니다. 저 아름답고 넓은 세상에 가고 싶은 꿈을 주기에 충분한 글이기 때문입니다.

아시아 비즈니스 연맹 의장
공정거래지원협회 **이경만** 회장

체리 님은 글로벌 경험이 많고 다양한 주요 인사들과의 교류를 통해서 글로벌과 미래를 보는 통찰력과 안목을 가진 분이다.

무엇보다 반듯한 가치관과 국가관을 가지고 있는 분이라 지금 우리에게 필요한 좋은 솔루션을 제시할 것이라고 본다.

이만열 박사도 외국인이지만 한국인보다 더 한국을 사랑하고 한국에 대한 이해도가 높다. 특히 어느 때보다 가치관 재정립이 시급한 시기에 한국의 선비정신을 높게 평가하고 글로벌 시각을 갖고 있는 분이라 보다 균형 잡힌 시각으로 오늘 우리가 당면한 도전을 해결할 해법을 제시하고 있다.

이 책이 보다 많은 분들로 하여금 문제의식과 해법에 대한 공감을 갖고 글로벌 마인드와 가치로 무장할 수 있도록 돕는 필독서가 되기를 기대해 본다. 시의적절한 시기에 책을 출간한 데 대해 축하와 감사의 말씀을 드린다.

전 주 우크라이나 **이양구** 대사

추천사

글로 발신된 동감同感은 주파수가 딱 떨어지는 수신인을 인연으로 만들기도 하는 시절, 오래된 국산 영화 '동감'처럼 나도 그랬다. 체리 님의 르뽀 형식의 사회 현상에 대한 글을 읽고 깊이 공감했다. 칠십 인생을 살아온 나는 그녀가 예사롭지 않은 생각을 갖고 행동하는 코스모폴리탄임을 단박에 알았다.

어떠한 찬사도 어색하지 않을 체리, 이연실 작가에게 경의를 표한다. 독자들은 그를 통해 인류애를 담보로 한 사회관, 국가관, 세계관과 교감하고 각자에 맞는 미래 설계의 참고서로 삼을 것을 추천한다.

동광무역상사 이상훈 회장

30여 년 전 본인이 언론사 출판국장 시절, 한 대학의 학보사 기자로 체리 님을 알게 되었다. 당시 여러 대학의 학보를 제작했는데 특히 눈에 띄는 여학생이라서 2년간 조용히 지켜보았다. 탁월한 문장력과 함께 세상을 보는 시각이 남달라 졸업 전 신문사 기자로 오게 하였던 게 벌써 강산이 여러 번 바뀌었다. 감회가 새롭다.

발길 닿는 지구촌 곳곳을 살피고 수많은 지구촌 이웃들과 인간미 넘치는 교류를 하며 얻은 진솔한 경험담, 그것을 바탕으로 써내려간 순수한 영혼의 소유자인 체리의 글… 언제나 큰 감명을 준다.

임마누엘 교수와 체리 님의 지구촌 산책은 과연 어떤 모습일지 독자 제현이 한 번쯤 읽어보시기를 바란다.

옴니 프린텍 이승균 회장

임마누엘과 교유하게 된 지는 20년이 넘었다. 90년대 말 주 미국 대사관에서 근무할 때 워싱턴에서 처음 만나 지금에 이르렀다.

그때나 지금이나 임마누엘은 한국에 대해 한국인 스스로가 간과하는 중요한 관찰점을 거시적 관점에서 설득력 있게 개진하여 지적 자극을 주곤 했다.

그런 임마누엘이 다시 좋은 책을 준비했다. 이번에는 체리 이연실 님과 함께 썼다. 책에서 임마누엘은 21세기 한국이 가져야 할 바람직한 정체성을 이야기하고 있다. 지금의 한국인들이 과거의 빛나는 지적 전통과 성취로부터 단절되어 정체성의 혼란을 겪고 있는 점을 지적한다. 그러면서 한국이 이를 극복하여 세계사 건설적인 역할을 하고 통일의 길도 열어가기를 소망하고 있다.

책의 도처에 다시 생각하고 깨닫게 하는 탁견과 혜안이 번득인다. 좋은 책은 낸 오랜 벗 임마누엘에게 축하를 보낸다. 많은 분들이 읽기를 바란다.

전 주 러시아 대사 **위성락**

우리 대한민국과 아시아에 대해 깊은 애정을 갖고 있으며, 한국의 밝은 미래를 설계하고 있는 이만열 교수와 자유로운 영혼으로 지구별을 살피며 다채로운 사람들과 소통하는 이연실 작가의 이 책을 읽으면서 "아~ 정말로 이제는 우리 대한민국이 지구별을 가슴으로 품을 때가 되었구나!"고 생각하게 되었다.

지금 우리 대한민국은 누구도 겪어보지 못한 4대 밀림정글에 직면하고 있다. 연간 출생자가 20만 명대에 불과한 인구절벽 문제, 4차산업혁명으로 현존 직업의 70프로가 없어지는 직업급변 문제, 세계가 하나의 시장이 되어가는데도 이를 모르는 세계성 부족 문제, 그리고 성공과 행복은 사람 간의 융복합 관계에서 오는데도 이를 모르는 인간성 부족 문제이다.

이만열 교수는 외국인이 본 한국이라는 측면에서 한국의 발전방안을 제시하고, 이연실 작가는 한국인이 본 외국이라는 측면에서 제대로 된 외국의 실상을 소개한다. 독자들에게 대한민국과 외국 모두를 지피지기知彼知己하게 하면서 대한민국이 4대 밀림을 효과적으로 돌파하는 방안을 제시하고 있다.

이 책을 보면서 세종로국정포럼에서 동아시아미래위원장을 맡고 있는 이만열 교수를 다시 평가하게 되었다. 그는 앞으로 대한민국의 발전방안만이 아니라, 동아시아와 세계의 평화와 행복 문제까지도 아우를 수 있는 큰 인물이고 대한민국의 보배이다. 그의 혜안이 이연실 작가의 풍부한 세계 편력과 결합되면 대한민국은 능히 지구별을 가슴에 품어 세계 주도국가로 발전할 것으로 생각되어, 이 책을 강호제현들게 적극 추천한다.

한국시민자원봉사회 세종로국정포럼 박승주 이사장

이만열 교수를 알게 된 지 거의 20여 년이 되었지만 나는 그가 한국에 대해 가지는 그 따뜻한 마음을 늘 신기하게 생각한다. 그의 경력으로는 한국보다 딴 곳에서 더 좋은 대우를 받을 수 있을 텐데도 그는 변함없이 한국에 있고 한국에 대한 애정을 숨기지 못한다. 심지어 한국의 선비문화에 대해서도 일가견이 있다. 그는 미국인일 때부터 한국인과 우리의 문화를 남달리 좋아한 사람이었다. 그래서 한국에 대한 따뜻한 시선을 담은 책들을 계속 펴왔는데 이번에도 외국인의 시선에서 우리가 아끼고 자랑해야 할 문화적 자산들을 잘 집어서 보여주고 있다. 사실상 선진국에 진입하였지만 우리 국민들은 아직 우리의 연성국력(소프트 파워)에 대한 자신감이 부족한 편이다. 이런 상황에서 이 책의 출간은 우리의 자신감을 북돋아 준다는 점에서 의미가 있다.

체리 님은 정말 세계화를 온몸으로 실천하신 다채로운 경력의 소유자이다. 그녀가 한평생 여행하면서 만난 다양한 세계인들과 어우러지면서 만들어 낸 재미있는 이야기들이 폭죽처럼 이 책에 쏟아져 나오고 있다. 그리고 책을 읽으면 앉아서 세계여행을 하는 듯한 재미도 느낄 수 있다. 두 저자의 특이한 인생편력이 이 한 책에 녹아져 있으니 독자들은 읽으면서 일거양득의 즐거움을 느낄 수 있을 것이다.

전 호주대사, 현 율촌 고문 **이백순**

한국인보다 한국을 더 잘 아는 미국인, 그가 바로 이만열 박사다. 이만열 박사는 예일대에서 중국을, 동경대에서 일본을 공부했고 미국 하버드대에서 동양문화 연구로 박사학위를 받았다. 한국에 와서 대학교수로 활동하는 이 박사는 한, 중, 일 삼국에 두루 정통했기 때문에 그의 한국을 보는 눈에는 비교적 중립적인 시각이 담겨 있다. 이 박사의 한국을 보는 시야가 한국인보다 훨씬 더 깊고 넓은 이유가 여기에 있다.

한국의 역사, 문화를 논하는 이 박사의 탁견들은 아직도 사대, 식민 잔재를 청산하지 못하고 자학사관에 빠져 있는 기존의 한국학계에 경종을 울리는 죽비소리가 되기에 충분하다. 이번에 주옥같은 그의 글들을 '외국인이 본 한국'이라는 제목으로 묶고 여기에 세계 200여국을 여행한 이연실 님의 '한국인이 본 외국'이라는 제목으로 쓴 글을 함께 엮어서 한 권의 책으로 펴낸다니 기대가 자못 크다.

미래의 한국이 세계를 향해 웅비하기 위해서는 이 박사 같은 분의 역할이 꼭 필요하다. 그런 점에서 이 박사는 신이 한국에 보내준 큰 선물이다.

역사학박사/민족문화연구원장 심백강

금세기는 어디에 와 있습니까. 국가 국제 지역 연합시대에 와 있지 않습니까.

여기서 머물러야 합니까?

우주 인류 지구 세계시대로 가야 합니다.

그 시대는 누가 엽니까?

다극 양극시대의 중심에 서 있는 한국인이 아니겠습니까.

한국인 가운데서도 핵심동력은 누구입니까?

시민동력이 아니겠습니까.

이만열 박사께서는 미국 국민이면서도 한국 국민으로서 대한민국의 강점을 꿰뚫고 있는 아주 혜안이 있는 학자이며 정책가입니다.

이번에 이만열 박사는 외부에서 내부로, 이연실 선생은 내부에서 외부로 서로 다른 시각에서 글을 썼습니다. 대한민국의 세계 주도를 위한 콜라보 저작은 대한민국 국민과 청소년들에게 아주 큰 발전 동력이 될 것입니다.

대한민국의 국민과 청소년들 앞에는 국가 국제 지역 연합시대를 우주 인류 지구 세계시대로 이끄는 외교부 법인인 한국국제자원봉사회가 있습니다.

세계시대를 선도하는 이 책이 전국 17개 시도국제자원봉사회와 전문가 그룹 등 공공외교의 일선 지도자들에게도 대단히 유익하다 사료되어 적극 추천하는 바입니다.

(사)한국국제자원봉사회 총재 **하정효**

이 책은 저자들이 20여 년간 세계 각지를 다니고 체험하면서 느낀 소감들을 써내려간 훈훈한 이야기 모음집이자 각양각색의 지구촌 사람들과 만나서 만들어낸 인정 넘치는 휴먼 스토리입니다.

해박한 지식을 바탕으로 지구별에 사는 사람들의 다양한 문화와 역사 이야기를 풀어놓았습니다. 그리고 세계인들과 더불어 살아가야 할 우리들과 우리 문화에 대한 날카로운 평가와 조언들이 빼곡하게 들어 있습니다. 읽는 재미를 한층 높여주고 그동안 출간된 여행담들과도 차별화되어 있습니다.

작가인 체리 님은 시인이기도 하니 곧 멋지고 아름다운 시를 감상할 수 있는 기회도 주시기 바랍니다.

전 네덜란드 대사 이윤영

체리 님과 지인들이 만나면 늘 여행 이야기로 즐거운 시간을 보냈었는데 책을 출판하시니 기쁜 마음 금할 수가 없습니다.

여행의 참맛은 우리와 다른 것을 보고 느끼고 맛보는 것입니다.

다른 것을 인정하며 받아들이는 건 여행을 통해서 얻을 수 있습니다. 코로나 시대에 체리 님의 책을 통해 새로운 시각과 색다른 생각을 해보는 계기가 생길 것입니다. 독자들의 인간, 사상, 문화에 편견이 없어지길 바라며 이 책을 추천합니다.

일본철도전문여행사 에이플러스 안덕영 대표

제 지인들 중 가장 독특하고 두드러지신 분이 체리 작가님입니다. 사업가로서는 저돌적이면서도 배려심이 많은 돈키호테 스타일이라면, 작가로서는 지적 허기를 채워주는 화수분이자, 우리의 고정관념을 깨어주는 선각자이기도 합니다.

페이스북에서 이미 수많은 지성인 독자들이 체리 님의 글을 통해 새로운 세계를 경험하였고, 상대성에 대한 많은 고찰을 하게 되었습니다. 페북으로만 읽고 지나가기엔 너무 아깝고 귀한 내용들이 많기에 저도 체리님이 언젠가는 책을 출판하기를 권고해 드렸습니다.

다양한 글을 통해 체리 님의 세계관을 들여다볼 수 있었습니다. "역사는 가정이 없다"라는 대명제를 뛰어넘어 우리의 보편적인 삶의 사이클이 작은 깃털 같은 몸짓 하나로 나비효과를 만들어 크게는 인류의 삶까지도 영향을 미치고 있다는 귀한 교훈을 보여줍니다.

우리의 시공에서 일어나는 소소한 일상들이 얼마나 중요한지 뒤돌아보게 합니다. 개인 한 명 한 명 찰나의 모든 상황들이 작은 역사입니다. 미래의 상황에 크든 작든 의미 있는 영향을 미칠 수 있다는 것을 환기시켜 주었습니다.

특히 역사를 짊어지고 나갈 미래 세대에 대한 큰 교훈이 되리라 생각합니다. 단순한 타인에 대한 배려를 넘어 타문화에 대한 배려, 타 인종에 대한 배려가 종국에는 내가 속한 국가나 전 세계에 미치는 영향이 크다는 것을 잊지 말아야 하는 것을 보여줍니다.

체리 님이 한결같이 중요한 가치로 여기는 상대에 대한 인정과 문화적, 종교적 배려가 작금의 이기적 환경이 지배하는 세상에 큰 윤활유가 될 것이라 믿습니다. 이 책을 특히 미래를 이끌어 나갈 젊은 세대에게 강력하게 추천드립니다.

삼성 SDS 상임고문 **최덕림**

추천사

페이스북을 통해 페친으로 알게 된 이연실 대표님…

올리시는 필체에 이끌려 페친으로 알게 된 지도 벌써 3년여 되었다.

싱가포르 주재원 가족으로 경험을 하셨고, 자제분 중 아드님도 영국에서 공부를 하셔서, 해외주재원으로 만 18년 경험하고 지금은 독일에서 사업을 하고 있는 본인의 관심사와도 일치하여 이연실 대표님께서 올려주신 페이스북 글을 늘 읽다가, 이 글들이 너무 보석 같아, 책 출판을 하시라고 농담 반 진담 반 말씀을 드렸는데, 이번에 정말로 책 출간을 하신다고 하시어 너무 기뻐 이렇게 추천사를 쓰게 되었습니다.

글로벌 시대에 이연실 대표님의 글들은 많은 이들에게 도움이 되리라 확신하며, 일독을 권합니다.

前 금호타이어 독일 법인장 / 現 SY 글로벌 대표 **염호석**

지구촌 공동체의 구현을 위해서는 1ton의 거대 담론보다 1mg의 실천이 더욱 더 중요하다. Global Citizenship(세계시민의식)은 이제 Zeitgeist(시대정신)이다. 이에 대한 통찰과 혜안의 지평이 이 책을 통하여 확장될 것으로 확신한다.

한국융합미래교육연구원 원장
한국미래과학진흥원 원장
황재민

목차

추천사 008

이 만 열

외국인이 보는 한국

01 한국의 전통문화는 세계로 도약할 발판 032

02 유구한 역사와 전통의 잠재력 038

03 한국 역사에 살아 있는 민주주의 전통 049

04 한국 문학의 세계화를 위한 대안 052

05 외국인에게 한국어를 가르치자 059

06 진정한 다문화 사회를 건설하자 071

07 세계가 함께 꿈꾸는 코리안 드림을 만들자 079

08 통일은 선택의 문제가 아니다 085

09 과학은 교육과, 기술은 산업과 짝을 이룬다 092

10 기후변화 회의를 주도하는 대한민국이 되자 096

11 글로벌 플랫폼인 '사랑방' 100

12 한국 스마트폰을 더 스마트하게 104

13 이제는 여풍(女風) 시대 108

14 한국인은 왜 독립적 사고를 못 할까 116

15 한국인의 잠재력, 선조들의 문화에서 찾자 124

16 한국적 향토 음식을 보여 주자 129

17 한국의 궁궐은 소박하기에 자랑스럽다 133

18 한옥은 세계 최고의 상품이 될 수 있다 138

19 '맨해튼다움'보다 '서울다움'을 추구하자 141

20 한국을 바꿀 역사 속 DNA를 찾자 145

21 미래에 한국은 무엇을 수출할 것인가? 156

22 한국에 필요한 건 혁신일까, 용기일까? 160

23 홍익 164

24 한글 173

25 미소 183

이 연 실

한국인이 보는 외국

01 러시아는 붉지 않다 202

02 인연의 힘으로 홍콩을 읽다 213

03 트럼프와 바이든 그리고 감자 221

04 마음을 부르트게 한 유럽 박물관 226

05 마카오의 현자 233

06 유타주에서 온 여대생들 242

07 시리아 변호사 친구와의 재회 248

08 자랑스러운 세계 태권도 축제 253

09 바그다드에서 온 여인 265

10 처칠 동상 주변에서 서성거리다 278

11 K 방산대전, 난다리의 외출 284

12 싱가포르, 인생의 터닝 포인트 295

13 극동에서 서유럽으로 305

14 마누라가 네 명입니까? 311

15 청산별곡 후렴구의 비밀 317

16 경이로운 이집트 친구들 322

감사의 글 354

출간후기 356

이 만 열

외국인이
보는
한국

한국의 전통문화는 세계로 도약할 발판

한국이 시대착오적인 약소국 콤플렉스에서 벗어나 당당한 선진국으로 제 역할을 다하기 위해서는 무엇이 필요할까? 우선 자신의 과거를 객관적으로 돌아보고 자신의 위상에 대해 냉정하게 인식해야 한다. 요컨대 정체성을 정립해야 할 시간이 왔다. 이러한 정체성은 수천 년 동안 지속된 한국 역사 속에서 찾을 수 있다.

현재 한국에는 국제 사회 지도 국가가 되기 위해 필요한 기술, 사업 경영의 전문성, 자금 동원 능력 등이 이미 풍부하다. 그러므로 이런 것들이 부족하다고 느낄 필요가 없다. 인력도 마찬가지다. 한국은 기술자, 회계사, 의사, 예술가 등 모든 영역에 전문가 집단을 가지고 있다. 외국에 사는 한국인 전문가까지 포함하면 그 수는 훨씬 더 늘어난다.

하지만 이제 지금까지 한국의 성장을 이끌어 온 그 방식을 되돌아봐야 할 때가 왔다.

이만열

한국은 외국에서 성공한 사례를 끊임없이 모방해 왔다. 그리고 국내에서 더 저렴한 비용으로 제작할 방법을 찾아내어 실현했다. 그러나 이 방식을 더는 지속할 수 없다. 이미 한국은 새로운 시대를 향하고 있다. 선진국 기술을 베끼는 방식을 통해서 이제 막 진입한 선진국 그룹의 지위를 계속 유지할 수는 없다.

그래서 과거 한국의 가치를 돌아보는 일이 더욱 중요하다. 이는 재발견되어야 할 소중한 자산이다. 실제 생활에 큰 도움을 줄 수 있는 유용하고 가치 있는 한국의 많은 전통문화가 창고에 잠들어 있는 처지다. 지금 한국이 어떤 원천 기술을 가지고 있느냐는 결정적인 변수가 되지 못한다. 그보다는 각종 기술을 융합하는 능력이 더욱 중요하다. 여기서 진정으로 혁신적인 무언가가 탄생하기 때문이다. 전통과 첨단의 융합이 새로운 길을 열 수 있다.

혁신을 위해서는 다른 나라의 사례도 참고해야 하지만 근본적으로 자기 자신의 과거에 뿌리를 내려 양분을 받아야 한다. 예전의 습성, 기교, 기술이 현재와 결합함으로써 새로운 창조가 일어난다. 그뿐만 아니라 다른 국가와 차별화된 훌륭한 전략을 지닐 수도 있다. 실제 대부분의 선진국은 자국의 특성을 반영한 상품과 서비스를 개발해서 외국에 판매하는 전략을 채택하고 있다.

예를 들어 미국인들이 즐겨 사는 이케아IKEA 가구는 스웨덴 특유의 독특한 이미지, 즉 건강하고 편리하고 창의적인 분위기를 강하게 풍긴다. 이 회사의 가구 가격에는 잘 만든 제품이라는 요소와 함께 스웨덴이라는 나라가 가진 긍정적 이미지가 함께 포함되어 있다. 독일제 기계가 여전히 세계 시장에서 인기를 끄는 것도 마찬가지 이유이다. 물론 제품 자체가 견고하고 정밀하나 여기에 독일 사람이 풍기는 원칙주의자의 이미지가 함께 포함되어 있다. 품질에 관한 한 절대 양보하지 않을 것 같은 이미지가 긍정적인 작용을 한다. 그러나 외국에서 한국산 자동차나 텔레비전이 팔리는 이유는 이와 다르다. 잘 만든 제품이고 가격 경쟁력이 있기 때문이다. 그뿐이다. 한국이라는 나라가 주는 이미지는 여기에 포함되지 않는다. 즉, 한국의 이미지를 부가해서 더 높은 가격으로 팔 수 있는데 그렇지 못해 사실상 손실이 난 것이라 볼 수 있다. 한국산 제품을 구입한 소비자 역시 한국이라는 나라가 제공하는 특별한 이미지를 제품과 함께 향유하는 기쁨과 만족감을 경험하지 못한다. 결국 추가 이익을 얻는 사람은 아무도 없다.

이런 점에서 과거 역사를 돌아보며 한국의 가치와 정체성을 찾는 것은 더없이 필요한 일이다. 한국에는 한옥이나 전통적 유기농법 등 풍부한 기술이 존재한다. 이뿐만이 아니다. 고대 건축물과 전통 문양은 오늘날 수준 높은 디자인으로 응용되어 현대 건축을 독특하고 아름답게 발전시킬 수 있다. 또한 조선 시대 목제품과 동판 조각품 등은 스마트폰이나 자동차 디자인을 풍부하게 만들 영감과 소재를 제공할 수 있다.

과거를 다시 본다는 것은 단순하게 잃어버린 기술을 탐색하는 것 이상의 의미를 지닌다. 디자인을 위한 새로운 모티브를 따오는 수준도 넘어선다. 이는 한국 문화를 깊이와 체계를 갖춘 온전한 문화로 재창조함으로써 한국의 새로운 세대를 넘어 세계 모든 사람에게 영감을 주는 것을 의미한다.

이만열

한국은 매우 강력하고 열정적인 대중문화를 갖고 있다. 이런 한류는 아시아에서 엄청난 인기를 모으고 있다. 「강남스타일」이란 한 곡의 노래로 월드 스타 반열에 오른 가수 싸이는 한국과 한국인이 거둘 수 있는 성취의 범위가 지구촌 전체로 확장될 수 있음을 보여주는 사례이기도 하다. 그러나 한국은 솔직해질 필요가 있다. 한국 문화를 통해 발굴할 수 있는 아이디어나 소재를 탐구하는 분야에 있어서 한국은 아직 소극적이다. 우리는 한국이 어떤 나라인지 그리고 어떤 나라가 될 수 있는지 새로운 정의를 찾아야 한다.

한국은 전적으로 새로운 시스템을 만들 수도 있고 미국의 사례를 참고할 수도 있다. 그런데 과거의 재발견은 한국이 독특한 발전을 추구할 때 미래로 전진할 수 있는 유일한 방법이다. 한국은 다양성이 꽃피었던 고려 문화를 통해 새로운 이상과 꿈, 영감, 관습을 만들어낼 수 있다. 특히 고려 다문화 사회는 오늘날 응용할 수 있는 많은 정책을 안고 있다. 소셜 네트워크 시대의 적절한 행동 양식으로 조선시대 예법을 응용할 수도 있다.

한국인이 '구찌' 브랜드 상품을 구입하면서 얻는 것은 무엇일까? 해당 상품을 통해 이탈리아 문화와 연관된 모든 것을 함께 사는 셈이다. 그런데 '한복'은 어떤가? 외국인이 한복을 구입할 때 연상하는 한국 특유의 이미지나 문화적 가치가 있는가? 명확하지 않다. 세계를 대상으로 한복을 한국 문화의 하나로 소개하려는 진지한 노력이 없었기 때문이다. 왜 그러지 못했을까? 한국은 약소국이며 따라서 외국인들은 약소국의 문화에 관심을 보이지 않을 것이라는 잘못된 가정을 가졌기 때문이다. 이런 상황은 나 같은 외국인 한 사람이 홀로

목소리를 높인다고 해결될 수 없다. 한국인 스스로 자신의 전통문화에 자부심을 품고 장점을 부각하지 않으면 안 된다. 외국인이 먼저 나서서 한국 전통문화를 인정할 수는 없지 않은가?

한국의 풍부한 문화적 전통을 집중적으로 재발견하려는 노력은 요즘 한국이 그토록 외치는 창의적인 환경을 조성하는 가장 좋은 방법이 될 수 있다. 과거의 재발견은 결코 한국을 과거로 후퇴시키지 않을 것이다. 오히려 한국을 미래로 전진시키는 열쇠가 된다.

한국에는 지금도 사용 가능한 기술이 무궁무진하다. 한국이 세계 최고의 스마트폰을 만드는 것은 이제 더는 중요한 문제가 아니다. 진정한 도전 과제는, 한국만의 고유한 콘텐츠를 효과적으로 결합하여 새로운 기술에 영감을 줄 수단을 찾아내는 것이다. 예를 들어 백제 문화에서 멋진 문양을 찾아내 현대 디자인에 응용할 수 있고, 고려 시대 사찰 건물 내부 구조를 현대 아파트에 응용할 수 있으며, 조선 시대 학습 기술을 현대 교육에서 응용할 수도 있다. 이렇듯 한국에 존재하는 독특한 전통문화를 잘 되살리면 한국은 21세기 문화 선도 국가로 도약할 수 있을 것이다. 정치·경제 선진국의 위상을 확보하는 것은 물론이다.

21세기에도 미국이 국제 사회를 이끄는 강대국의 위상을 가질 것이고 중국이 미국에 버금가는 주도국가가 되리라 예측할 수 있다. 그러나 세계가 어디로 갈지, 무엇이 옳고 무엇이 그른지에 대한 궁극적 토론이 일어나는 국제적 담론의 장을 서울이 제공할 수 있다. 그 과정에서 한국 지식인들이 결정적인 역할을 맡을 수도 있다. 한국에서 21세기 르네상스가 꽃핀다 해도 이는 전혀 놀랄 일이 아니다. 한국은

이만열

충분한 잠재력과 역량을 갖추고 있다.

세계는 대한민국에 주목하고 있다. 한국인 스스로 우리나라는 약소국이고 한국인의 존재감은 유령과 마찬가지라며 열등감에 빠져 있다 해도 이 사실은 변함이 없다. 한국과 한국인은 세계무대에서 중요한 임무를 수행하게 될 것이다. 대한민국이 선진국이라는 사실을 인정하지 않는 한국인도 있겠지만 한국이 국제 사회의 선도 국가 역할을 해야 함은 이미 피할 수 없는 책무가 되었다. 그래서 나는 1등 국가 한국, 문화 선도 국가로서의 한국의 가능성과 미래와 국제 사회의 책무에 관해 이야기하지 않을 수 없다.

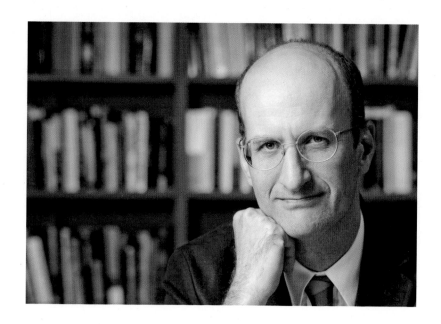

02

유구한 역사와 전통의 잠재력

한국의 막강한 역사, 전통, 문화의 힘은 한국인이 자신을 인식하는 방법이나 국제 사회가 한국을 인식하는 방법을 획기적으로 변화시킬 수 있다. 더 나아가 중국, 일본, 미국 등 다른 나라 사람들이 각각 자신을 인식하는 방식도 바꿀 수 있다. 이처럼 한국 전통의 잠재력은 어마어마하다. 그러나 지난 50년 만으로 역사를 국한하고 한국인만을 대상으로 사고한다면 한국 문화는 극히 제한될 수밖에 없다.

현재 한국에게 있어 과거 전통의 재발견이라는 과제는 관심이나 흥미 차원의 의미를 뛰어넘는다. 한국이 계속적 발전을 추구해야 한다면 그것은 나라의 사활이 걸린 문제이다. 한국은 이제 선진국 그룹의 일원으로서 국제 사회를 선도하는 보편적 임무를 수행해야 한다. 동시에 개발도상국은 물론 다른 선진국들부터 존경받는 모범 국가가 돼야 하는 사명을 갖고 있다.

특히 저개발국에서 선진국으로 도약한 특이한 국가 발전 경험은

수많은 개발도상국에 희망과 영감을 불어넣고 있다. 한국이 선진국 으로서 책임을 방기한다면 국가 내부적으로는 물론이고 다른 선진 국들로부터 비아냥거림을 피할 수 없다. 또한 한국을 발전 모델로 바라보고 있는 개발도상국들로부터 실망과 성토를 받게 될 것이다. 그러므로 한국이 과거 전통의 재발견을 통해 국제 사회에 자신의 정체 성을 널리 알리는 과정이 반드시 필요하다.

한국이 자신의 엄청난 장점과 자산을 활용하는 데 느린 이유로 두가지를 들 수 있다. 이는 두 개의 단절 현상이다. 한 단절은 물리적이고 또 다른 단절은 잠정적이다. 모두 알다시피 물리적 단절은 남북의 분단이다. 잠정적 단절은 과거의 한국과 현재의 한국 사이에서 발생한다. 즉 한국은 역사적 연속성이 깨진 것처럼 보인다. 두 한국 사이에 심각한 훼손이 있어서 다시는 서로 연결될 수 없는 것 같다. 한국인은 근대화된 사회를 강조하고 전통적 사회는 퇴행적이라며 싫어한다. 쉽게 이해하기 위해서 다른 나라의 사례와 비교해 보자. 프랑스나 독일, 이탈리아, 가까이는 미국과 일본 지식인을 생각해 보자. 프랑스인에게 몽테스키외의 저작에 대해 질문하거나 독일인에게 칸트의 철학에 대해 질문했을 때 어떤 대답이 나올까? 매우 수준 높은 교육을 받은 사람이 아니라 할지라도 질문을 받은 프랑스인과 독일인 대부분이 기본 지식을 토대로 쉽게 답변할 것이다. 그들이 어떤 사람인지, 어떤 일을 했는지, 어떤 주장을 펼쳤는지, 그것이 어떻게 현재에 이어져 왔는지에 대해 상세히 들을 수 있다.

유럽의 정부나 기업체에서 일하는 사람 중 자국 역사에 대해 고도의 지식을 갖고 있고 더 나아가 이웃 나라의 역사에도 정통한 사람을 찾는 것은 그리 어렵지 않다. 그러나 한국은 그렇지 않은 것 같다. 문화적 연속성이 크게 부족해 보인다. 물론 일부 한국인은 전통을 긍정적으로 보고 위대한 것으로 인정하며 자긍심을 보인다. 그것이 어떻게 현재까지 이어져 왔는지 이해하고 있다. 그러나 한국인 대부분은 과거로부터의 연속성을 전혀 느끼지 못하고 극단적인 단절감 속에 있다. 과거 조선 시대와 현대화된 대한민국을 흐름이 끊긴 별개의 나라처럼 여긴다.

한국 전통 음식은 맛있다. 온돌은 편리하고 혁신적인 시스템이다. 그런데 세계 기준으로도 그렇다고 생각하는 한국인은 소수이다. 지금은 달라졌지만 불과 30~40년 전만 하더라도 한국인들은 한국에는 세상에 내놓을 만한 자랑거리가 없다고 생각했다. 평범한 한국 지식

이만열

인에게 프랑스나 독일 지식인에게 질문했던 것처럼 18세기 작가나 철학자에 대해 갑작스러운 질문을 던지면 어떨까? 정보나 지식 차원에서는 알고 있을지 몰라도 현대 한국과의 연속성에 대해서, 어떻게 민족의 혼을 구성하고 있는지에 대해서 잘 설명할 수 있는 사람은 드물 것이다.

이처럼 한국의 과거와 현재 사이에는 연결이 불가능할 정도의 간극이 존재하는 것처럼 보인다. 그리고 이 간극은 한국의 목표, 문화적 중요성, 자신감을 훼손하고 있다.

많은 한국인은 자기 나라의 과거를 이렇게 이야기하곤 한다. "1950년대 한국은 세계에서 가장 가난한 나라였다. 당시 개인 소득은 소말리아와 비슷했다. 그러나 엄청난 국민적 희생과 효과적 산업 정책으로 바닥에서 탈출할 수 있었다. 결국 세계 10위의 경제 대국으로 우뚝 섰다. 이런 성취는 수많은 난관을 넘어서며 열심히 일한 결과이며 교육열이 뒷받침되었다."

물론 이런 설명이 틀렸다고 할 수는 없다. 그러나 완전히 맞는 이야기도 아니다. 글자 그대로는 사실이지만, 중요한 요소가 빠져있다. 1950년대 한국과 소말리아는 절대 비슷하지 않았다. 당시 한국에는 지하자원은 부족했지만 수천 년 동안 내려온 위대한 학구열과 학자 존중 전통이 남아 있었다. 한국인들이 하루하루 버틸 식량조차 얻기 힘든 기아 상태에 처했고 구호 식량을 타기 위해 긴 줄을 서야 했던 것은 사실이다. 그러나 그 줄에 선 사람 중에는 화학이나 기계공학을 공부한 전문가도 있었고, 국가 전략과 행정에 대해 수준 높은 식견을 갖춘 지식인도 있었다. 이는 한국의 전통에서 내려온 유산의 하나인 셈이다.

한국은 국내 정책과 제도에 관한 한 가장 선진적인 시스템을 가진 국가였다. 특히 1392년부터 1910년까지의 조선 시대에 가장 발전적 형태를 보여주었다. 이는 동서고금을 통틀어 독보적이라 할 수 있다. 적정 규모 이상의 나라를 기준으로 말하자면 그 어떤 정부 시스템도 그토록 오랜 기간 안정적으로 유지되지 못했다.

1960년대 이후 한국이 기적을 일굴 수 있었던 이유는 수천 년 동안 지속된 지적 전통이 있었기 때문이다. 그런데 한국사를 이야기하면서 이 부분을 생략하는 경향이 많다. 그래서 현대 한국은 갑자기 튀어나온 듯한 착각에 빠지게 된다. 결과적으로 한국문화의 본질이 어떻게 내려왔고 사회 전반에 어떤 영향을 미쳤는지는 간과하고 피상적으로만 더듬어 볼 뿐이다. 위대한 고전의 전통을 바탕으로 조성된 현재 문화의 깊은 뿌리가 안타깝게도 눈에 띄지 않는 것이다.

한국인이 현재 한국이 보유하고 있는 특정한 기술이나 상품보다도 자신의 문화를 더 위대한 자산으로 인식한다면, 즉 사고방식의 상전벽해桑田碧海가 이루어진다면 세계에는 엄청난 지각 변동이 일어날 것이다. 이는 미국이나 일본 등 한두 나라에 문화적 충격파를 만들어내는 정도를 뛰어넘는다. 한국이 세계 각국에 역사적 비전을 제시하며 중심 역할을 맡게 될 것이다.

한국이 위대한 요소를 가졌는가, 그렇지 않은가는 논란의 대상이 될 수 없다. 한국이 그러한 위대성을 가지고 있음은 너무나도 자명하다. 문제는 한국인 자신이 한국을 어떻게 인식하고 그 잠재성을 받아들일 수 있는가이다.

어쩌면 국가 발전 과정에서 한국인이 자신을 인식하는 방식에 왜곡이 일어났을지도 모른다. 오랫동안 한국인은 자동차나 텔레비전 부품을 잘 만들기 위한 절차와 기술에만 몰두했다. 경제발전을 위해 쉼 없이 달리느라 국제 사회에서 한국의 위상과 역할에 대해 관심을 쏟을 여력이 없었던 것으로 보인다.

한국을 세계에 알리기 위해 선택한 방식도, 한국을 어떤 브랜드로 국제 사회에 알리기보다는 한국이 만든 상품만 선전하려는 경향이 있었다. 근본적인 문제는 한국인이 자신을 바라보는 인식이다. 한국인의 전통이 가진 문화의 힘을 과소평가하고 오로지 현대적 기술로만 승부하려 한다면 한국의 위상은 협소해질 수밖에 없다. 한국인이 자신에 대한 인식을 바꾼다면 한국을 세계에 알리는 일은 더욱 쉬워질 것이다.

한국을 큰 잔디밭 여기저기 널려 있는 1,000개의 작은 거울이라고 생각해 보자. 거울을 한 장소에 모으면 엄청난 빛을 만들어낼 수 있다. 그러나 1,000개의 거울이 서로 다른 방향으로 빛을 반사한다면 강력한 광선이 발생할 수 없다. 각각의 거울이 서로 어떤 관계인지 분명하지 않다. 그러나 각각의 거울이 왼쪽 또는 오른쪽으로 약간씩 방향을 바꾸면 모든 거울이 하나의 지점을 향해 집중할 수 있다. 그러면 거울의 빛으로 강철도 녹일 수 있다. 한국의 문제는 한국이 문화적 자산을 소유하고 있는지 아닌지가 아니다. 그것은 이미 명백하게 소유하고 있다. 문제는 각각의 자산을 어떻게 하나로 엮어낼 것인가, 그리고 전체적으로 어떤 형상을 갖추게 할 것인가이다. 여기에 한국의 미래가 달려 있다.

한국은 근본적인 태도를 바꿀 필요가 없다. 단지 서로 밀접한 관련을 가지고 있는 한국의 각 부분이, 어떻게 전체를 이뤄 한국을 대표할 수 있는지 상상해 보라. 플라스마 스크린이나 플래시 메모리 칩을 개발하는 것도 중요하지만, 세계를 변화시킬 저력이 있는 한국의 문화를 찾는 일도 동시에 진행해야 한다. 이런 작업을 상품이나 브랜딩 차원에서 접근하려고 한다면 이는 프로젝트의 충격파를 감소시키는 일이 될 것이다.

한국에는 미세한 분야를 담당하는 전문가가 많다. 특히 용접이나 LCD 디자인, 제조 분야 등에서는 세계에 경쟁자가 없을 정도로 최강의 전문가가 포진해 있다. 이런 전문성이 한국의 비밀 무기였으며 경제 성장을 견인해 왔다. 그러나 한편으로, 이러한 전문가들은 자기 분야 바깥에서는 취약한 모습을 보인다.

한국은 미세한 분야의 전문가를 양산했으며 전문가들은 자신의 활동 영역에만 집중했다. 그들은 다른 주제에는 관심을 두지 않는다. 특히 한국의 많은 전문가는 사회 활동에 필요한 의사소통 기술이 부족하다. 특히 행정 공무원과 원만한 관계를 유지하는 능력 면에서 그렇다. 외국인이 보기에 한국의 전문가는 외부인과 긴밀한 관계를 발전시키거나 외부인이 세상을 어떻게 보는지에 대한 상상력이 부족하다. 전문성은 글로벌 사고방식이라는 개념과도 겹친다. 한국은 선박 건조, 메모리 칩, 디스플레이 분야에서 큰 성공을 거두었다. 그런데 이는 한국이 그 분야에서 최고 기술을 가졌기 때문은 아니다. 그보다는 고도의 정밀성을 요하는 다양한 기술 분야에서 활동하는 전문가 집단을 모으고 통합하는 데 성공했기 때문이다.

이만열

예를 들어 조선은 방대한 분야의 전문 기술을 끌어모아 그것을 결합함으로써 하나의 통합된 형체로 만드는 작업이다. 이런 분야에서 한국은 매우 익숙하다. 주어진 목표를 달성하기 위한 각각의 노력을 전개하면서도 팀을 꾸려 함께 작업하며 효율성을 모색한다. 그리고 그 과정에서 끊임없이 혁신을 이루어낸다.

그러나 전문가만으로 한국 지식인을 모두 표현할 수 없다. 전문가와는 분명히 다른 지식인이 존재한다. 그들은 제너럴리스트이다. 16세기 우주 인식론을 이끌어낸 학자들이 그들의 시원이다. 한국에서 정부와 기업에서 일하는 행정 요원들은 끊임없이 임무와 역할이 변경되어 한 가지 전문성을 기를 기회를 잡지 못하는 경우가 많다. 나는 특정한 임무를 맡았다가 6개월도 지나지 않아 그 일과 아무런 관련이 없는 부서로 옮기는 한국 공무원들을 여러 명 보았다. 한국 정부와 기업에는 이런 과정을 거친 고위직들이 많이 존재하며 그들은 조직 의사 결정 과정에서 중대한 역할을 수행한다.

나는 한국의 이런 현상이 유교적 사고방식에서 비롯되었다고 생각한다. 『논어』에 "군자불기君子不器"라는 말이 나오는데 해석하면 "군자는 기술자가 아니다"라는 의미다. 과거 한국에서 학자나 관료들은 고전을 기반으로 일 처리를 하고 맡겨진 일은 무엇이든 해낼 준비가 돼 있어야 한다는 신념을 갖고 있었다.

현재 한국 정부와 기업의 독특한 관행은 1960년대 근대화 추진 이후에 급격히 탄생한 전문가와 행정 분야에서 전통적으로 존재해 온 제너럴리스트 지식인 집단이 교차하면서 이루어졌다. 이 두 모순적 사고방식이 결합해 오늘날의 한국을 만들어냈다.

앞에서 말했던 코리아 디스카운트의 원인에 대해 지금까지 여러 가지 분석이 제기됐다. 남북 분단 상황이나 한국 기업의 후진적 경영 관행, 정부의 외국 기업 규제, 빈약한 브랜드 가치, 디자인 능력 부족 등이 자주 거론됐다. 그러나 한두 가지의 특정한 사안을 코리아 디스카운트의 주요 원인으로 제시하는 분석은 과도하게 미시적이고 환원주의적이다.

남북 분단과 대치 상황이 국가 신용 등급에 영향을 미친다는 점을 제외하고는 나머지 원인 진단은 매우 가변적이다. 디자인의 경우 제품의 가치와 가격을 결정하는 중요한 변수인 만큼 디자인 역량이 부족하면 제품의 가격은 낮게 책정돼야 마땅하다. 그러므로 이는 디스카운트가 아니다. 빈약한 브랜드 가치는 코리아 디스카운트 현상과 동어반복이므로 원인이라고 보기 어렵다.

역사적 맥락과 구조적 차원에서 코리아 디스카운트의 원인을 찾아본다면, 새우 콤플렉스로 대변되는 한국인의 공포심 또는 수세적 태도를 들 수 있다. 이 때문에 국제 사회에서 한국에 대한 홍보를 소극적으로 전개하게 되었고, 국제 사회가 한국이라는 나라의 존재를 알지 못하는 정체성 공백 또는 왜곡 현상이 생김에 따라 코리아 디스카운트가 발생했다는 분석을 할 수 있다. 외국인에게 '코리아'는 그 이름은 들어보았지만, 왠지 가난하고 혼란스럽다는 이미지가 연상되는 나라다. 최근 들어 획기적인 국가 발전에 성공한 나라라는 인식이 퍼지고 있지만 이는 여전히 제한적인 수준이며 표피적이다. 그래서 한국 또는 한국 제품에 대한 신뢰와 우호적 태도로 연결되지는 못하고 있다.

이만열

최근 확산된 한류가 한국의 이미지를 높이는 데 도움을 주는 것도 사실이지만 한국에 대한 선진국의 견제 움직임도 감지된다. 특히 한국인들의 오만과 추태에 대한 개발도상국 국민의 불만과 실망도 더불어 커지는 실정이다. 따라서 현재의 한류는 코리아 디스카운트 현상을 해소할 수 있는 근본적 대책이 되지 못한다.

결국 코리아 디스카운트에 대한 대책도 한국의 정체성 발굴에 달려 있다. 한국의 본래 모습을 노출하고 그에 대한 국제 사회의 반응을 바탕으로 한국에 대한 우호적 감정과 존경심을 유발할 수 있는지가 관건이다.

최근까지도 한국은 가난한 개발도상국으로 분류됐으므로 국제 사회를 상대로 한국이 어떤 나라인지 설명할 기회가 없었다. 당시 한국인은 오랫동안 한국의 이름으로 만드는 제품을 판 것이 아니라 선진국 제품을 만드는 과정에서 노동력을 제공하는 방식으로 일하였다. 현재 한국이 성공적으로 진출시키고 있는 많은 제품은 비약적인 기술 혁신이 뒷받침되어 있지만 오랜 기간 한국 자체의 이미지가 아니라 일본의 그림자 속에서 성장한 측면도 무시할 수 없다. 그러므로 한국이 어떤 나라인지 국제 사회에 소개할 기회가 그다지 많지 않았다.

그러나 이제는 한국이 어떤 나라인지 정확하게 설명해야만 하는 상황에 직면했다. 명백하게 한국의 이름으로 만든 제품을 팔아야 하고 한국에서 만든 제품이 다른 개발도상국에서 만든 복제품이나 모방품과 어떻게 차별되는 가치가 있는지 설명해야 하기 때문이다. 즉, '코리아 프리미엄'을 받아야 하는 이유를 당당히 밝혀야 한다.

단순하게 기능적 차원에서 품질이 뛰어나기 때문에 프리미엄을 받을 수는 없다. 프리미엄이라는 말은 기능적 차원을 넘어서 당연히 받아야 할 가격보다 더 많이 받는 것을 의미하기 때문이다. 한국이 어떤 나라인지, 한국인이 어떤 사람들인지, 그래서 한국 제품이 뭐가 다른지 설명할 수 없다면 국제 사회에서 한국의 존재감은 계속해서 모호한 채로 남아 있을 것이다. 정체성 공백 현상은 지속될 것이며 코리아 프리미엄을 기대하기 어려울 것이다.

코리아 프리미엄은 한국의 독특한 문화에 대한 세계 소비자들의 관심과 존경으로 이루어질 수 있다. 그렇다면 한국은 코리아 프리미엄을 받을 만한 가치를 소유하고 있는가? 물론이다. 나는 100퍼센트, 아니 200퍼센트 이상 "예스"라고 답할 수 있다. 한국에 오기 전에는 결코 알지 못했던 한국과 한국인, 한국 문화의 위대성을 발견한 나는 희열에 빠졌다. '세상에 이런 나라가 다 있단 말인가?'

내 상상의 차원을 넘어서는 한국의 이야기들은 한국인이 그 의미를 재발견하고, 세계가 경청해야 할 중대한 교훈을 담고 있다. 그러므로 한국인조차도 모르는 한국의 위대한 특성에 대해 탐구하는 것, 한국이 더 잘할 수 있는 부분에 관해 토론하는 것, 그리고 한국과 세계가 소통하면서 한국의 문화를 교류하는 것은 이 시대 지구촌의 선물인 한국의 존재 의미를 확인하는 작업에서 가장 기초적인 과정이 될 것이다.

이만열

03

한국 역사에 살아 있는 민주주의 전통

민주주의 발전의 관점에서 아시아 각국을 바라보면 긍정적인 변화와 부정적인 변화가 동시에 나타나고 있음을 알 수 있다. 선거를 통해 최고 권력자를 선출하는 나라가 많아지는 현상은 긍정적이지만, 정치에 깊은 관심을 갖고 참여하는 시민들이 줄어드는 경향은 부정적이다. 이런 현상은 현대 아시아뿐만 아니라 전 세계적으로 나타나고 있는 민주주의 위기 징후의 한 단면이다.

시민들이 정책 결정 과정에 적극적으로 참여하는 선진적 민주주의 제도와 운영 방식을 잘 보여주는 모범 국가가 나온다면 민주주의 위기 예방에 도움이 될 것이라 생각해 본다. 한국은 그중 하나이다. 다만 한국이 민주주의 모범 국가 역할을 하기 위해서는 몇 가지 과정을 거쳐야 할 것이다.

무엇보다 한국 민주주의의 특징을 정확하게 파악하고, 그것이 현재 수준으로 발전한 배경과 연원을 체계적으로 설명할 수 있어야 한다. 예를 들어 한국인들은 흔히 대한민국이 1980년대에 갑자기 민주주의 국가가 됐다고 하는데, 이런 식의 언급은 뭔가 설명이 부족하다. 그 시기에 민주주의를 향한 시민의 투쟁이 불타올랐다 하더라도 중요한 것은 그 투쟁이 성공할 수 있었던 배경이다.

민주주의의 중요한 요건의 하나로 최고 통치자의 절대적 권력 행사를 견제하는 제도적 장치를 들 수 있다. 그렇다면 조선 시대와 고려 시대, 그 이전인 삼국 시대에도 민주주의가 존재했다고 볼 수 있다. 조선 시대에는 중국 송나라 때의 유교 사상을 국가적 지도 이념으로 수용했는데, 이 사상은 매우 강한 민주주의 요소를 지니고 있다. 예컨대 유교적 이데올로기가 지배한 북송은 과거로 인재를 선발했고 왕안석이나 사마광 등 최고의 지식과 강인한 실천 의지를 갖춘 문인 선비들이 정부 운영에서 핵심적인 역할을 했다. 이때 황제는 절대적인 위상을 갖지 못했다. 황제와 관료 사이에 권력 균형을 유지했던 북송은 선거 제도는 없었다 하더라도 시대적 상황을 고려해 볼 때 세계 민주주의의 모범이었다고 할 수 있다.

고려 성종 때 최승로는 국왕에게 이런 유교 이념에 따라 나라를 다스릴 것을 제안했다. 국왕의 권한을 제한하는 각종 제도와 장치를 도입하자는 것이 최승로 아이디어의 핵심이었다. 이는 당시 시대를 생각해 보면 대단히 파격적인 건의였다. 그러나 성종은 이것을 수용했다. 성종이 특출한 성군이라서 수용했을 가능성도 있지만 당시 사회 분위기가 받아들일 수밖에 없도록 압박했다고 해석하는 편이 더 객관적일 것이다. 어떤 이유에서든 성종 이후 고려는 법과 제도에 따라 중요한 사안이 처리되는 요소가 크게 강해졌다.

이만열

고구려 시기에는 다소 극단적인 사
례에서 민주주의 요소를 발견할 수 있
다. 28명의 고구려 국왕 중 3명이 신하
에 의해 권좌에서 쫓겨나 죽임을 당했
다. 그런데 여기에는 세 가지 공통점이
있다. 먼저 최고위급 신하가 국왕 축출
을 주도했다. 다음으로 국왕이 포악한
정치로 백성을 도탄에 빠트렸다는 것이
정변의 명분이었다. 마지막으로 거사

최승로

성공 이후 주동자가 스스로 왕좌에 오
르지 않고 왕실 혈통 중에 차기 국왕을 옹립했다.

포악한 국왕의 절대 권력에 맞서 신하들이 반기를 들었다는 것은,
정치의 핵심 목표를 백성의 안위에 두었다는 뜻이다. 이런 전통은
2,000년 역사를 가지고 있다. 한국의 역사 속에는 민주주의가 있다.

앞으로 한국은 아시아의 민주주의 발전을 지도하는 역할을 하게
될 것이다. 이런 주장은 현재 한국인에게는 허황되게 들릴 수도 있
다. 그러나 외국인의 눈으로 객관적으로 바라보면 이는 한국의 필연
적 운명에 가깝다고 할 수 있다. 문제는 한국이 그 역할을 성공적이
고 생산적으로 수행할 것인가, 아니면 불편한 시행착오를 거치며 수
행할 것인가이다. 이는 전적으로 한국인의 선택에 달려 있다.

한국이 아시아 민주주의를 이끄는 고귀한 운명을 성공적으로 감
당하려면 먼저 과거 수천 년 동안 존재해 온 자생적 민주주의 전통을
재발견하는 작업을 서둘러야 할 것이다.

04

한국 문학의 세계화를 위한 대안

1970~1980년대 한국인들은 국제 교류를 하면서 장승이나 무당 등 한국 전통의 민속 문화를 많이 소개했다. 한국 민중의 일상에 가까운 문화를 복잡하지 않게 설명하고자 노력한 것이다. 그리고 이런 것들이 순수한 '한국 민족'을 대표하는 것처럼 소개되는 일도 많았다. 그러나 이에 비해 고전문학은 제대로 번역되지 않았을 뿐 아니라 소개조차 되지 않았다. 이것은 매우 안타까운 일이다.

물론 시조나 향가와 함께 판소리 등의 구비문학이 소개되었고 『춘향전』과 『구운몽』 등의 작품이 널리 알려졌다. 이런 작품들은 한국의 '효孝'나 '충忠' 사상을 대표하는 것으로 소개되었다. 그러나 외국인이 한국의 '충'이나 '효' 그 자체에 관심을 갖기는 힘들다. 오히려 그 작품의 역사적 배경과 사회적 모순, 작가가 직면했던 시대 상황 등이 다채롭게 묘사되어야 흥미를 유발할 수 있다. 외국인들은 "한국은 순수한 문화를 가지고 있으며 이런 재미있는 작품을 만들었다"는 막연

이만열

한 설명에는 동의하기 힘들며 흥미를 갖지 않을 것이다.

게다가 20세기까지의 한국 문학 작품 대부분은 한문으로 쓰였다. 그런 전통과 맥락이 전제되지 않으면 한국 고전문학에 대한 소개가 왜곡될 수밖에 없다. 중국 문학이나 일본 문학의 경우 한문을 잘하는 학자가 꽤 있다. 그런데 한국 문학의 경우 반드시 그렇지는 않다. 지금까지는 한국 문학을 시급히 외국에 소개하느라 한문을 전공한 한국 문학 전문가를 양성하는 데 역점을 두지 않았을 수도 있다. 이런 점은 보완되어야 할 것이다. 또한 한국 문학과 비교 연구를 할 수 있는 중국 문학 전공 학자를 양성해야 한다. 한국인들은 민족의식이 강해서 중국과의 비교에 적극적인 편이 아니다. 그렇지만 이런 비교 연구도 꼭 필요한 일이다.

한 가지 지적할 것이 더 있다. 한국인들은 한국 작가의 노벨 문학상 수상을 간절히 바라고 있는데 이 때문에 생존한 현대 작가 작품의 번역을 우선으로 생각하고 옛 문학의 번역은 소홀히 하는 경향이 있다. 그러나 노벨 문학상을 받기 위해서는 한국 문학의 전통성을 세계적으로 인정받아야 한다. 그러지 않는다면 한국 현대 문학은 위대한 전통에 의해 조명받을 기회를 놓치고 말 것이다.

신경숙 작가의 『엄마를 부탁해』라는 소설이 번역되어 미국에서 많이 읽힌 것은 잘된 일이다. 하지만 고전 문학을 제외한 현대 문학만 미국에 소개된다면 미국인들은 한국 문학의 역사가 짧은 것으로 오해할 소지가 있다. 그런 점에서 한국 고전 문학 번역이 더욱 중요하다고 하겠다.

미국에서는 일본 문학이나 중국 문학 연구에 비해 한국 문학 연구가 매우 부족하다. 이는 대학에 한국 문학 교수 자리가 부족하다는 현실적 이유 때문에 빚어진 일이다. 미국 사람이 한국 문학에 대해 관심이 없다는 것은 한국 문화를 소개하는 인프라스트럭처가 잘 구축되지 않았다는 사실을 반증한다.

최근 한국 정부가 한류 확산에 적극적인 경향을 보이는데 이것은 매우 좋은 전환이다. 그러나 정부가 내세우는 한류 문화는 연예나 대중가요, 드라마에만 국한되고 있다. 한국의 전통문화는 설 자리가 없다. 이들은 결국 표면적인 문화에 속하는 것으로 한국만의 고유한 문화를 대표하기에는 한계가 있다. 따라서 한류 문화에 한국의 고전문학을 비롯한 다양한 문학을 포함할 필요가 있다.

1990년대부터 한국계 미국인 문화 또는 그 문화를 연구하는 학문이 독립적으로 발생했다. 이것은 한국에선 이해하기 어려운 문화 현상으로 그 과정을 잘 모르는 사람이 많다. 미국에서 생겨난 이런 학문은 한국학에 도움을 주면서도 때로는 범위를 제한한다. 예를 들면 한국학을 전공하고 싶어서 대학교에 들어갔으나 결국은 한국계 미국인 문화를 전공하는 식이다.

이와 같은 혼선은 한국학의 발전을 방해하는 요소가 된다. 한국계 미국인, 즉 코리안 아메리칸에게는 미국에서 사는 데 있어서 한국어 연습은 필요 없고 한국사 공부도 필요 없다. 그래서 미국에서 사는 아시아계 사람들의 역사나 문화만 공부하면 된다고 생각하는 학생도 있다.

한국인들이 외국인에게 자신의 문화와 문학을 소개할 때 신화와 같은 역사를 들려주려는 것을 자주 볼 수 있다. 단군부터 삼국 시대,

이만열

고려 시대, 조선 시대, 일제강점기에 맞선 애국지사 등 공동체 의식을 강조한다. 그리고 이런 공동체 의식을 한국인의 일관된 문화로 소개하는 경향이 있다. 그런데 이런 역사의식은 외국인에게 흥미롭게 다가오지 않는다. 한국 특유의 공동체 의식에 대해 잘 이해하지 못하는 외국인들이 관심을 보이는 것은 오히려 역사 이면에 존재하는 한국인의 상처와 아픔이다.

한국인들은 아픔을 이야기하는 것을 부끄러워한다. 그러나 이런 점을 다루는 것이 세계에 한국을 소개하는 데 도움이 된다. 이는 세계가 한국을 더 잘 이해하고 친숙하게 느낄 수 있게 하는 지름길이다. 한국의 아픔은 한국을 구성하는 일부분이다. 예를 들어 한국에는 일제강점기 시대의 억압과 수탈로 엄청난 고통이 있었고 그 상처가 완전히 아물지 않았다. 구체적인 내용은 다르지만 흑인들도 슬픈 역사가 있다. 인종 차별로 아픔을 겪어왔다. 흑인 독자에게 이런 공통점을 소개하면 그들은 공감대를 갖고 한국 문화와 문학에 대해 관심을 갖게 될 것이다.

그러나 한국은 이런 점을 헤아리지 않는다. 미국에 한국을 소개할 때 흑인들을 빠뜨린 채 백인들만 고려한다. 같은 맥락에서 스페인어 번역도 매우 중요하다. 미국의 히스패닉계와 남미에서는 스페인어로 된 텍스트를 주로 읽기 때문에 한국 문학의 스페인어 번역도 의미 있는 작업이다.

현재 한국 문학을 주로 소개하는 사람들은 한국인이 아니고 오히려 미국인 학자 또는 비평가들이다. 한국인의 역할이 꼭 필요하다. 그런데 우려되는 점이 한 가지 있다. 많은 한국인이 마치 상품 광고를 하듯 한국 문학을 소개하려는 태도를 보이는 것이다. 자동차나 냉장고를 팔듯 외국에 문학을 팔려는 사고방식이 존재하는데 이것은 역효과만 일으킬 뿐이다.

문학은 상품이 아니다. 중국학과 일본학을 공부한 사람들에게 중국 문학과 일본 문학은 상품이 아니라 순수 학문이었다. 마찬가지로 한국 문학 역시 학문에 속하는 것이다. 빨리 소설을 쓰고 빨리 번역을 해서 세계에 내보내 시급히 노벨 문학상을 받으려는 태도는 문학을 상품으로 본 결과이다.

한국 문학을 외국에 알릴 때 한국 사람만 이해할 수 있는 문학을 소개하는 것은 효과가 없다. 여러 나라 사람이 이해하고 감상할 수 있는 보편성을 지녔으면서도 새로운 시각과 감각을 담은 문학을 소개하는 게 좋을 것이다. 한국 문학의 경우 고전 문학 작품의 번역이 많지 않을 뿐 아니라 그 수준도 높지 않다. 일본이나 중국 문학은 이와는 다르다. 아서 웨일리Arthur Waley는 『겐지모노가타리』라는 일본 고전 소설을 10년에 걸쳐 번역해서 『겐지 이야기The Tale of Genji』라는 제목으로 출판했다. 이 책은 마치 영어 소설처럼 번역이 매끄러워 일본어를 전혀 모르는 미국인들도 재미있게 읽을 수 있었다.

데이비드 호크스David Hawkes는 중국의 『홍루몽』이라는 소설을 영문으로 번역하고 호평을 받았다. 번역에 문학성이 느껴지며 번역된 책이 아니라 원본을 읽는 느낌을 준다는 찬사를 받았다. 이와 같은 사람들이 있었기에 일본과 중국 문학이 바다 너머 널리 알려질 수 있었다. 미국이나 영국에서는 동아시아학과 관련이 없는 사람들도 위에서 언급한 번역서들을 많이 읽었다.

이제 매끄럽게 번역된 한국 문학 작품들이 많이 나와야 한다. 그래야 한국과 한국 문학이 널리 알려질 수 있을 것이다. 많은 한국 문학 작가나 비평가들의 글이 번역되지 않는다. 당연히 미국이나 영국으로 널리 알려지지 못하고 있다. 동아시아학 전문 저널 외에는 일반적인 잡지나 신문에 거의 소개되지 않는다. 이것은 매우 심각한 문제이다. 지식인들도 학술지보다는 일반적인 잡지나 신문을 많이 본다. 그런데 여기에 소개되지 않는다는 것은 한국과 한국 문학을 널리 알릴 공간이 존재하지 않는다는 사실을 의미한다.

한국 작가와 비평가가 미국의 작가나 비평가와 대화하고 교류하는 일도 많이 부족하다. 언어 문제는 충분히 해결할 수 있다. 좌담회 등과 같은 다양한 교류의 계기를 늘리는 것이 꼭 필요하다.

한국학과 한국 문학 속에는 두 주체가 있다. 한국을 연구하고 공부하려는 외국인이 그 하나이고 한국 문화와 문학을 널리 소개하려는 한국인이 다른 하나이다. 그런데 이 둘의 목적이 다를 수 있다는 점을 염두에 두어야 한다. 미국에서는 처음에 안보 차원의 목적으로 한국을 연구했고 그다음에 학문적 연구가 뒤따랐다. 그리고 앞에서 말했듯 한국계 미국인을 연구했다. 그런데 이런 사실을 인지하지 못한 한국인들은 단순히 외국인이 한국 문화에 별 관심이 없을 것이라는 선입관을 가지고 있다. 외국은 꾸준히 한국에 대해 연구할 의지가 있다.

한국인 자신도 한국 문학에 관심이 없는 경우가 많다. 예를 들어 외국인에게 한국의 대표적 문학 작품으로 『춘향전』을 소개하면서도 정작 본인은 춘향전을 완독하지 않았고 그리 깊은 관심을 두지 않는 사람이 많다. 즉, 한국 문화와 문학을 소개하려는 일에만 열을 올릴 뿐 한국 문화와 문학 그 자체에는 관심이 없는 것이다. 자신도 별로 좋아하지 않는 『춘향전』을 소개하는 일이 외국인들에게 흥미를 불러일으킬 수 있을까? 이런 점을 깊이 생각해야 할 것이다.

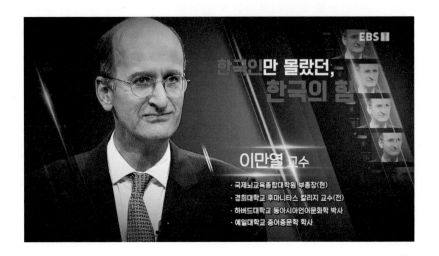

05

외국인에게 한국어를 가르치자

한국어 교육은 한국 문학 연구와 마찬가지로 한국을 소개하는 데 큰 역할을 한다. 문학 작품을 읽는 것이 외국인이 편안하게 한국 문화를 접촉할 기회를 제공한다면 한국어 학습은 한국어에 관심이 많으며 열심히 공부하고자 마음먹은 사람을 대상으로 한다. 한국어 교육은 한국의 정치, 경제, 사회, 문화, 역사 등에 풍부한 지식을 갖추게 될 미래의 지한파를 육성한다는 목표를 가질 수 있을 정도로 매우 중요한 분야이다. 한국 문화, 경제, 기업, 기술 등에 관심이 있는 외국인들이 편안하면서도 진지하게 한국어를 배울 여건을 제공하는 일은 한국의 미래를 위해 매우 유익하다.

한국어에 대한 외국인의 관심을 불러일으키기 위한 방법으로 이미 중국어나 일본어를 배운 사람에게 한국어를 제2 아시아 국어로 소개하면 효과가 있을 것이다. 요즘 아시아와 관련을 맺은 많은 외국인이 아시아의 몇 개 국어를 구사해야 할 필요성을 느끼고 있다. 일본과 중국 전문가를 대상으로 한국어 학습을 유도해 보자. 동시에 이미 한국 문화에 관심이 있는 외국인이 한국어를 학습하도록 이끄는 방안도 생각해 볼 수 있다. 태권도를 배우는 사람, 특히 아이들에게 한국어 학습의 기회를 주면 좋을 것이다. 태권도 도장에서 한국어 수업을 홍보하고, K-팝을 소개하는 웹사이트에서 한국어 학습을 안내하는 것도 효과적이다.

한국 기업과 교류가 잦은 사람들, 특히 한국 기업에 근무하는 사람들을 한국어 교육의 대상으로 삼을 수도 있을 것이다. 또 꼭 한국으로 파견되지 않더라도 앞으로 한국 기업에 취업할 사람에게 한국어를 가르쳐 기본적인 한국어 회화가 가능하도록 한다면 심리적으로 한국에 더 친근감을 가질 것이다.

미국에서는 한국어 교실 같은 다양한 프로그램이 한국 정부 지원을 통해 시행되었다. 이는 한국과 미국의 지속적인 교류 관계를 위한 것이었다. 그런데 그 수업 내용은 한국어를 처음 배우는 입문자를 위한 것이 아니라 기초적인 내용을 이미 알고 있는 사람을 위주로 했다는 문제점이 있었다. 대부분의 한국어 수업은 외국인을 위한 것이라기보다는 교포들을 대상으로 한 내용으로 개설되어 있다.

교포들이 미국에서 살고 있다. 하지만 그들이 미국을 대표할 수는 없다. 이런 문제점을 시급히 고쳐야 한다. 교포를 통해 외국과의 교류를 활성화하는 것도 일리가 있는 방안이지만 한계 또한 존재함을 고려해야 한다. 교포는 교포끼리 어울리는 경향이 있기 때문이다.

한국에 뿌리가 있는 사람과 그렇지 않은 사람에게 한국어 학습을 제안하는 방법은 달라야 한다. 교포들에게는 한국어 공부를 통해 자

이만열

신의 뿌리를 찾는 것을 목적으로 두기를 권해야 한다. 그러나 외국인들에게는 한국 문화의 매력, 한국 경제와 기술의 강점을 강조하는 것이 좋다. 그러므로 교포 대상 한국어 교육과 외국인 대상 한국어 교육은 별도의 프로그램과 교과서를 개발하고 홍보 또한 따로 해야 할 것이다. 나는 1995년 1월 하버드대학에서 처음 한국어 수업을 들었다. 그전에는 한국어를 전혀 몰랐다. 수업에 참석해 보니 수강생 30명 중 교포 학생이 22명이었고 그렇지 않은 학생은 8명이었다. 그런데 2주가 지나자 교포가 아닌 학생은 나 혼자만 남게 되었다. 나는 그나마 오랫동안 중국어와 일본어를 공부했기 때문에 수업을 따라갈 수 있었지만 다른 외국인 학생들은 그것이 불가능했기 때문이다.

그 수업에서는 첫날부터 한국어로 회화를 시작했다. 그리고 한글의 기초 원리와 기능에 대해서도 설명해 주지 않았다. 교포가 아닌 학생들이 공부하기는 너무 어려웠다. 교포 학생 중에도 한국어에 흥미가 없는 경우가 많았다. 이들은 어려운 수업을 피하고 학점을 따기 쉬워 보이는 한국어 강좌를 선택한 상속생heritage student, 즉 한국계 미국인 학생이었다.

지난 40년 동안 한국에 큰 관심을 두고 연구를 시작한 미국인 대다수가 한국어 공부를 빨리 포기했다. 수업 현장은 미국인을 환영하는 분위기가 아니었고 교재도 부족했다. 군대의 어학 교육을 뺀 나머지 한국어 교육 프로그램들은 대부분 교포들의 한국 문화 체험 같은 식으로 흘렀다.

한국계가 아닌 학생들이 진정한 한국어 교육 대상이지만 이들은 이질적인 존재가 되는 경향이 있었다. 한국어 교육은 교포를 위한 수업이라는 선입견이 상식처럼 되어버려 많은 미국인을 한국 전문가로 양성할 기회를 잃어버렸다. 한국에 관해서는 군사 문제와 관련해 교육을 받은 사람이 더 많다. 그렇기에 아이러니하게도 미국에는 남한 전문가보다 북한 전문가가 더 많다.

미국 대학에서 한국어 수업을 가르치는 강사들의 대부분은 한국계 대학원생들이다. 그들은 한국어를 모르는 사람을 상대로 한국어를 가르치는 방법을 배운 적이 없다. 교포 학생들의 회화에 초점을 둔다. 외국인들을 대상으로는 별도의 노력을 기울이지 않는 것이다. 그렇기에 한국계가 아닌 많은 학생이 수강을 취소했고 지금도 이런 상황이 계속되고 있다.

쉽게 학점을 따기 위해 한국어 강좌를 선택한 한국계 학생보다는 비한국계 학생들이 한국어에 더 큰 열정을 가진 경우가 많다. 이들이야말로 한국과 미국의 관계에서 중요한 인물로 성장할 가능성이 높은 사람들이다. 그러나 이들을 관심의 대상에서 제쳐놓았고, 따라서 수업에서 밀려나는 안타까운 일이 벌어진 것이다.

한국 정부가 재외동포를 위한 교육을 강조하는 관행도 이런 현상을 부채질했다. 교포 사회와 연계해서 한국어 교실과 한국 문화 축제를 열어도 외국인을 위한 것이라기보다는 한국인을 위한 프로그램으로 변모하곤 했다. 한인 타운에서 한국 문화 축제가 열렸지만 교포가 아닌 외국인을 초대하여 한국을 소개하는 일은 좀처럼 없었다. 외국인에게 한국을 소개하더라도 한국인과 외국인이 함께 흥미를 느낄 만한 풍부한 내용을 홍보하지 않고 표면적인 것들만 언급했다. 한국인이 느끼는 감정들을 외국인들도 충분히 공감할 수 있는데도 이

이만열

를 회피했던 것이다. 그래서 외국인들이 한국에 다가갈 기회가 많지 않았다.

그래도 미국은 유럽보다는 사정이 나은 편이다. 유럽에는 한국어 강좌가 개설된 대학교도 별로 없다. 한국과 긴밀한 무역 관계를 맺고 있지만 한국어 교육을 받을 기회 자체를 찾기 힘들다.

한국어 교육의 중요성에 대한 의식 부재는 대학뿐만 아니라 고등학교와 중학교에서도 마찬가지다. 미국 고등학교에서 한국계 학생이 아닌 미국인에게 한국어 교육을 권장하기 위한 노력은 거의 없었다. 사실 미국 고등학교에서의 한국어 수업은 다른 외국어 수업과 다를 바 없이 중요하다. 그런데도 한국인들을 미국인에게 한국어 교육의 중요성을 강조하지 않는다. 이것은 미국인들이 한국어 교육을 대수롭지 않게 생각하는 것보다 훨씬 더 심각한 문제다.

한국인들은 미국인 학생들이 한국어를 배울 의사가 없을 것이라 가정한다. 그런데 이런 가정에 어떤 조사나 실제 사회 추세가 반영된 것은 아니다. 한국 문화에 관심을 둔 미국인이 많다. 태권도를 배우거나 한류를 즐기는 미국인도 있다. 그런데 이들에게 한국어를 가르치려 노력하지 않는다.

한국은 미국과 경제 교류 규모가 크다. 한국어 강좌가 생기면 선택할 학생들도 많을 것이라 예상할 수 있다. 그런데 실제로 한국어 강좌를 제공하는 미국 고등학교는 찾아보기 힘들다. 미국 고등학교용 한국어 교과서가 있다는 말을 들은 적이 없다. 교과서가 없다면 당연히 한국어 수업도 없다.

한국어 교육을 위한 교재들 또한 학생들이 이용하기 쉽지 않다는 지적이 많다. 영어 설명이 세련되지 못했으며 내용도 부실하다. 이는 미국의 언어 교육 전문가가 아니라 한국의 언어 전문가가 편찬했기 때문이다. 문법 설명 등은 미국인이 쓰는 것이 더 합리적이다. 게다가 교재에서도 실용적인 대화를 다루지 않는다. 실제 일상생활에서는 사용되지 않는 표현이 적혀 있는 경우도 많다.

한국 학생들이 지금 쓰는 생생한 한국어를 가르쳐야 한다. 재미있는 농담을 포함하면 외국인들이 지루함을 느끼지 않고 한국어 공부를 즐겁게 하는 데 도움을 줄 것이다. 그리고 현대 한국의 배경, 한류 이야기, 강남 스타일, 압구정동의 길거리, 한국 기업이나 기술 등을 한국어 교육 내용으로 다루고 한국을 멋있는 나라로 소개하면 큰 효과를 거둘 수 있을 것이다. 실용적인 한국어 교육이 더 많이 필요하다. 오래된 교육 시스템에서 탈피해야 한다. 시대 변화에 따라 한국어 교육도 바뀔 필요가 있다.

한국인이 외국인의 모든 입장을 다 헤아릴 수는 없다. 따라서 한국인뿐만 아니라 외국인들이 함께 한국어 교육의 주체가 되도록 힘써야 한다. 외국인이 한국어 교육을 직접 맡아야 한다는 뜻은 아니다. 외국인 전문가를 투입해 조언을 받으며 한국어 교육 시스템과 교육 방안에 대해 같이 고민하고 대안을 만들자는 의미이다. 물론 현실적으로 쉽지 않지만 꼭 해야 할 일이다.

'한글' 소개가 한국어로 가는 길을 열 수 있다. 한글 소개는 한국어 교육과 다르다. 한국어를 전혀 모르는 외국인들도 한글 서예를 배워 자신의 독특한 표현 방법으로 삼을 수 있다. 그러면 한글을 응용한 예술품이 외국에서 유행하는 일도 가능하다. 그 미적 표현을 군이 한

이만열

국인이 관리하지 않아도 된다. 오히려 외국인들이 한국인이 생각하지 못했던 방향으로 한글 관련 예술을 발전시킬 수 있다. 또한 그 한글 예술을 보고 한국어에 관심을 품을 수도 있다.

내 생각에는 한글을 딱딱하게 가르치기보다는 외국인이 빨리 배울 수 있는 방식을 고안해 소개하는 것이 좋을 것 같다. 훈민정음이 나온 시기부터 시작하는 전통적인 한글 배우기 방법이 있다. 좋은 방법이긴 하지만 외국인이 익히기에는 적합하지 않다. 외국인들에게는 신속하고 체계적으로 가르치는 것이 좋다. 그렇지 않으면 잘 활용하기 어렵다. 아래 그림은 좋은 참고가 될 것이다.

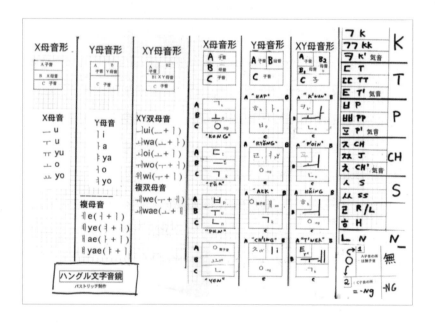

이 도표는 모양을 기준으로 한글을 소개하는 독특한 방식을 취하고 있다. 한글에는 세 가지 형식이 있는데 이는 모음의 모양에 따라

결정된다. 횡자음橫子音(송, 금, 순), 직자음直子音(박, 섬, 경), 복잡자음複雜子音(왕, 최, 원)으로 분리한다. 이렇게 소개하면 한글은 훨씬 배우기 쉽고 재미있는 문자가 된다. 외국인 시각으로 한국어 교육에 접근한다는 점에서도 유익하다.

어린이들에게도 한글을 효과적으로 소개할 수 있다. 예를 들어 어린이들을 대상으로 어떤 암호처럼 한글을 소개할 수 있다. 한국어와 아무런 인연이 없는 아이들이 한글을 재미있게 접한다면 한국어에 대해서도 흥미를 느끼게 될 것이다. 다른 아이들이 읽을 수 없는 암호로 친구들끼리 통신하며 즐겁게 놀 수 있다. 한글로 영어를 표기할 수도 있다. 그것이 바로 한글의 국제화다. 이는 한국어 국제화와는 다른 현상이다.

한국인들은 한국어를 배우려는 외국인들을 낯설어하면서도 친절하게 대해준다. 그러나 애석하게도 그런 배려가 오히려 부정적인 결과를 초래할 수도 있다. 외국인들을 따뜻하게 대하고 한국어로 대화하려는 의지는 중요하다. 그리고 이를 통해 한국어가 세계 속에서 중요한 언어로 자리매김하고 있다는 것을 인식시켜주는 것도 필요하다. 그렇지만 한국어를 쓰려는 외국인들을 아이 다루듯 조심스럽게만 대하는 것은 크게 잘못된 자세다. 때로는 그들의 한국어 구사 능력 향상을 위해 엄격해질 필요가 있다.

외국인 대상의 한국어 교육에서 일어나는 심각한 문제점은 한국어 취득 수준이다. 많은 외국인 학생들이 고급 한국어를 구사할 정도까지 공부하지 못한다. 복잡한 표현이나 멋진 에세이를 쓰지 못한다. 부분적으로는 한국어 교육 지침이 제대로 되어 있지 않고 교재가 부

이만열

실한 탓도 있다. 그러나 보다 근본적으로 본다면 한국어를 배우는 외국인에 대한 한국인의 선입견에서 이유를 찾을 수 있다. 많은 한국인은 외국인이 한 국어를 제대로 구사할 것을 기대하지 않는다. 외국인이 언어상으로 실수해도 좀처럼 바로잡아 주지 않는다. 외국인 대학 교수나 학생들의 한국어 작문 실력이 형편없어도 대부분은 그냥 넘어간다. 이런 봐주기는 외국인의 한국어 실력 향상에 전혀 도움이 되지 않는다. 이런 환경하에 놓인 외국인들은 한국에 있는 동안 고급 한국어를 배울 기회를 살릴 수 없다. 미래의 한국 전문가가 될 수도 있는 외국인에게 한국어를 소홀히 가르치는 일은 한국과 한국인들에게도 상당한 손해다.

한국 교수들과 한국 학생들은 외국인 학생이 한국어를 말하거나 한글을 쓸 때 한국인과 가깝게 구사할 수 있도록 요구해야 한다. 외국인 학생들도 이에 호응할 것이다. 오히려 적당한 봐주기가 학습에 걸림돌이 된다. 만약 한국인들이 내가 쓰는 글이나 말에서 잘못된 부분을 솔직하게 지적해 주었다면 나의 한국어 실력은 지금보다 훨씬 더 향상되어 있을 것이다.

외국인들은 한국어를 쓰면서 실수를 해도 그것이 실수인지조차 모를 때가 부지기수다. 외국 학생들에게 높은 수준의 한국어 구사와 작문을 요구하면 그 실력이 확실히 더 나아질 것이다. 외국인이 한국인처럼 한국어를 잘하지 못할 것이며 그래도 괜찮다는 선입견이 있는 한 외국인의 한국어 실력 향상은 있을 수 없다. 친절과 관대함이 결과적으로는 불친절에 이르고 마는 것이다. 한국인들이 외국인의 한국어 구사에 대한 기대치가 낮은 이유로 몇 가지를 지적할 수 있다.

첫째, 한국어는 기본적으로 한국인 정체성의 연장선으로 여겨진다. 한국인의 정체성에 자연스럽게 내재되어 있는 언어인 것이다. 그래서 객관적 관찰이나 평가의 대상으로 삼지 않는다. 한국인이라면 완벽한 한국어를 구사해야 한다고 생각하는 반면에 외국인이 한국어를 잘하면 매우 이상하게 여긴다. 그리고 한국어를 얼마나 좋아하는지 그리고 얼마나 열심히 노력하는지를 외국인의 한국어 능력에 대한 평가 기준으로 삼는다. 한국어 강의 시간에 외국인의 한국어 발음을 교정하기 위한 체계적인 노력은 거의 없다.

보통의 한국 사람들도 외국인이 발음을 잘못하거나 잘못된 어법을 써도 그것을 지적해 주지 않는다. 그런 사람은 백만 명에 한 명 있을까 말까이다. 이와 같은 외국인의 한국어 표준 발음과 어법에 대한 교정 노력 부족은 한국어가 한국인만을 위한 언어이며 국제 언어나 지구촌 언어는 아니라는 가정에서 비롯된 것이다. 그러한 관점이 만연한 상황에서는 외국인들이 높은 수준의 한국어를 구사하기 위해 노력할 필요가 없어진다.

한국인들은 외국인들이 한국 내의 조직에서도 영어를 사용할 것이라고 가정한다. 우리 조직에서는 영어만 사용한다고 말하는 곳도 많다. 그렇지만 실제 그런 경우는 존재하지 않는다. 나는 지난 5년간 한국에서 일해 보았다. 그 경험으로 확신하건대 외국인이 한국 조직에서 제대로 일하기 위해서는 매우 높은 수준의 한국어를 구사할 수 있어야 한다. 한국이 점점 세계적 수준으로 올라서면서 조직 내부의 외국인들을 통합시킬 필요성을 느끼게 될 것이다. 이런 통합을 위한 조치 중 하나로 영어로 의사소통하는 환경을 조성하는 것을 들 수 있다. 그러나 외국인들이 조직 내부에서 높은 수준의 한국어를 구사하며 일할 수 있도록 훈련하는 일도 중요하다. 우선 조직 내의 외국인에게 자신의 언어 능력을 높이도록 동기 부여하는 것만으로도 효과를 볼 수 있다. 한국인들은 또한 영어는 국제 공용어지만 한국어는 그렇지 않다고 생각한다. 물론 언어 사용 현황을 볼 때 영어와 한국어를 비교하기는 어렵다. 그렇지만 한국어는 빠른 속도로 지구촌의 중요 언어가 되고 있다. 예를 들어 영어, 중국어, 스페인어, 러시아어, 프랑스어, 독일어 수준까지는 아니지만 머지않은 장래에 이탈리아어 수준 정도는 될 것으로 전망할 수 있다. 특히 과학이나 기술과 관련된 분야에서 한국어는 이미 스페인어, 프랑스어, 이탈리아어와 그 중요도가 비슷하거나 더 크다.

둘째, 많은 한국인과 외국인이 한국어로 된 문서 중 한국 밖의 사람들이 읽을 만한 가치가 있는 것은 없다고 가정한다. 그러나 이는 매우 성급하고 잘못된 생각이다. 한국 정부와 기업은 세계에 강력한 영향을 미친다. 따라서 한국 정부와 기업에 중요한 문서라면 지구촌 전체에서도 가치가 있다. 더구나 한국은 기술과 비즈니스와 관련해 많은 문서를 생산한다. 이것이야말로 실제적 가치를 지니고 있다. 설령 서구 사람들이 이런 사실을 이해하지 못한다고 하여도 한국어 문서의 중요성에 대해 오판해서는 안 될 것이다.

수준 높은 한국어 실력에 대한 실질적인 요구가 지구촌 차원에서 점점 증가하고 있다. 이에 맞춘 적절한 조치가 뒤따라야 한다. 한국인들은 한국어를 유창하게 하는 미국인이 별로 없다면서 한탄해 왔다. 그러나 곰곰이 따져보면 미국인이 한국어를 잘 배우도록 유도하는 데 실패한 것이 중요한 원인이다. 한국은 국제 외교나 상품 판매에는 어마어마한 자금을 투자하고 있다. 그런 분야에 비하면 일류 한국어 교재를 만드는 일은 작은 투자로도 충분히 할 수 있다. 그러므로 이 일은 최고의 외국인 영재들을 유인해 한국의 미래 전문가로 키우는 출발점임을 간과해서는 안 된다.

이만열

06

진정한 다문화 사회를 건설하자

대한민국은 위대한 나라다. 그러나 모든 면에서 그런 건 아니다. 걱정스러운 일도 많다. 서울에서 지하철을 타 보면 한국의 미래가 우려스러운 장면을 흔히 볼 수 있다. 노인이 너무 많아 자리를 잡기 어렵다. 심지어 80대 노인이 90대 노인을 위해 자리를 양보하는 광경도 본 적이 있다.

한국은 어느새 심각한 고령화 사회가 되었으며 그 경향은 갈수록 더욱 심해지고 있다. 이 문제에 주의를 기울여야 한다. 그렇지 않다면 한국 고령 인구는 별도의 계층을 형성할 수 있다. 그리고 많은 수를 앞세워 젊은 층에 손해를 끼치면서까지 자신의 이익을 옹호하는 방식으로 움직일 수 있다. 그러면 한국 경제는 왜곡된다. 이는 심각한 문제다. 스마트폰 매출을 높이고 선명한 화질의 플라스마 디스플레이를 개발하는 것보다 더 중요하게 생각해야 한다. 이제 한국은 이런 측면에서 용기 있는 혁신이 필요하게 되었다.

이런 심각한 문제에 대해 '이민'을 대안으로 제시할 수 있다. 노인들을 외국으로 내보내는 것이 아니라, 젊은 외국인들을 한국으로 불러들이자는 이야기이다. 전 세계에서 재능과 창의력을 겸비한 젊은 인재를 유치하여 인구통계학적으로 부족한 젊은 층의 구멍을 메우자는 의견이다. 물론 이민은 결코 가볍게 다룰 문제가 아니다. 사회 전체가 장기적인 관점을 갖고 신중하게 다루어야 한다. 그렇지만 진정으로 지혜로운 이민 정책을 내놓고 창의적인 다문화 사회를 건설한다면 한국은 아시아 중심 국가로 도약하게 될 것이다. 상하이나 싱가포르, 혹은 홍콩과 견줄 수 없는 수준의 문화 공화국을 형성할 잠재력을 갖게 될 것이다. 이런 미래는 충분히 가능하다. 그러나 이민 정책이 엉성하게 세워져 별 효과를 보지 못한다면 한국은 노후 연금을 받는 노인들이 지배하는 고령화 사회로 전락할 것이다. 혹은 이민자들이 한국 사회에 통합되지 못한 채 한국의 국익과 자신들의 이익이 다르다고 여기고 겉돌게 되어 분리된 나라가 될 수도 있다. 전자나 후자 모두 위험하다.

그렇다면 이민 정책이 성공을 거두기 위해서는 어떻게 해야 할까? 우선 한국 문화에서 보편적인 성격을 강화해야 한다. 큰 비전을 품고 뛰어난 기술을 가진 인재들이라면 누구나 한국에 와서 자신의 잠재력을 십분 발휘할 수 있도록 여건을 조성해야 한다. 물론 한국의 독창성과 차별성은 유지해야 한다. 다른 선진국과 똑같은 문화를 추구하는 것은 결코 좋은 방법이 아니다.

한국인의 정체성을 좀 더 확장하는 것이 해결책이다. 이민자들이 인종적으로는 한국인이 아니더라도, 내면적으로는 분명히 한국인이

이만열

라고 느낄 수 있어야 한다. 그러기 위해 지역 공동체를 형성하는 것도 한 방법이다. 중국이나 인도 출신의 인재들이 한국으로 유입되었을 때 이들이 자신을 진정한 한국인으로 인식할 수 있게 도와주어야 한다. 만약 이들이 자신을 어쩌다 보니 한국에 살게 된 중국인이나 인도인으로 여긴다면 이는 정책이 실패한 결과다. 그렇게 되면 고급 교육을 받은 이민자들이 금융이 움직이듯 수시로 다른 나라로 휩쓸려 나갈 것이다.

한국이 점점 세계화되고 있지만 싱가포르나 홍콩을 모델로 삼을 수는 없다. 그런 방향을 설정하는 것은 잘못된 정책이다. 싱가포르나 홍콩은 도시국가의 특성을 지니고 있다. 한국과 같이 규모가 큰 나라와 비교하기 어렵다. 이 두 나라의 인구 구성은 매우 소규모이고 다양성도 제한적이다. 그리고 이 두 나라는 장기적 번영을 위해 중국에 지나치게 의존하는 경향이 있다.

한국인들은 자신의 문화 정의를 확장시켜야 하며 자신의 문화를 포괄적인 것으로 변형하는 데 매우 지혜로울 필요가 있다. 즉, 한국 문화를 다른 문화까지 포용할 수 있는 더 크고 포괄적인 문화로 만드는 일이 매우 중요하다. 그렇다고 한국 문화를 일회용 상품으로 여기는 것은 곤란하다. 다문화 사회의 '문화'와 외국 시장을 겨냥한 '문화콘텐츠'는 기본적으로 다른 개념이다.

한국 문화는 한국에 사는 이민자들을 통합할 수 있는 강력한 정체성으로 작용해야 한다. 한국에 살게 된 사람들이 새로운 의미의 '한국인'이 되기를 갈망하도록 만들어야 한다. 예를 들어 자신의 나라에서는 허용되지 않았던 자유나 표현의 공간을 제공하는 것도 생각해 볼 수 있는 조치 중 하나이다.

미국은 19세기 말부터 다문화 국가가 되었다. 다양성으로 보자면 한국보다는 훨씬 더 긴 전통을 지녔다. 그러나 미국도 얼마 전까지는 진정한 의미의 다문화 국가가 아니었다. 꾸준한 노력을 통해 현재의 위치까지 오게 된 것이다. 여기서 잠시 미국에서 대표적으로 해외 이민자를 성공적으로 받아들여 미국의 국익에 일조한 예를 하나 들어볼까 한다. 바로 헨리 키신저Henry Kissinger 미 공화당 수석 외교 자문과 민주당 외교 안보 정책의 핵심 인물로 활동 중인 즈비그뉴 브레진스키Zbigniew Brzezinski 이야기다. 지난 40년간 미국의 국제 외교 안보 전략에 있어 두 명의 거인으로 인식되는 이 두 사람은 모든 분야에서 국가의 우선순위를 정했고 국가 전략을 마련하여 미국 국익에 대한 강한 의식을 심어 주었다. 키신저는 리처드 닉슨Richard Nixon 대통령 때, 브레진스키는 지미 카터Jimmy Carter 대통령 때 각각 국가 안보 보좌관을 역임했다. 이 두 사람은 연로한 나이임에도 미국 외교 정책 수립에서 의미 있는 활동을 계속하고 있다.

미국의 외교·안보·정보 분야에서 가장 민감한 부분을 담당한 두 사람은 모두 토종 미국인이 아니었다. 키신저는 1938년 나치의 압박을 피해 부모와 함께 미국으로 망명 온 독일 출신 유대인이다. 그는 미국 시민이 되었고 2차 대전 때 미군으로 복무하며 공훈을 세웠다. 이후 키신저는 하버드대학교 교수가 되었다.

즈비그뉴 브레진스키는 1939년 비밀 조약에 따라 폴란드가 독일과 소련 사이에서 분리됐을 때 캐나다에 발이 묶였던 폴란드 외교관의 아들이었다. 그는 노력 끝에 미국에서 교육을 받았고 미국인으로

이만열

귀화했다. 그리고 나중에는 미국의 정책 수립의 한 자리를 차지하게 되었다. 브레진스키도 키신저와 마찬가지로 하버드대학교에서 박사 학위를 받았다.

이런 사례를 보면 세계 최고의 우수 인재를 발견하고 그들에게 또 다른 국민 정체성과 국가 충성심을 부여하는 일이 가능함을 알 수 있다. 이것이 바로 미국이 한 일이다. 전 세계에서 인재를 끌어당기는 능력이야말로 미국을 강하게 만든 주된 원동력이다. 현재 한국은 세계 최고의 우수 인재를 끌어들이는 임무를 훌륭히 수행하고 있지 못하다. 한국이 이 분야에서 얼마나 더 발전할지는 모른다. 그러나 이 전략이야말로 한국을 고령화의 위기에서 건지고 새로운 기회를 잡게 해줄 단 하나의 방법이라 생각한다. 한국은 진정한 의미의 다문화 사회를 만들기 위해 거대한 변화를 일으키기에 충분한 역량을 갖추었다. 그러나 기본적인 사고방식의 패러다임 전환paradigm shift이 있어야 한다.

한국인들은 외국인들이 한국을 어떻게 경험하는지에 대해 놀라울 정도로 둔감하다. 한국인들은 한국 회사가 외국인에게 충분히 권위 있고 인상적으로 비치기를 기대한다. 혹시 그렇지 않으면 어쩌나 고민한다. 그리고 값비싼 정장을 차려입고 점잖게 말함으로써 외국인들이 자신을 자기 일에 진지한 태도로 임하는 지성인으로 보아주기를 바란다. 이처럼 한국의 겉모습이 외국인들에게 어떻게 보이는지에 대해 깊은 관심을 두고 노력한다.

그러나 외국인들이 한국을 어떻게 '경험'하는지는 관심을 두지 않는다. 중요한 것은 외국인의 한국에 대한 피상적 인상이 아니다. 시간이 흐를수록 한국과 한국 문화를 어떻게 경험하느냐, 어느 것에 진정으로 주목하느냐이다. 외국인이 한국에 올 때 무엇을 찾을까? 외국인이 왜 한국에 흥미를 느낄까? 끊임없이 질문을 던져야 한다. 외국인에게 한국이 의미하는 바가 무엇인지, 외국인이 한국의 어떠한 점에 끌리는지는 한국 회사원이 외국인에게 어떻게 보이는지의 문제보다 훨씬 더 중요하다.

요즘은 외국에서 한국에 온 유학생들이 공부를 마치고 자신의 나라로 돌아가거나 한국에 남았을 때 '지한파'보다는 '혐한파'가 되는 경우가 많다고 한다. 이민자들 역시 한국에 잘 통합되지 않는다. 한국의 이민자들이 한국에 대한 특별한 관심이나 책임감 없이 살아가는 단순한 외국인 집단이 되는 것은 일종의 비극이다.

강력한 다문화 사회를 건설하려면 외국인 시각에서 세계를 보는 상상력을 발휘해야 한다. 그리고 외국인이 이해할 수 있는 용어를 사용해서 한국이 어떠한 나라가 될 수 있는지 알리는 논거를 만들어야 한다. 나는 외국인으로서 한국에 사는 어려움을 상징적으로 보여주는 경험을 갖고 있다. 이는 어찌 보면 한국이 한국에 사는 외국인을 충분히 활용하지 못하는 이유이기도 하다.

나는 원어민은 아니지만 한국어로 업무를 하거나 다양한 주제의 대화를 할 수 있다. 그런데 한국인들은 나를 정상적인 한국 사회 구성원으로 받아들이지 않는다는 느낌을 받는다. 예를 들어 한국인들은 나의 한국어 실력을 칭찬한다. 감사한 일이지만 합리적이지는 않다. 내가 한국어를 잘해야 함은 너무 당연하기 때문이다. 나는 한국에 6년을 살았고 수년간 한국어를 공부했다. 그런데도 나의 한국어 사용은 사람들의 주된 관심사가 된다. 정확히는 '한국어 사용'만 주목받는 것 같다. 심지어 어떤 때는 나의 한국어 구사 능력에 관해서만 이야기하다 대화의 주제를 놓친 적도 있다. 외교 정책이나 고전문학 같은 중요한 대화를 할 때도 사람들은 토론 내용보다는 내 한국어 구사 능력에 관심을 맞춘다.

결과적으로 나의 한국어 솜씨를 칭찬함으로써 나의 한국어가 얼마나 엉성한지를 상기시킨다. 그럴 때마다 나는 내가 한국인이 아니라는 사실에 흥미를 갖기보다는 대화의 한 구성원으로 대해주면 좋겠다는 생각이 든다.

한국의 역사나 정치 혹은 사회와 같은 깊은 주제를 토론하면서 내가 나름의 의견을 제시하면 한국인들은 자신이 부끄럽다고 말하는 경우가 많다. 왜 그럴까? 외국인인 내가 한국인 자신도 모르는 한국에 대한 사실을 알고 있다고 여기기 때문이다. 이런 반응은 사실 한국 사회의 '일원'이 되고자 노력하는 외국인에게 가장 어려운 부분이다. 나는 한국을 공부하는 학자다. 한국에 대해 잘 아는 것은 너무나 당연하다. 나도 가끔 미국에 대해 나보다 더 많이 아는 한국인을 만날 때가 있다. 그런데 전혀 이상하게 여기지 않는다. 미국을 공부한 사람이 미국에 대해 잘 아는 것은 자연스럽기 때문이다. 그러나 한국에서는 한국인과 다르게 생긴 사람이 한국에 대해 깊이 이해하는 것이 부자연스러운 일이다.

한국인보다 한국에 대해 더 잘 아는 외국인이 있다는 사실은 전혀 부끄러운 일이 아니다. 그보다는 한국에 10년이나 20년을 살고도 한국어를 하지 못하고 한국 정치와 사회에 대해 이해하지 못하는 외국인이 있다는 사실이 부끄러운 일이다.

한국의 정치, 경제, 사회를 잘 아는 외국인을 늘리는 것이 급선무다. 이를 위해 지금 한국에 있는 외국인과 심도 있는 대화를 할 필요가 있다. 외국의 많은 한국 전문가들은 그저 단순히 북한 동정에 대한 분석만 반복하고 있다. 사실 그들이 하는 이야기는 10년 전에 했던 이야기와 크게 다르지 않다. 그런데도 한국에는 외국, 특히 미국에서 활동하는 한국인 전문가가 더 높게 평가받는 아이러니가 있다.

한국인들은 외국인과 대화할 때 한국에 온 지 얼마나 되는지, 한국음식은 좋은지, 한국에 살기 불편하지 않는지 등 일상적인 질문에만 치우치는 경향이 있다. 물론 이것도 중요한 질문이고 외국인들도 그에 맞추어 답할 것이다. 그러나 이런 종류의 대화로는 한국이 더 좋은 나라가 되는 계기를 마련할 수는 없다. 이보다는 실제적인 토론에 외국인을 끼워주는 노력을 해야 한다. 그래야 차츰차츰 편견과 차별 없는 외국인 융합을 이룰 수 있다.

한국에 사는 외국인을 한국어 토론의 주체요, 한 사회 구성원으로 인정해야 한다. 그래야 이민자들이 한국 사회에 동화되고 한국인으로 살아갈 수 있다. 이민자가 한국인으로서의 정체성을 갖고 사회에 통합되는 진정한 다문화 사회가 될 때, 지하철에 노인과 청년이 적절한 비율로 자리를 잡는 장면이 보일 것이다.

이만열

07

세계가 함께 꿈꾸는 코리안 드림을 만들자

지난 1950년대와 1960년대 이후 미국은 영화나 책 등의 미디어와 시민사회 및 정부 차원의 각종 활동을 통해 전 세계에 강력한 비전을 제시해 왔다. 세상 사람들을 매료시킨 그 비전은 각 개인이 그들의 꿈을 실현하고 풍요로운 세상을 누릴 수 있도록 돕는 자유롭고 열린 사회를 만들겠다는 것이었다. 이른바 '아메리칸 드림'이다.

룩셈부르크 사람이었던 나의 어머니 역시 그 비전에 매료된 사람 중 하나였다. 아메리칸 드림은 사회적 공정성을 보장함으로써 꿈을 이루고자 하는 의지를 가진 모든 이들에게 풍부한 기회가 주어지는 사회를 약속하고자 했다.

세계 많은 이들이 민주주의와 자유를 위해 전진하는 아메리칸 드림에 영감을 얻었다. 미국 영화와 신문을 보거나 평화협력단 등 국제 협력 조직의 활동을 접하면서 미국을 희망과 낙관주의 기반 위에서 더 나은 세상을 만들기 위해 노력하는 나라로 인식했다. 그리고 그들은 아메리칸 드림에서 얻은 영감을 기초로 자신의 나라가 할 수 있는 일, 성취할 수 있는 목표에 대한 기대치를 높였다. 아메리칸 드림에서 발견한 가치를 바탕으로 그들의 아이들을 위해 더 나은 미래를 꿈꾸었다.

아메리칸 드림에 영감을 받은 이들은 자유를 위해 투쟁했으며 그들의 권리를 위해 싸웠다. 세계 많은 이들이 아메리칸 드림을 실현하기 위해 미국에 몰려 들어왔다. 방문 교사나 대학원생, 이민자와 사업가 등 신분은 다양했지만 목표는 하나였다. 이들에 의해 아메리칸 드림은 세계로 퍼졌다. 다른 선진국이나 개발도상국에서 일어난 혁신은 미국에서 그 모티브를 따온 것이 많다.

물론 미국은 완벽한 나라가 아니다. 미국 사회에도 어두운 구석이 많다. 인종적 편견이나 극단적 물질 만능주의 등은 아메리칸 드림의 뒤안길에서 볼 수 있는 요소들이다. 그러나 그런 부분은 아메리칸 드림에 의해 영감을 얻은 사람에게 특별히 중요한 것은 아니다. 즉, 사람들에게는 윤리적 특성이나 바람과는 관계없이 기회가 존재한다는 것 자체가 희망이었다.

누구에게나 이상적인 아메리칸 드림의 기원은 독립선언서나 권리장전까지 거슬러 올라간다. 제임스 트로슬로우 아담스는 아메리칸 드림을 "인생이 모든 사람에게 능력과 성취에 따라 기회를 주는 것으로 더 좋아지고 더 풍부해지는 것"이라고 정의했다. 이런 아메리칸 드림은 세계 곳곳에서 개혁에 대한 영감을 제공했다. 부정적인 과거와 현실을 뛰어넘어 더 나은 미래를 창조하고자 하는 이들을 끊임없이 자극했다.

이만열

오늘날 한국은 동남아시아나 중앙아시아, 중동, 아프리카나 남미 지역의 사람들로부터 정부 정책, 사회 간접 자본, 기술과 사업 관행 등의 분야에서 선망의 대상이 되고 있다. 세계 곳곳에서 찾아온 정부 관리들과 주요 기업인들은 한국의 수질 정화 시설을 견학하거나 가상 정부에 대해 강의를 듣는다. 그리고 한국의 기업 총수나 전문가들로부터 기업가 정신에 대해 배우고 한국의 공장이나 백화점 등을 방문한다.

한국은 이미 신흥국 대부분이 도약을 이루기 위해서 가장 현실적으로 참고할 만한 사례가 됐다. 미국이나 일본, 독일의 관행이나 제도는 너무 긴 역사를 가지고 있어 세계의 다른 국가들이 이행 모델로 참고하기 어렵다. 그러나 한국은 한 세대 만에 개발도상국에서 선진국으로 이동하는 모습을 보여주었다. 확실하게 지구촌 성장 모델이 된 것이다.

더군다나 한국의 전통문화는 미국의 문화를 넘어서 많은 나라에서 광범위하게 환영을 받고 있다. 특히 한국의 성형수술이나 패션, 음악과 노래, 춤과 영화는 지구촌 젊은 세대에게 영감을 주고 있다. 지구촌 경제에 있어 중요한 존재로 부상하기 시작하는 개발도상국과 같은 나라에서는 더욱 그렇다.

한국은 다양한 형태의 분야에서 지도적인 역할을 맡고 있다. 이런 활동 가운데 상당 부분은 저평가됐던 부분이며 특히 문화에서 그런 현상이 많았다. 그러나 예전에 상상했던 것 이상으로 한류가 중대한 의미를 지니고 있다는 점은 이제 의심할 필요가 없어졌다.

많은 한국인이 한국이 국제 사회에서 중요한 역할을 할 수 있으며 이미 하고 있다는 사실을 알지 못한다. 여전히 앞길이 멀다고 생각한다. 한국이 국제 사회에서 상당한 영향력을 보여주고 있다는 사실을 의식하지 못한다. 만약 한국이 국제 사회의 모델로서 중요한 역할을 감당하기 이전에 20년 정도 준비 기간이 있었다면 문제는 간단히 풀렸을 것이다. 그러나 최근의 지정학적 변화는 그 누구의 예상보다도 이른 시기에 한국이 성공적인 모델 국가로서 특출 나게 중요한 역할을 수행해야 할 운명을 가져왔다.

어떤 나라는 스스로 그들의 운명을 선택할 기회를 허락받지 못한다. 한국도 마찬가지이다. 이 시대의 요구에 따라 예상보다 이른 시간에 시대적 역할을 수행할 필요가 생기게 되었음을 외면해선 안 된다.

코리안 드림은 과거 아메리칸 드림이 그랬던 것처럼 한국이 세계에 주는 가치이다. 그러나 코리안 드림은 그 내용 면에서 아메리칸 드림과는 완전히 다른 것이다. 코리안 드림은 아직 완성되지 않았다. 한국의 젊은이들은 새로운 책임감을 가져야 한다. 한국인들, 특히 한국의 젊은이들은 한국이 국제 사회에서 지도적인 역할을 맡으며 새로운 트렌드를 정착시킬 수 있다는 점을 확신해야 한다. 국제 사회에서 한국의 책임감과 운명에 대한 깊은 감각을 느낄 수 있어야 한다.

단순히 한국의 성취에 대해 자부심만을 품는 것으로는 부족하다. 이런 혜택은 시대적 행운을 통해 얻은 것이기도 하다. 이 행운은 다른 사람을 도와야 한다는 중대한 책임감을 동반한다. 지금 한국 젊은이들의 행동 하나하나는 국제 사회에서 하나의 선례가 된다. 그것은 극단적으로 부정적이거나 긍정적인 충격을 가져올 수 있다.

예를 들어 한국의 젊은이들이 공정한 사회를 창조하고 환경을 보

이만열

호하는 데 헌신하는 사려 깊고 멋있고 똑똑한 사람이라는 인상을 준다고 생각해 보자. 그러면 전 세계 수십억의 사람이 그것을 따라 할 것이고 이를 자신들의 사회 발전의 원동력으로 삼기 위해 노력할 것이다. 이런 충격파는 엄청난 규모로, 이런 문화를 최초로 만들어낸 한국 젊은이들의 초기 상황과 비교하면 100만 배 이상으로 확산될 수 있다.

이와 반대로 한국인이 비싼 물건을 소비하는 데서 만족감을 느끼고 외모에만 관심을 두는 사람이라는 이미지를 만드는 경우를 보자. 이때도 물질문명 발전을 동경하는 세계 많은 젊은이가 한국인을 따라 할 것이다. 그러면 천박한 물질만능주의적 삶은 걷잡을 수 없이 확산될 것이다.

몽골이나 우즈베키스탄, 인도네시아나 이집트 사람들이 그런 양태를 추종한다면 어떨까? 한국인처럼 멋들어지게 사는 것이 대형 승용차를 몰고 다니며 고급 식당에서 다 먹지도 못할 만큼 음식을 주문했다가 남기고 나오는 사치스러운 소비 생활이라 여기면 어떻게 될까? 전 지구적 차원의 불행이 될 것이다.

코리안 드림이 두 가지 방향 중 어느 쪽으로 흐를지 한국인들이 스스로 결정해야 한다. 그리고 결정의 순간이 왔다. 한국은 역사의 흐름에 따라 국제 사회 주요 사안에 대해 중심적 역할을 담당할 기회를 넘겨받았다.

한국은 두 가지 길 중 어떤 것도 선택할 수 있다. 한국은 국제 사회의 전면적 주도권을 잡을 수 있으며 시민의 행동을 통해 세계 역사의 방향을 좌우할 수도 있다.

나는 코리안 드림이 무엇인지를 규정할 수는 없다. 그러나 그것이 어떠해야 하는지 제안할 수는 있다. 예를 들어 가족애, 다른 사람에 대한 이타적 관심, 인간적이고 사려 깊은 기술, 인본주의 전통, 진정으로 세계를 향해 열린 관점 등을 중요한 요소로 제시할 수 있다.

코리안 드림을 만드는 일은 한국인에게 달려 있다. 그러니 세계인들이 한국의 좋은 점이 아니라 한국의 나쁜 점을 배우는 일이 발생하지 않도록 해야 한다. 그것이 지금 한국에 부여된 절실한 사명이다.

이만열

08

통일은 선택의 문제가 아니다

얼마 전 수업 시간에 한국의 미래와 통일에 관한 토론을 했다. 통일로 가는 올바른 길이 무엇이냐고 묻자 한 학생은 확신에 찬 듯 말했다.

"엄청난 통일 비용을 감안할 때 우리 세대에는 통일을 선택하지 않겠습니다."

수업을 마치고 그 학생의 말을 오랫동안 곱씹었다. 혹시 많은 한국인이 그 학생처럼, 역사가 통일을 선택하지 말라는 답변을 주고 있다고 여기는 건 아닐까. 그러나 분명한 사실은, 대한민국에게 있어 통일은 더 이상 선택의 문제가 아니라는 점이다.

통일에 관한 불후의 문구는 중국의 《삼국지》 서문에서 찾을 수 있다. 나라의 존망이 위태롭던 한漢조 말에 쓰인 그 유명한 역사소설의 서문에는 이런 구절이 나온다. '분구필합, 합구필분分久必合, 合久必分'. 오랫동안 분열된 나라는 반드시 다시 통일되고, 오랫동안 통일된 나라는 반드시 분열한다는 뜻의 이 말은 국가의 통일과 분열은 본질적으로 피할 수 없다는 것이다. 성공적인 통일이냐, 실패한 통일이냐의 차이만 있을 뿐 통일 자체는 선택의 대상이 아니다.

한반도의 통일 과정은 이미 시작됐다. 한국이나 미국의 정책과 무관하게 북한은 글로벌 경제 속에 편입되고 있다. 평양의 특권층은 베이징이나 모스크바에서 명품을 구입하거나 외화를 획득하고 해외 계좌를 통해 전 세계에 은밀한 투자를 벌인다. 북한에 대한 중국의

이만열

대규모 투자도 북한의 세계 경제 편입을 촉진하고 있다. 즉 남북한의 경제·금융 통합은 수면 아래에서 꾸준히 계속되고 있으며 앞으로도 계속될 것이다.

남북 간 이념 장벽도 무너지고 있다. 공산주의 이념에 지배되던 당과 군이 사익을 추구하는 과두 집단으로 변화하면서 문화와 가치관의 차이도 계속 흐려지고 있다.

만일 남북통일 과정이 은밀히 진행된다면 정부 기관의 투명한 공식 협상보다는 군인, 불법 조직 등 비정상적인 채널을 통해 이뤄질 위험이 있다. 권력과 돈을 목적으로 한 비공식적 불법 거래가 이뤄진다면 향후 백 년간 한반도를 문화적·정치적으로 후퇴시키는 비극으로 이어질 수 있다. 실제로 어떤 일이 일어나고 있는지는 아무도 모른다. 최악인 것은 북한과 미국 간 협상이 진행되어도 한국에서 관련 보도가 전무했다는 점이다. 통일 자체보다 통일 방식이 중요한 이유다.

잘못된 통일이 일어날 가능성을 경계해야 한다. 문화적·제도적 통합을 위해 실질적 해결책을 찾으려는 노력도 포기해선 안 된다. 이를 방치한다면 통일은 방향을 상실한, 매우 위험한 상태가 될 수 있다.

현재 한국과 북한은 비무장지대DMZ를 사이에 두고 갈라져 의사소통과 인적 교류가 거의 불가능한 상황이다. 그러나 남북 간 장벽은 DMZ만이 아니다. 한국과 북한에선 저마다 경제적·이념적 분열을 조장하는 세력이 공동의 미래를 방해하고 있다. 이들이야말로 눈에 보이지 않는 위험한 장벽이다. 1960~1970년대 한국의 발전을 이끈 놀라운 공동체 의식도 허물어지고 있다. 이러한 이웃과의 문화적·사상적 장벽은 DMZ보다 더 큰 장애다.

최악의 경우 남북은 화폐와 재화의 흐름에서만 통합된 나라가 되어버릴 수 있다. 또 남북이 스스로의 의지에 의해서가 아니라 양국에 투자 중인 중국·러시아 또는 다른 국가의 발전 전략에 휘말려 통합돼 버리는 경우도 상상해 볼 수 있다. 새로운 통일 한국의 구체적 청사진을 만들지 못한 채 타의에 의한 통일이 이뤄진다면, 여러 세대 동안 갈등을 부추기는 엄청난 분열을 맞이하게 될 것이다. 우리 사회가 모든 수준에서 통합을 실현해야 하는 이유가 바로 여기에 있다.

통일은 남북 모두가 동등한 시민으로서, 공통의 가치관을 공유하며, 서로에게 책임을 지는 방향으로 이루어져야 한다. 남과 북이 문화적·사회적 통합을 이루지 못한다 해도, 현재 진행형인 경제 통합의 흐름은 계속될 것이다. 그런 통일은 멕시코와 미국의 국경처럼, 지금의 DMZ를 매우 착취적이고 부정적인 것으로 만들 가능성이 크다.

환경문제도 생각하지 않을 수 없다. 북한은 이미 과도한 경작과 삼림 파괴로 토양이 피폐해지고 있는 데다 기후변화까지 겹쳐 토양이 사막화되고 있다. 건조지역이 DMZ를 넘어 한국 땅에까지 영향을 미치면 한국 정부가 아무리 노력해도 한반도의 사막화를 막기엔 역부족일 것이다.

이제 우리는 통일의 불가피성을 받아들이고, 그 과정을 성공시키는 데 필요한 구체적인 정책을 수립하는 일에 전념해야 한다. 사회의 내적 통합에 신경 쓰지 않은 채 경제적 통합만을 꾀하는 무책임한 통일은 눈에 보이지 않는 심각한 분열을 초래할 수 있으며 이는 DMZ보다 훨씬 더 비극적이고 위험하다.

이만열

한반도의 통일은 전혀 새로운 국가를 건설하는 일이므로, 국제사회와 젊은이들의 관심과 열정을 불러일으킬 수 있다. 성공적 통일을 이루려면 국내외의 적극적인 참여와 열정이 반드시 필요하다.

남북통일에 대한 시각부터 다시 정립했으면 한다. 남북통일은 한반도를 넘어 세계의 미래와 연관된, 국제 지정학적으로도 획기적인 일이다. 물론 통일되면 북한에 다량 매장돼 있는 석탄·희토류 등의 지하자원과 같이 손에 쥘 수 있는 분명한 이득도 있다. 하지만 어떻게 자원을 이용하느냐에 대한 고민이 없다면 북한의 지하자원이 경제에 반드시 긍정적 영향을 미친다고 단언할 수 없다.

북한의 값싸고 숙련된 노동력에 대해 이야기하는 사람도 많다. 이는 중국을 비롯한 다른 나라와의 경쟁을 생각하면 중요한 부분이다. 하지만 이 또한 잠정적인 추측일 뿐이다. 오히려 궁극적으로는 통일 한국의 노동 임금이 하향 평준화될 공산이 크다. 값싼 북한 노동력이 통일 한국에 긍정적으로 기여할 것이란 예측은 장기적으로 정치적 판단의 오류가 될지 모른다. 무엇보다, 앞서 열거한 장점들만으로는 한반도 통일을 향한 국제사회의 협력을 이끌어 내기에 역부족이다.

오히려 한반도 통일은 지난 세기 한 번도 본 적 없는 대규모 실험이 되리라는 점에서 중요하다. 새롭게 국가를 건설하는 과정에 엄청난 혁신이 수반될 것이기 때문이다. 많은 사람들은 독일통일과 비교하면 한반도의 통일 조건이 훨씬 열악하다고 보고 있다. 이는 거꾸로 한반도 통일이 야기할 변화의 깊이가 독일통일과 비교조차 되지 않을 정도로 심대할 것임을 의미한다.

통일이 되면 한국 정부가 수백만 북한 주민들의 생계를 떠안게 될 것이란 우려도 있다. 하지만 이는 통일이라는 도전에 임하는 올바른 태도가 아니다. 최근 서울에서 열린 아시아 인스티튜트 세미나에서 국제 관계 전문가 존 페퍼는 이렇게 강조했다.

"한반도 통일은 부국과 저개발 국가를 하나의 국가로 통합하는 역사적인 일이 될 것이다. 만약 통일 한국이 문화와 사회 영역에서의 개혁을 통해 성공적인 해결책을 제시한다면 이것은 전 세계를 위한 하나의 모델이 될 수 있다."

남북한의 극단적인 임금 격차가 비극적 역사로 인해 오로지 한반도에서만 일어난 현상이라고 보는 것은 오해다. 세계 도처에서 극단적인 양극화 현상을 목격할 수 있으며 빈부의 격차는 점차 심화하고 있다. 선진국과 개발도상국 간의 괴리, 가진 자와 못 가진 자의 분리는 미래 세계가 맞을 가장 큰 도전이 될 것이다. 한국의 통일 과정은 이러한 장애물을 어떻게 해결해야 하는지와 관련하여 지표가 되어줄 수 있다.

지금까지 한국인은 스마트폰과 자동차 디자인에 재능과 열정을 쏟아 왔다. 그런 노하우를 되살려 남북이라는 이질적인 두 사회의 통합에 적용할 수는 없을까. 새로운 문명의 창조라는 시각에서 전 세계에 영감을 주는, 역동적인 통일 한국을 만들어 나갈 수는 없을까.

통일은 단지 경제 성장을 자극하는, 북한에 대한 대규모 투자만을 의미하지 않는다. 전 세계에 모범이 될 최고의 국가 경영 및 행정 기술을 실천할 수 있는 기회인 것이다.

많은 사람들이 독일통일과 남북통일의 차이점을 주로 사상적·경제적 관점에서 서술해 왔다. 하지만 가장 본질적인 차이는 기술의 변화 자체에 있다. 기술은 엄청난 속도로 발전해 왔고, 정보 처리 능력은 기하급수적으로 발전하고 있다. 세계 도처에서 기술의 발전과 사회의 변화를 따라잡지 못한 낡은 통치 체제들이 삐걱대거나 허물어지고 있다.

이쯤에서 통일 한국이 역사상 어떤 정부도 해보지 않은, 완전히 새로운 통치 체제로 수많은 도전을 해결해 나가는 모습을 상상해 보자. 단기적으로 부담이 될 통일 비용에 과도하게 집중하기보다, 통일을 새로운 국가 경영이라는 보다 본질적인 측면을 생각하는 기회로 삼았으면 한다. 1215년 입헌 정부를 만들어 낸 영국의 전설적인 마그나 카르타(대헌장)처럼 통일 한국 또한 고도로 혁신된 새로운 체제를 만들어 내지 못하리란 법은 없다. 가령 기후변화, 고령화, 민주주의 훼손과 같은 광범한 문제에 대처할 수 있는 새로운 제도적 개혁을 이뤄 내고 그 성과를 전 세계에 소개하는 것이다. 지나친 이상주의라 탓할지 몰라도, 나는 통일 한국이 성공하려면 이런 역사적인 관점이 꼭 필요하다는 점을 강조하고 싶다.

09

과학은 교육과, 기술은 산업과 짝을 이룬다

나는 2008~2010년 대덕연구단지에 있는 정부 출연 연구소에서 일했다. 매일같이 그곳의 연구자들과 한국 과학기술의 미래에 대해 열띤 대화를 나눴다. 당시 연구자들은 2008년 교육과학기술부의 출범으로 과학기술부가 사라졌다는 사실을 애석하게 여겼다. 그들은 과학기술부라는 독립 부서가 장기적인 연구 지원을 통해 한국의 고속 산업화에 기여했다고 평가했다.

하지만 나는 생각이 다르다. 과학기술부를 다시 설립할 게 아니라 '과학'과 '기술'을 분리해 '교육과학부'와 '산업기술부'를 만드는 게 한국의 과학기술 발전에 더 도움이 될 것이라고 본다.

과학은 교육과 융합하는 것이 적절하다. 과학과 교육은 둘 다 논리와 상상력을 동원해 진리를 체계적으로 추구한다. 두 분야가 결합한다면 한국 교육의 질은 크게 향상될 것이다. 많은 정부 관리와 학교 행정가들은 교육을 '윤리적인 배움과 진리의 추구'라기보다 '용역'

혹은 '효용'으로 간주한다. 그 결과 교육은 '사실 전달'에 불과한 것으로 그 의미가 축소됐으며, 사실이 지닌 의미 자체는 관심에서 멀어졌다. 과학이 교육과 통합된다면, 교육은 단편적 사실들만 암기하고 있는 현재의 한계를 넘어서게 될 것이다. 또한 배움에서 진리 추구가 차지하는 위상도 달라질 것이다.

반면 기술은 '과학적인 원칙을 실생활에 창의적으로 적용하는 것'이기 때문에 산업과 좋은 짝을 이룬다. 그런데 산업은 궁극적으로 '사회문제 해결을 위한 기술의 적용'에 그 의의를 둔다. 불행히도 많은 한국인은 산업을 금융의 연장으로 여기는 게으르고 위험한 습관에 빠져 있다. 이 때문에 기술은 투자자들의 이윤 창출 수단으로 전락하여 본래 모습으로부터 멀어졌다.

가령 친환경 에너지인 풍력 발전 분야가 그렇다. 풍력 발전으로 친환경 전력 에너지를 생산해 무료로 제공할 수 있다면, 석유 의존을 줄여 무역 적자뿐 아니라 미래 기후문제에 소요될 비용도 줄일 수 있다. 그 밖에도 풍력 발전의 이득으로 꼽을 수 있는 것은 수없이 많은데, 한국에서는 돈이 안 된다며 풍력 발전에 투자하지 않는다.

우리의 산업은 과도한 소비를 조장해 돈을 번 뒤 엉뚱한 곳에 쓰는 구조로 가고 있다. 이러한 경향은 지역 경제 활성화에 유용한 이웃 간 물물교환을 배제할 뿐 아니라 새로운 가치를 창조할 수 있는 가능성도 막고 있다.

기술이 급속도로 발전하는 시대에 과학과 기술을 혼동하는 것은 위험하다. 기술은 우리를 자칫 잘못된 길로 이끌 수 있는 '가상현실'을 만들어 내기 때문이다. 무조건 부정적인 면을 부각하려는 것이 아니라, 규제가 없으면 위험하다는 뜻이다. TV나 비디오게임에 등장하는 울창한 나무나 깨끗한 물을 보고 사람들은 환경이 건강하다고 느낄 수 있다. 하지만 현실엔 사막화와 공기 오염이라는 문제가 도사리고 있다. 이처럼 비디오게임과 같은 기술은 사람들을 현실의 본질로부터 이탈시킨다. 기술의 화려함만 믿고 지금 정말로 일어나고 있는 일에 대해 관심을 쏟을 식견을 주지 않는다. 현실 바깥으로 눈을 돌려 실제로 닥쳐온 외부의 도전을 체계적으로 방어하고 생각할 수 없게 만든다. 이러한 기술의 오용이 한국 사회의 경쟁력에 미치는 부정적인 영향을 따져 보면, 비디오게임으로 얻게 되는 이윤은 결코 중요한 게 아니다. 그러나 불행히도 점점 더 많은 한국인이 컴퓨터 게임에 인생을 낭비하고 있다.

진리 추구는 과학의 기초이다. 이는 가상현실이 아닌 일상생활의 중심에 자리 잡아야 한다. 그래야 장기적인 발전에 필요한 결정을 내릴 수 있다. 과학과 기술을 혼동한다면, 우리는 기술이 삶에 미치는 부정적인 영향을 제대로 평가할 수 없다. 또한 기술의 사용을 통제하기 위한 전략을 찾아낼 수도 없게 된다.

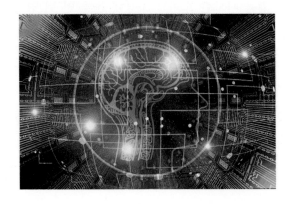

이만열

기술이 긍정적으로 사용되도록 적극적으로 관리하고 규제해야 한다. 예컨대 학생들의 컴퓨터 사용에 있어 학습을 위한 이용 시간을 지정하거나, 학생들의 각종 전자 기기 사용을 어떻게 규제하고 관리할 것인지 등에 대해 생각하는 것이다. 또한 컴퓨터 외에 다른 방법으로도 세상에 대해 깊이 사유하고 문제 해결 능력을 갖출 수 있음을 체득하도록 다양한 활동 및 놀이를 만들어야 한다. '컴퓨터 사용'과 '사용하지 않음'이라는 두 가지 체험 사이를 오가는 것은 훌륭한 교육 효과를 낳을 것이다. 물론 이러한 목표는 기술의 사용을 통해서가 아니라 오로지 과학, 특히 '기술의 과학A Science of Technology'을 통해서만 달성할 수 있을 것이다.

한국은 거대한 발전 가능성을 갖고 있다. 잠재력을 구현하려면 기술의 가능성을 과학적으로 평가해야 한다. 기술 발전의 원동력을 시장의 수요에서만 찾는 것은 무책임하다. 이것은 지금 세대가 만드는 세상에서 살아야 할 미래 세대를 배신하는 일이다.

기술이 사회에 미치는 영향력을 과학적으로 평가하고, 사회에 긍정적 영향을 줄 수 있는 기술 사용법을 선택하는 것은 윤리적인 의무다. 13세기 한국의 모습을 증강현실 등 사이버공간으로 재창조해 학생들에게 보여 준다면 교육적 측면에서 긍정적 기능을 할 수 있다. 반면 매우 사실적인 사이버공간을 구현하는 기술이 유흥 산업과 결합한다면 수많은 중독자를 양산할 수도 있을 것이다.

기술의 부정적인 영향을 면밀히 파악하지 못한다면 충동적이며 비전 없는 한국이 될 것이다. '시민'이 아닌 '소비자'가 다스리는 나라의 미래는 그야말로 암울뿐이다.

10

기후변화 회의를 주도하는 대한민국이 되자

미국 도널드 트럼프 대통령이 파리 기후변화 협약 탈퇴를 선언하자 전 세계인들은 허탈감에 빠졌다.

조의를 표하기에 앞서 우리 모두가 이 문제에 대해 좀 더 깊이 생각해 볼 필요가 있다. 이것은 명백한 재앙일까, 아니면 국제사회의 기후변화 대응이 비약적 발전을 이룰 수 있는 역사적 기회일까? 국제사회는 미국 없이도, 명목상으로나 실질적으로 지속 가능한 경제를 위해 구속력 있는 합의를 이루는 과감한 행보를 만들어 갈 수 있을까?

사실 미국 정부와 기업들은 2015년 체결된 파리 기후변화 협약이 단순한 신사협정 이상의 의미를 갖지 못하도록 하기 위해 모든 노력을 다해 왔다. 석유에 집착하는 미국은 국제사회가 현재의 환경 위기에 대처하기 위해 추진한 거의 모든 조치에 떼쓰는 아이처럼 굴어왔다.

2015년 파리 기후변화 협약을 체결할 때, 전 세계는 환경운동가

레스터 브라운의 '플랜 B 4.0'에 따라 모든 수준에서 신재생 에너지를 신속하게 구현할 수 있는 납득 가능한 목표를 설정하고 위반 시 부과될 벌칙을 제정하는 등 새로운 시스템 추진을 위해 혁신적으로 대응했어야 한다. 그러나 파리 기후변화 협약은 혁명적 변화의 계기였다기보다, 일시적인 미봉책에 불과했다. 오히려 트럼프 정권하에 미국이 탈퇴하면서 전 세계는 궁극적으로 인류 문명의 도약을 이룰 수 있는 엄청난 기회를 갖게 됐는지도 모른다.

인류는 이제 미국 정부나 미국의 화석연료 관련 기업 또는 투자은행의 개입이 없는 상태에서, 가능한 빨리 새로운 기후변화 회의를 개최해야 한다. 새로 개최될 기후변화 회의에서는 화석연료와 관련된 모든 이해 당사자의 참여를 금지할 필요가 있다.

나아가 새 기후변화 회의를 주도적으로 구성하고 이끌 주체는 대

기업의 후원을 받는 정치인이 아닌 기후변화를 실제로 이해하는 이들이어야 한다. 지난 1945년 샌프란시스코에서 열린 국제연합UN 회의 당시의 진지함을 갖고, 단기적 이익이 아니라 인류의 미래를 위해 2015년의 회의와 차별화를 이루는 데 전념해야 한다.

또한 이 행사를 통해 번거롭고 다루기 불편한 '탄소 거래' 체제를 넘어, 대기오염에 대한 벌칙 부과 시스템, 신재생 에너지, 단열재, 효율 증진 등을 위해 사용할 대규모 자금을 조달할 수 있는 체제를 구축해야 한다. 가장 중요한 것은 현재의 위기를 정확히 이해할 수 있도록 전 세계가 기후변화, 에너지 및 소비에 대한 교육을 강화하는 것이다.

녹색기후기금의 본거지이자 개발도상국들이 성공적 모델로 벤치마킹하고 있는 한국에서 기후변화 회의를 개최하면 어떨까. '서울 기후변화 회의'를 개최할 수 있다면, 그동안 열렸던 파리, 오슬로, 교토 기후변화 회의의 순화된 분위기에서 벗어날 수 있지 않을까. 또한 현재 위험에 처한 대다수 사람들의 현실에 더욱 가까운 주제로 기후변화에 관한 토론의 장을 열 수 있을 것이다. 개발도상국들과 기후변화에 관련된 긴밀한 경제 및 문화적 유대 관계를 맺을 수도 있다.

또한 한국은 중국과 인접해 있고 긴밀한 경제·문화적 유대 관계를 맺고 있는데, 이는 큰 이점이다. 현재 중국은 태양광 및 풍력 에너지 사용량을 엄청나게 늘리고 있으며 2020년까지 신재생 에너지에 360억 달러를 투입할 계획을 가졌다. 새로 체결될 협약에서는 신재생 에너지를 위해 장기적으로 대규모 자금을 조달하는 중국의 모델이 부각돼야 한다.

이만열

서울 기후변화 회의에 미국이 참석하지 않더라도 걱정할 필요는 없다. 미국의 개별 주州들이 독자적으로 이 협약에 가입할 수 있을 것이다. 예를 들어 2016년 기준으로 경제 규모가 세계 6위인 캘리포니아주의 경우, 이미 제리 브라운 주지사가 자체적으로 기후변화 정책을 개발하겠다고 선언했었다.

나아가 미국이 미래의 주요 산업인 태양광 및 풍력 에너지 부문에서 뒤처지기 시작할 경우 서울 기후변화 협약에 참여하라는 엄청난 압력이 미국 내에서 일어날 것이다. 1인당 온실 가스 배출량이 세계 1위를 기록하고 있는 미국은 협약을 좌지우지할 것이 아니라 그에 성실히 따라야 할 것이다.

11

글로벌 플랫폼인 '사랑방'

온라인 소셜네트워크SNS는 현재의 제한적 기능을 벗어나 더 발전할 수 있는 혁명의 변곡점에 서 있다. SNS는 전 세계 젊은이들을 연결해 준다. 그러나 페이스북 등 주요 SNS 기업은 획일화된 접근법을 제공할 뿐 각 나라의 문화에 맞춘 서비스까지는 제공하지 않는다. 사용자들이 자신만의 콘텐츠를 창조하거나 자신만의 방식대로 참여하기가 힘든 구조다.

이제 SNS는 다음 단계로 나아갈 필요가 있다. 우선 차세대 SNS는 국가 간 컨소시엄에 의해 다목적 공익사업으로 운영돼야 한다. 그리고 이렇게 제공된 인프라를 통해 SNS 기업들은 창조적인 콘텐츠를 만들 수는 있지만 그것을 소유해서는 안 된다.

한·중 정부를 비롯해, 각국 정부가 모인 국제적 컨소시엄은 우리 모두를 국제 시민으로 묶어 줄 수 있는 국제적 SNS 플랫폼에 대규모 투자를 해야 한다. 이것은 일개 기업이 할 수 없는 일이다.

이만열

차세대 SNS는 시민들 또는 지역 공무원들이 협력해 복합적 문제를 해결하고 환경을 개선하기 위한 수단으로 기능해야 한다. 이를 위해서는 지방정부와의 협력이 필요하다. SNS는 다양한 전문가들의 지식과 지역 주민의 의견을 통합할 수 있는 공간을 마련할 수 있다.

나는 전통적 한국 사회의 '사랑방'이 그 모델이 될 수 있다고 생각한다. 사랑방은 조선 왕조 시기 비슷한 생각을 가진 이들이 모여 지적·문화적 교류를 하던 공간이다. 현대의 사랑방은 비슷한 관심사를 공유하는 전 세계의 사람들이 모여 보다 폭넓은 교류를 하는 국제적 개념의 플랫폼으로 확장될 수 있을 것이다.

사랑방의 개념을 가져온 차세대 SNS에서는, 사용자들이 직접 자신의 페이지를 원하는 대로 꾸밀 수 있을 뿐만 아니라 나만의 콘텐츠를 위해 이모티콘과 템플릿을 만들 수 있고, 그 안에서만 작동할 애플리케이션을 개발할 수도 있다. 또 사랑방만의 화폐를 통해 자신이 개발한 콘텐츠를 타인과 교환하거나 사고팔 수 있을 것이다. 이러한 혁신은 젊은 세대가 SNS에 투자하는 시간이 창조적 경제와 수입 창출에 이바지하는 결과를 가져올 수 있다.

현재 SNS는 경제·기술과 관련한 지적 교류의 통로로도 이용되지만 주로 애완동물 사진이나 음식 사진을 주고받는 데 그치는 경향이 있다. 우리는 SNS에 '사랑방'이라는 새로운 진지함을 부여해 사회의 진짜 문제를 논하는 플랫폼으로 만들어야 한다. 또 구글과 같은 강력한 검색엔진의 기능도 포함시켜, 이를 통해 사용자들이 사업 파트너를 찾거나 비정부기구NGO의 활동을 할 수 있게 해야 한다. 일례로 스타트업 회사를 차리고 싶은 한국의 고등학생은 비슷한 관심사를 가진 타국의 학생들을 찾아 파트너로 삼을 수 있을 것이다.

세련된 검색엔진은 글로벌 거버넌스를 구축하는 플랫폼이 되어 지역 문제에 집중할 수 있도록 도울 수 있다. 예를 들어 한국 충남의 한 시골 마을이 홍수에 대한 대비책을 연구할 때 이에 대한 정보를 같은 지방도시인 중국 양저우楊州시의 마을과 공유하거나 연구 비용을 나눈다면 더욱 효율적인 연구가 가능할 것이다.

SNS 사용자 간 연결성을 시각화하는 방법도 개발의 여지가 많다. 현재 형태는 네트워크 시각화의 가장 초기 단계다. 차세대 사랑방은 사용자들이 직접 3차원적 구조를 만들어 스스로가 이해하기 쉽게 수

이만열

백, 수천의 온라인 친구들을 정리할 수 있는 시각화된 네트워크 시스템을 갖출 수 있다.

가상현실을 도입하는 것도 가능하다. 사용자들은 사람들을 초대할 수 있는 3D 공간을 만들고 그곳에서 이야기를 나눌 수 있다. 공간은 집이나 마을로 확장될 수 있고 심지어는 우주도 될 수 있다. 이렇게 창조된 가상공간은 가상 커뮤니티를 더 현실감 있는 공간으로 만들 것이다. 실제로 페이스북의 CEO 마크 주커버그는 가상현실 기술을 활용한 프로그램을 개발 중이다.

차세대 사랑방은 사용자들이 생산한 자료를 체계적으로 정리해 필요한 사람들이 쉽게 찾을 수 있는 세련된 아카이브도 갖춰야 한다. 우리는 타인의 경험으로부터 질병, 사회문제, 경제, 환경에 대해 배우고 노하우를 공유할 수 있을 것이다.

마지막으로 사랑방은 정부와 교육 기관이 세미나를 열 때 전문가들이 온라인에서 의견을 교환하는 수단이 될 수 있다. 전문가들은 이 방식을 통해 새로운 연구 파트너를 찾거나 합동 프로젝트를 시작할 기회를 얻게 될 것이다.

12

한국 스마트폰을 더 스마트하게

스마트폰이 갖는 파급력은 어마어마하다. 스마트폰은 사람들을 연결하고 사회를 긍정적으로 조직할 수 있는 새로운 기회를 제공한다. 스마트폰을 더 이상 값싸게 제조한 후 비싸게 판매해 이익을 얻을 수 있는 경제적 도구로만 보아서는 안 된다. 앞으로는 스마트폰이 건강하고 생산적인 사회를 만드는 데 기여하도록 관심을 기울여야 한다.

이를 위해선 첫째로, 스마트폰의 제조 과정에 전 세계인이 함께 참여할 수 있는 기회를 마련해야 한다. 현재 전 세계 스마트폰의 디자인은 본질적으로 동일하다. 한·중·일 또는 그 외 아시아 지역의 예술가들이 스마트폰의 기본 화면이나 아이콘 등 디자인에 기여할 방법이 없다. 우리는 중국이나 한국 전통을 기반으로 한 문화적 이미지를 스마트폰 레이아웃에 적용하려 하지 않는다. 그러나 세계 어딘가에는 분명 당나라나 백제 왕조를 모티브로 한 디자인을 원하는 사용자가 존재할 것이다. 아시아 국가들은 서구화한 디자인만이 어필한다고 생각하는 듯한데, 사실 그와 정반대의 요구도 얼마든지 있는 것이다.

문제의 뿌리는 생각보다 깊다. 한국 스마트폰의 디자인은 세계 다른 곳에서 생산되는 것들과 동일하다. 한국만의 독특한 레이아웃, 디자인, 패턴이 없다. 애플리케이션에는 한국 전통 예술에 바탕을 둔 그래픽이 담겨 있지 않다. 오히려 한국 스마트폰은 '한국적이어선 안된다'는 전제를 바탕으로 개발됐다고 해도 과언이 아니다.

또한 현재 스마트폰의 이모티콘과 애플리케이션 생산 방식에선 아시아의 창의적인 젊은 스마트폰 사용자들이 배제돼 있다. 이들의 창의적 의견을 적극 수용할 필요가 있다. 개방형 플랫폼을 만들어 중국이나 일본, 한국의 고등학생들이 직접 디자인한 이모티콘을 전 세계에 판매할 수 있도록 해야 한다. 대학생들이 모금을 통해 페이스북과 같은 현재의 애플리케이션을 뛰어넘는 새로운 소셜네트워크 프로그램을 설계할 수 있도록 지원해야 한다. 창의적인 젊은이들이야

말로 그들의 네트워크 기술로 새로운 프로그램과 아이콘, 게임 등을 만들어 우리를 하나로 이어 줄 것이다. 그리고 동아시아 전역에 걸쳐 강력하고 역동적인 사이버공간을 구축할 것이다. 다음 세대의 상상력이 스마트폰 성장의 원동력이다.

두 번째로 책임 있는 시민으로서 사회 참여 문화를 형성하는 데 스마트폰을 어떻게 활용할 것인지에 대한 질문을 던져야 한다. 만일 젊은이들이 동시대의 중요한 사회·환경·경제적 이슈에 대해 타인과 소통하고 토론하는 네트워크 수단으로 스마트폰을 사용한다면, 문제를 해결할 수 있는 실질적 방안을 찾는 데 도움이 될 것이다.

물론 스마트폰이 사회에 미치는 영향을 완전히 긍정적으로만 평가할 수는 없다. 젊은이들이 비디오게임과 의미 없는 채팅으로 하루하루를 낭비한다면 미성년자의 스마트폰 사용은 제한하는 게 더 나을 것이다. 그저 단발성 쾌락을 얻기 위해 스마트폰 첨단 기술을 남용한다면 다음 세대의 창의적 잠재력은 파괴될 것이다. 양날의 검을 방관하고 있을 수만은 없는 일이다. 젊은이들에게 의미 있는 교육, 윤리적 원칙과 공동체 감각을 제공하는 게 스마트폰의 주된 목표가 돼야 한다.

스마트폰의 존재 이유는 여타 많은 지식의 보고가 가지는 목표와 똑같다. 시민들에게 지식을 제공하고, 윤리 규범을 가르치고, 젊은이들이 미래에 더 나은 공간을 구축할 수 있는 커뮤니티를 제공하는 게 그것이다. 새로운 기술의 개발보다 중요한 것은 건강하고 창의적인 스마트폰 문화를 만드는 것이다. 여러 대규모 사회 프로젝트의 참여 과정에 스마트폰이 적극 이용되도록 하며, 정치 참여, 이웃 봉사, 국제 구호 활동 등에 젊은이들이 관심을 갖도록 자극하는 콘텐츠도 필요하다.

이만열

이와 더불어 스마트폰 사용의 부정적인 측면을 해소하는 방법에 대해서도 고민해 봐야 한다. 미국 서던메인대학교의 심리학 교수 빌 손튼과 연구팀이 2014년 발표한 논문 〈단지 휴대폰을 갖고만 있어도 문제가 된다The Mere Presence of a Cell Phone May be Distracting〉에 따르면, 스마트폰을 사용할 때 적절한 명상이나 깊은 호흡을 하지 않을 경우 사용자는 점차 더 수동적으로 변하고 강박관념에 사로잡히는 경우가 많다고 한다. 명상과 호흡 운동이 스마트폰 사용에 의해 생기는 부정적인 면을 방어할 수 있도록 활용되는 면에 대해서도 생각할 필요가 있다. 이 같은 자기 관리원칙을 비롯해 정보, 소통, 교육 등을 현명하게 활용하면 스마트폰은 우리에게 긍정적인 영향을 줄 것이다.

스마트폰 사용자는 자신을 단순한 고객이 아니라, 공정하고 정당한 온라인 사회를 형성할 책임과 의무가 있는 세계 시민으로 인식해야 한다. 공정한 관계를 유지하고, 유해 콘텐츠를 차단하며, 건설적인 협력을 장려하기 위해 취할 수 있는 방법은 많다. 젊은이들은 스마트폰을 사용하는 순간부터 책임감을 배워야 한다.

우리는 디바이스 자체를 넘어서야 한다. 스마트폰을 통해 끊임없이 예술적인 내부 공간을 디자인해야 한다. 한국의 젊은이들이라면 얼마든지 가능하다. 스마트폰이 제공하는 가상공간에서 예술, 문학을 창조하고 철학을 얘기할 수 있으며, 새로운 공동사회를 만들 수 있다. 우리는 페이스북과 같은 '원시적인' 소셜네트워크를 넘어 새로운 형태의 협업을 장려하고 지지하는 개방형 공간을 설계해야 한다. 스마트폰은 손바닥 안의 게임기가 아니다. 건강한 주제에 대해 함께 얘기할 수 있는, 미래에 훨씬 더 큰 무언가로 통하는 포털, 즉 '통로'이다.

13

이제는 여풍女風 시대

　이제 한국 여성들이 대학과 기업, 공직 등 사회 곳곳에서 중요한 역할을 수행하고 있다는 건 의심할 여지 없는 사실이다. 권위를 상징하는 자리에 임명되지는 않더라도 실무자로서 큰 힘을 행사하고 있다. 그리고 조만간 리더로서도 중심적 역할을 하게 될 것이 틀림없다. 나뿐 아니라 많은 교수들도 가장 뛰어난 학생 대부분이 여학생들이고 이들은 놀라운 추진력과 창조성을 지니고 있다고 공언한다.

　하지만 한국 사회는 아직 여성들이 배운 대로 일할 수 있는 사회적 조건이나 업무 기회를 제공하지 못하고 있다. 여성이 자력으로 사회 지도층이 되거나 큰 꿈을 실현하는 일은 각종 장애와 유리천장을 극복하는 투쟁의 과정이 수반된다. 그 결과 결혼과 자기 생활의 적절한 균형을 이루기 어려워졌고, 이는 한국의 심각한 저출산, 고령화 문제로 이어졌다.

　또한 한국 여성에게는 더 큰 어려움이 있다. 한국 사회에서 여성의 중요성은 지난 20여 년간 극적으로 높아졌지만, 다양한 분야의 롤모델은 여전히 부족하다. 화려한 조명을 받는 가수나 연기자, 스포츠선수 등에 치중된 느낌이다. 여성의 진정한 리더십이 무엇인지 깊이 있는 고민이 필요하다.

중·고등학교 때부터 여학생들이 상상력을 발휘해 새로운 일을 경험할 기회를 열어 주어야 한다. 예쁜 외모의 여배우를 흉내 내지 않고 더 나은 세상을 위해 공헌하는 훈련이 꼭 필요하다. 그런 소중한 노력들이 모인다면 남성 중심 룸살롱 비즈니스 문화를 혁신할 여성 CEO와 리더들이 많이 나올 것이다.

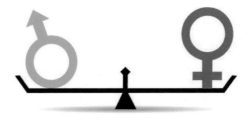

과학기술 분야의 상황은 더 열악하다. 많은 여성들은 과학자라는 직업을 매력적으로 느끼지 않는다. 과학기술 분야에는 여성 리더들이 적기 때문이다. 소녀들이 어릴 때부터 영감을 받을 수 있도록 한국 여성 과학자들의 성공담을 적극적으로 알리고 창조해 내야 한다. 어린이 만화책 주인공으로 용감하고 혁신적이며 타인에게 헌신적이고 열심히 공부하는 여성 학자들을 등장시켜 보자. TV 드라마에서 환경보호를 위해 일생을 바치는 여성 과학자를 주인공으로 내세울 수도 있겠다. 그런 이미지를 보면서 소녀들은 자신을 바르게 인식하고 자기 앞에 놓인 가능성을 제대로 볼 수 있다.

고급 과학기술 인력을 양성하기 위해 KAIST 등의 책임자로 여성을 임명하는 것도 한 방법이다. 그 자체로 한국 여성이 과학기술 분야에서 중심적 역할을 할 것이라는 메시지를 전 세계에 보여주는 것이기 때문이다. 그런 제안을 하면 한국 남성들은 실력이 중요하지 상징적 임명은 불필요하다고 반박하지만, 그런 일자리는 원래 상징적인 것이다. 한국에는 리더로서 충분한 역량을 가진 여성이 많다. 세계적으로도 인문학과 과학기술의 융합, 정보와 기술에 대한 통합적 접근, 현안에 대한 미학적·도덕적 사고가 중요해지는 추세다. 이는 여성에게 유리한 환경이 아닐 수 없다. 이 같은 변화는 여학생들에게 희망을 안겨 줄 것이며 한국인이 세계 과학기술계에서 진정한 리더로 거듭나는 발판이 될 것이다.

세계 속에서 한국이 새로운 역할을 하기 위해서도 여성의 힘이 필요하다. 한국이 국제적 협력 기회가 주어졌을 때 충분히 활용하지 못하는 큰 장애 요인 가운데 하나가 조직 문화의 권위주의적 질서 체계와 과도한 경직성이다. 한국과 사업을 하는 외국인들로부터 꾸준히 듣는 말 역시 한국과의 사업에서 가장 어려운 점이 권위주의와 남성 중심의 관리자 문화라는 것이다. 한국에서 여성을 중요한 지위에 배치한다면 다른 나라의 문화와 잘 호응할 수 있는 유연하고 수평적인 기업, 정부 문화를 창조하는 데 성큼 다가설 것이다.

이처럼 사회 각 분야에서 롤 모델이 될 만한 여성상을 만들어 내고 멘토링 시스템을 통해 지속적으로 여성 인재를 육성하는 것은 한국의 미래를 위해 가장 시급한 현안이다. 타인에 대한 배려심과 자신

이만열

감, 책임감이 강하고 합리적인 소비를 하는 한국 여성들은 무한한 잠재력을 갖고 있다. 한국은 오늘날 아시아에서 가장 강력한 문화 강국이다. 때문에 이 같은 한국 여성상은 세계 여성들에게 훌륭한 모델이 될 수 있다. 한국 여성은 이제 다른 나라를 따라잡기 위한 노력이 아니라 트렌드를 형성하는 역할을 해야 한다. 한국, 나아가 세계를 위해서도 지금 당장 변화를 만들어 내야 한다.

끝없이 추락하는 출산율 문제를 해결하기 위해 국가 차원의 노력이 시행되고는 있지만, 실질적 변화에 이르는 길은 멀어 보인다. 여성 난임 지원과 지하철 임산부 전용 좌석 등의 정책은 피상적 미봉책에서 더 나아가지 못했다. 근시안적 비전에 갇혀, 가장 중요한 교육과 실질적 여성 지원 문제를 간과했다. 여성의 삶은 한국의 미래에 매우 중요한 부분이다. 이를 염두에 두고 문제에 접근할 필요가 있다. 아이가 제대로 성장하려면 부모의 마음이 편안하고 조건 없는 사랑을 줄 수 있는 상태여야 한다. 또한 부모는 자녀를 양육함으로써 사회에 공헌하고 있다는 자긍심을 느낄 수 있어야 한다.

한국은 이에 대한 해결책 마련에 고심 중이다. 사실 출산율 관련 정책이 완전히 실패한 이유는 간단하다. 위기의 심각성을 제대로 인지하지 못했기 때문이다. 정책적 차원에서 적절한 대응을 하지 못했다. 현 수준의 출산율이 지속된다면 100년 안에 한국이라는 민족 자체가 사라질 수 있다. 자연히 한국어도 만주어처럼 역사책에서나 볼 수 있는 언어로 전락할지 모른다. 한국인들은 매우 희박한 북한의 서울 포격 가능성은 거론하면서 출산율 저하라는 심각한 위험에 대해서는 침묵한다. 쉽게 납득이 가지 않는 대목이다. 낮은 출산율은 반도체나 스마트폰의 경쟁력 하락보다 훨씬 더 심각한 위협이다.

그리고 이러한 출산율 위기가 생겨난 이유는 무엇보다 한국 사회가 여성들의 온당한 요구에 부응하지 못한 데 있다. 한국은 선진국 반열에 올랐음에도 여성의 자녀 양육권을 보장하는 기본적인 조치 마련에는 게으르다. 또한 한국 남성 대부분이 저출산을 심각하게 받아들이지 않고 있다.

출산율을 높이려면 일과 가정이 양립될 수 있도록 도와야 하고, 보편적 교육 복지 등 아이를 잘 키울 수 있는 여건 조성을 정책의 최우선 순위로 삼아야 한다. 그럼에도 한국은 여전히 이 문제를 심각하게 다루지 않고 있다.

주변에서 흔히 볼 수 있는 직장 풍경부터 살펴보자. 여성들이 아이를 직장에 데려가 돌볼 수 있는 직장 내 보육 시설 시스템은 정착

이만열

돼 있지 않다. 그러다 보니 여성들은 하루 종일 직장에서 일하고도 집에 돌아가 또다시 자녀들의 먹거리와 교육을 책임지느라 몇 시간을 보내기 일쑤다. 이런 상황에서 출산율이 떨어지는 건 당연하다. 모든 기업과 연구 기관, 대학, 정부 부처가 자체적으로 보육 시설을 갖춰 여성 노동자가 출근과 동시에 자녀를 맡겨 뒀다가 필요할 때는 근무 중에도 들러 볼 수 있는 여건을 조성해야 한다. 사무실 근처에 아이들이 있다면 오히려 더 인간적인 분위기를 만들 수 있으며 이것은 환영할 만한 일이다.

건물을 짓거나 도시계획을 할 때 설계 단계부터 여성 근무자가 직장에서 일하면서 아이를 보육하는 일도 동시에 해결할 수 있도록 배려해야 한다. 또한 아이들을 위해 양질의 학교를 세우고 유치원부터 고등학교까지 무상 교육을 실시할 필요가 있다. 이렇게만 되면 부모 입장에서 사교육에 드는 막대한 부담을 줄일 수 있다. 한국 사회가 예전처럼 한 가구당 2명의 자녀를 두게 될 때까지는, 최소한 자녀 계획을 할 때 교육비 걱정은 할 필요 없도록 제도를 바꿔야 한다. 출산율을 조금이라도 높이고 싶다면 정책의 우선순위가 이 같은 방향으로 바뀌어야 한다. 저출산 폭탄을 무시했을 때 발생하는 문제와 거기에 드는 비용을 생각한다면 이런 변화는 시급한 것이다.

몇몇 사람들은 이런 정책을 경제적으로 환원해 평가했을 때 국고 낭비이며 그 효과도 미미할 거라고 지적한다. 하지만 이는 상황을 오도하는 것이다. 그토록 비용이 걱정된다면 회식 술값이나 CEO를 위한 개인 운전사 비용, 번지르르한 새 사무실을 짓는 데 드는 돈을 아끼면 충분히 해결할 수 있다. 여성이 아이를 양육하고, 그들이 잘 성장하도록 하려면 기본적인 여건부터 조성하는 게 일차적이다.

한 걸음 더 나아가 자녀가 있거나 앞으로 출산 계획이 있는 여성에겐 고용이나 승진 시에도 우선권이 제공돼야 한다. 직장 생활과 자녀 양육을 병행하는 여성에겐 승진 시 추가 점수를 주는 등 직장 문화도 바뀌어야 한다. 혹자는 부모가 자녀 양육에 더 많은 시간을 뺏기면 한국의 경쟁력이 추락하지 않을까 염려할지 모른다. 하지만 답은 간단하다. 한국의 미래를 책임질 아이들이 없다면 국가의 경쟁력을 걱정할 필요마저도 사라진다. 그래도 보육·양육 예산 지출이 과도하지 않느냐고 염려하는 사람이 있다면, 이렇게 묻고 싶다. 당신은 앞으로 저출산이 20~30년간 지속될 때 생길 사회적 비용을 계산해보기나 했는가?

그렇다면 구체적으로 어떤 일들을 할 수 있을까. 방법은 많다. 일단 모든 일터에 사내 어린이집을 제공해야 한다. 예외는 없다. 그리고 사내 어린이집에서 아이들을 돌보는 유아 교사에게 높은 보수를 약속함으로써 이를 매력적 일자리로 부상시켜야 한다. 여성들이 직장에서 일을 하다가도 실시간 동영상으로 자녀의 모습을 볼 수 있도록 해주고, 일주일에 정해진 시간만큼은 재택근무를 할 수 있는 프로그램을 제공해야 한다.

이와 함께 교육은 100% 공공서비스가 되어 모두가 접근 가능한 대상이 되어야 한다. 이를 위해서는 사교육 체제를 끝내야 한다. 초등 교사가 아이들한테 필요한 모든 교육을 제공하고, 그 과정을 스스로 결정하는 권위를 부여하고 자원을 지원해야 한다. 그러면 교육 비용이 낮아질 것이고, 높은 양육비 때문에 임신과 출산을 포기하는 비극도 종식될 것이다. 이 과정에서 우리는 아동에 대한 교육이 결코 돈벌이 수단이 돼서는 안 된다는 믿음을 견지해야 한다. 한국을 변화시키고 여성들의 출산 부담 및 고민을 해결하고 그들을 지원하기 위해서는 근본적인 정책 변화가 필요하다.

마지막으로 TV 드라마를 비롯한 미디어에서는 보통 사람의 삶에 집중하고 그들의 경험에서 비롯된 드라마를 만들어야 한다. 젊은 여성이 많이 시청하는 드라마를 보면, 여성 등장인물들이 고급 커피숍에 모여 앉아 커피를 마시며 가십을 주고받거나 직장에서 다른 여성과 소모적인 경쟁 구도를 이루고, 상사와 경영진의 관심을 받기 위해 예쁜 척하는 뻔한 모습만 나온다.

이런 모습보다 보통의 가정에서 살아가는 평범한 여성을 그린 드라마가 필요하다. 아이를 돌보고 세상에서 현실적 문제를 풀어 가기 위해 애쓰는 진짜 삶을 다룬 드라마 말이다. 대단한 성공을 거둔 CEO이지만 두 아이를 키워야 하는 워킹맘을 주인공으로 내세워 그녀가 기울이는 노력, 아이들의 경험, 함께 주체적으로 만들어 가는 세상이 줄거리의 절반 이상을 차지하는 그런 드라마를 보고 싶다. 이런 드라마가 몇 편이라도 제작된다면 일하고 아이와 함께 시간을 보내는 보통 여성의 삶이야말로 우리 사회에서 가장 중요한 부분을 차지한다는 메시지를 사람들에게 전할 수 있다.

14

한국인은 왜 독립적 사고를 못 할까

한국에 살면서 의아한 점이 하나 있다. 한국에는 훌륭한 고등 교육을 받거나 하버드와 예일, 스탠포드 등에서 유학한 사람들, 기계공학부터 공공 정책, 외교 등에서 뛰어난 지식과 식견을 갖춘 사람들이 차고 넘치는데, 그럼에도 국제 이슈에 관해 자국만의 비전과 시각을 제시하고자 나서는 사람이 없다는 점이다. 한국의 인재들은 북한 및 동아시아 이슈에 대해서는 훨씬 뛰어난 통찰력을 갖고 있으면서도 그저 전략국제문제연구소의 마이클 그린, 프린스턴대학의 존 이켄베리 등 미국 전문가가 쓴 글을 해석하고 받아들이는 데 온 힘을 쏟는다.

이런 상황은 매우 심각한 문제다. 현재 미국은 '대통령직'을 떼돈 버는 수단으로 인식하는 억만장자 무리와 이들의 충성스러운 부하, 국익보다 금융 자본을 위해 일하는 전문 공무원과 정치인 사이에서 정국 마비를 겪고 있다. 지금 미국 정부는 어떤 정책도 제시할 능력이 못 되는 실정이다.

따라서 미국은 일본과 중국, 북한 등 나라의 상황 변화에 대해 유의미한 대응은 고사하고 자국을 위한 장기 계획조차 구상하지 못한다. 아베 정권의 권위주의 확대를 미화하고, B급 영화에 나온 김정은의 희화화된 이미지를 내보내며, 기회가 있을 때마다 중국의 추격에 대해 어두운 암시를 던지는 게 현재 미국 정책의 기조다. 여기에는 미국의 제도 쇠락을 결코 인정하지 않으려는 현실 부정이 깔려 있다.

반면 현재 한국의 문재인 정부는 전 세계 어느 정부보다 확실한 정당성을 갖추고 있다. 게다가 한국은 독립적 정책 구상 및 동아시아의 미래에 대해 제안을 할 수 있는 전문성과 노하우도 보유하고 있다. 그런데도 이런 장점을 활용하지 않고 미국과 일본에 의존해 방향을 찾으려 한다면, 오히려 망망대해에서 길을 잃게 된다. 경제와 거버넌스, 안보 및 외교에서 미국보다 새로운 해결책을 제시하고 주도

권을 쥘 수 있음에도 불구하고 왜 한국은 서구, 그중에서도 미국에 그렇게 의존하는 걸까?

중국과의 관계 개선도 마찬가지다. 한국에는 중국어를 할 줄 알고 중국 정치 및 경제를 깊이 있게 이해하며 고등 교육까지 받은 인재들이 많다. 그런데 한국 대학의 소장파 교수들을 보면, 오로지 SSCI 저널에 논문을 기고해야만 좋은 평가를 받는 가혹한 시스템에서 살아남기 위해 잘못된 가정 속에 수립된 미국의 외교 정책을 받아들여야만 한다고 생각하는 것 같다.

스스로도 핵확산 방지 조약을 지키지 않으면서 북한의 위협만 강조하는 미국의 모순은 미국 학자들의 논문에서 결코 언급되지 않지만, 그럼에도 한국 교수들은 이들의 논문을 인용해야 한다. 북한을 핵보유국으로 보고 행동하면서도 북한을 핵보유국으로 인정할 수는 없다는, 미국의 말도 안 되는 주장도 받아들여야 한다.

한국은 미사일과 항공기에 대한 강박에서 벗어나 기후변화를 비롯한 지구적 위협에 대해 논의하도록 새로운 장을 열어 줄 혁신적이고 창의적인 안보 정책을 만들어 낼 여지가 충분히 있다. 중국이나 중앙아시아, 동남아시아가 어떻게 돌아가는지에 대해서는 한국이 미국보다 훨씬 실질적인 정보를 가지고 있다. 따라서 아주 혁신적이고 파격적인 이론을 구축할 능력도 있다. 그럼에도 불구하고 어떤 이유에서인지 한국은 그렇게 하지 못하고 있다. 서글픈 수동성이 한국의 정책 입안을 지배하는 형국이다.

물론 별다른 능력 없이도 높은 자리로 올라온 소위 '전문가'라는 사람 소수가 미디어와 정책을 장악한 현상은 한국만의 문제가 아니

이만열

다. 이데올로기 체계가 쇠퇴하고 지적 탐구 대신 물질적 소비를 우선 시하는 지구 전체가 겪는 현상이다.

그렇다 하더라도 이 문제는 한국에서 특히 심각하다. 필리핀을 살펴보자. 한국보다 소득과 교육 수준이 훨씬 낮은데도 미국을 상대로 솔직하게 자기주장을 편다. 수빅만Subic Bay 해군기지를 폐쇄했고, 대통령이 중국을 국빈 방문했을 때에는 미국 정책에 대해 공개적으로 불평하기도 했다. 미성숙한 행동이긴 했지만, 그렇다고 미국과 필리핀의 관계가 끝나지는 않았다.

일본의 오랜 식민 지배 때문에 한국이 자신의 입장을 분명히 내세우지 못하는 면도 있다. 당시 겉으로는 '문화 통치'를 내세우며 유화정책을 펼쳤던 일본은 다른 한편에선 무서운 탄압을 멈추지 않았다. 부드러운 가죽 장갑 안에 쇠주먹을 감춘 일본 식민당국의 지시에 따라 한국의 지식인과 공무원은 우선순위와 생각을 조정해야 했다.

이와 비슷하게 미국의 문화와 지시를 과도하게 존중하는 자세가 한국인의 마음속에 남아 있다. 그래서인지 한국은 미국 지식 계급의 심각한 쇠락과 정치문화의 대대적 후퇴를 비판적으로 바라보지 못한다. 미국의 교육제도를 바라보는 시각에도 확실히 이런 선입견이 형성되어 있다. 한국에서는 프랑스나 독일, 일본, 네덜란드, 이탈리아, 스페인 등지에서 석·박사 과정을 마친 사람이 상대적으로 적다. 심지어 영국에서 유학한 경우도 찾아보기 힘들 정도다.

뛰어난 고등 교육을 받은 한국의 지식인들이 입장을 명확히 밝히지 못하고 미국의 터무니없는 요구에 따르기 위해 엄청난 노력을 기울이는 이유를 식민 시대 사고방식의 탓으로만 돌리기에는 부족함이 있다. 다른 이유를 들자면 강대국을 섬기는 '사대의 예禮'라는 관행에서 원인을 찾을 수 있다. 이는 과거 한국과 중국의 관계로 거슬러 올라가야 한다. 조선 왕조는 사신을 중국에 보내 중국 황제에게 공물을 바쳤다. 유교의 예에 의거해 중국의 천자만이 천제를 지낼 수 있었기 때문에 조선의 왕은 자국 영토에서조차 천제를 지낼 수 없었다.

한국이 한국만의 입장을 내세우는 걸 어려워하는 또 다른 문화적 원인은 바로 한국이 두 개의 정치 이데올로기 체제로 나뉜 분단국가라는 현실이다. 서울 도심을 별 생각 없이 걸을 때에는 북한의 존재가 느껴지지 않는다. 북한에 관한 언론 보도는 많지 않고, 대화 중 북한 이야기를 꺼내는 사람도 별로 없다. 그럼에도 불구하고 북한은 한국의 문화에 분명 영향을 미치고 있다. 북한은 자기만의 방식으로 '한국스러움'을 만들어 내고 다수의 한국인을 무의식 속에서 지배하고 있다. 어디에서든 보이지 않는 영향력을 행사하며, 한국의 문화 구조를 미묘하게 뒤틀고 한국인의 사고를 은밀하게 왜곡시킨다. 한국이 부자연스러운 분단국가로 남고 북한의 존재를 계속 부인하는 한, 이런 왜곡 또한 지속될 것이다.

북한의 존재를 집단적으로 부인해도 분단의 비극이 한국인에게 엄청난 정신적, 심리적 부담을 준다는 사실은 피할 수 없다. 뭐가 잘못됐는지 설명할 수 있는 사람은 거의 없지만, 무언가 잘못됐다는 사실만은 분명하다. 분단의 아픔 때문에 한국인은 한국의 교육과 경제력, 오랜 문화적 전통을 하나로 모아 온전히 활용하는 데 어려움을 느낀다.

1960~1970년대 한국의 급격한 경제적 성장을 최고 업적이자 자부

이만열

심으로 꼽는 것 또한 한국인들이 자신만의 의견을 제창하는 데 방해가 되는 요소다. 대개는 이런 주장을 진리처럼 서슴없이 토로한다.

한국의 많은 이들이 조선은 현실과 동떨어지고 독재적인 양반계급의 지배를 받으며 추상적 유교 철학에만 집착했으며, 이들이 근대화에 실패하는 바람에 나라가 구제불능의 수준으로 뒤처졌다고 한다. 다행히 이후 비전과 의지를 갖춘 유능한 지도자들이 나와서 서구 기술과 노하우를 한국에 도입해 1960~1970년대 한국의 현대화와 산업화를 성공적으로 이끌었다고 말한다.

이 내러티브는 한국 고유의 문화가 지닌 우수성을 완전히 무시할 뿐 아니라, 박정희 전 대통령을 비롯한 정치인을 쓸데없이 '슈퍼맨급' 영웅으로 미화시킨다.

중요한 건 이런 주장이 식민 시대 정당화를 위해 사용했던 논리와 동일한 흐름을 가진다는 점이다. 주체와 연도 등 세부 내용만 약간 고친 정도다. 1930~1940년대 한국의 '현대화를 돕기 위해' 일본이 개입한 것처럼, 1960~1970년대 한국의 '현대화를 돕기 위해' 박정희 등이 나섰다고 말하고 있다. 국가 발전을 위해 기울였던 17~18세기의 수많은 노력들을 한국 역사에서 통째로 삭제한 채 잘못된 역사관을 한국인과 외국인에게 내보이는 것이다.

전통 문화를 계승하지 못하고 공백으로 남겨 두었기 때문에 서구 문화를 비이성적으로 미화하고 개발과 외교, 안보뿐 아니라 도시계획과 설계에서까지 자체적인 아이디어를 내는 게 힘들어졌다. 그 결과, 고학력 지식인들은 한국에 대해 자신보다 잘 알지 못하고 유능하지도 않은 미국 정책 입안가의 잘못된 가정을 기반으로 신문 기사를 쓰고 외교 및 안보 정책을 제안한다.

마지막으로, 19세기 식민주의의 진정한 본성을 파악하고 이것이 지금 우리에게 어떤 영향을 주는지 고찰해야 한다고 강조하고 싶다. 강대국이 되고자 하는 한국의 야망은 19세기 국가 건설에 사용됐던 제국주의적 모델에 뿌리를 두고 있다. 산업 경제력과 자연 자원을 통해 나라를 발전시킨다는 원리는 제1차 세계대전을 일으킨 열강들의 치열한 경쟁에 그 뿌리를 두고 있다.

한국에서는 이런 제국주의적 역학 관계가 현재 세계 곳곳에서 증가하고 있는 갈등과 어떻게 연관되는지에 대한 논의를 금기시하고 있다. 한국이 뛰어넘고 싶어 하는 미국과 영국, 프랑스, 독일, 일본 등 선진국은 20세기 복잡한 제국주의 체제를 완성한 바로 그 국가들이다. 미국의 경우 제1차 세계대전 전까지는 제국주의 야욕을 자제한 편이었지만, 지금은 그 반대다.

식민지를 보유해야 하는 제국주의는 지난 150년간 프랑스나 일본 등의 정치 및 경제에 심대한 영향을 미쳤다. 국익에 영향을 주는 식민 영토가 해외의 먼 곳까지 퍼져 있었기 때문에 이들은 자국 문화의 가치를 해외에 널리 알리고 지배를 정당화하기 위해 복잡한 관료제를 구축했다. 이들 열강은 자국의 예술과 문화, 철학, 거버넌스, 역사가 가지는 우월성을 찬양하는 문헌으로 학문적 토대를 구축했다. 식민지 시민을 교육하기 위해 필요한 절차였다.

한국은 이런 식민화의 피해국이었다. 해외에 자국 문화를 적극적으로 소개하는 노하우를 구축할 시간도 없었다. 한국의 위대함에 대해 다른 문화권의 마음을 사로잡을 만한 매력적인 신화를 만들어 내

이만열

지도 못했다. 물론, 다른 국가와 달리 자국의 문화를 번드르르하게 소개하지 않는 소박함이 한국의 강점이기도 하다.

그러나 그런 제국주의적 전통이 없기 때문에 한국은 불리한 입장에 있다. 일본과 프랑스, 독일은 지난 140년간 끊임없는 편집과 보완을 통해 외국인을 위한 자국어 교재를 개발했고, 해외에서 자국의 '팬'을 키워 내기 위해 장기적 계획도 수립했다. 문화를 통한 정치에 통달한 셈이다. 한국은 1990년대 와서야 문화를 본격적으로 해외에 홍보하기 시작했는데, 아직까지도 내실이 부족하다.

이런 복합적인 원인들이 한국이 국제 관계에서 자국 문화와 지정학적 입지에 기반한 고유의 입장을 제시하지 못하도록 막고 있다. 일본과 미국의 정계에서는 자신의 이익만 지키려는 소수 군벌과 억만장자들이 의사결정 과정에서 전문가 집단을 배제하고 혼란을 이어 가고 있다.

한국이 안보 및 외교에서 고유의 역사·문화 인식을 바탕으로 자국의 관점을 제시할 수 있어야 한다. 그래야만 한국어는 단 한마디도 모르면서 자칭 '한국 전문가'라 주장하는 워싱턴의 학자 및 정치인이 강요하는 내러티브에 효과적으로 맞설 수 있다.

15

한국인의 잠재력, 선조들의 문화에서 찾자

나는 한국이 1등 국가가 될 것이라고 단언하는 것이 아니다. 나의 주장은 한국이 1등 국가로 갈 수 있는 잠재력이 있으며, 그 단초는 한국의 전통문화에서 쉽게 찾을 수 있다는 것, 그리고 이를 잘 계발해 1등 국가로 도약해 보라고 제안하는 것이다. 여기서 1등 국가는 미국처럼 초강대국을 의미하는 게 아니다. 정치·경제·사회·문화적으로 선진 문명을 자랑하는 모범 국가를 말하는 것이다. 이것이 한국이 가야 할 길이다.

특히 한국은 선진국 그룹과 개발도상국 그룹, 중국 중심의 대륙국 그룹과 미국 중심의 해양국 그룹의 중간자적인 위치에 자리해 국제사회에 다양하게 기여할 수 있는 특수 조건을 갖췄다. 물론 조건은 형성돼 있어도, 이를 활용하지 않으면 한국의 위상은 변하지 않을 것이다.

근래에 한국은 문화결정론의 함정 또는 인종주의나 민족주의로 빠질 위험성이 보인다. 한국은 현재의 프리즘으로 과거를 재해석하고 과거의 경험에서 얻은 진실로 현재의 난제를 해결해야 한다. 이러한 커다란 변화를 통해 역사·지리적 서사를 주체적으로 이끌고 한국만의 역사를 만들어야 한다.

우리는 한국 문화의 복잡성 혹은 다양성을 이해해야 한다. 이 과정에서 문화적 결정주의와 인종주의, 순수 단일민족을 주장하는 노선에 안이하게 의존해서는 안 된다. 지금 우리는 경제적 혼란이 국민의 삶을 더욱 피폐하게 만드는 극단적 불확실성의 시대에 살고 있다. 각자가 홀로 표류하는 이 같은 사회에서는 어딘가에 소속되거나 나 이외의 세계와 연결 고리를 찾으려는 욕망이 강해진다. 따라서 '같은 피를 가진 우리는 하나'라는 주장이 강력한 지지를 받는 것은 자연스러운 일인지도 모른다. 일부 지역에서는 벌써부터 외국인을 배척하는 조짐이 보인다. 불가피하다고 볼 수도 있지만, 위험한 현상이다. 당장은 위안이 될지 몰라도 한국은 이런 주장을 받아들여선 안 된다. 출산율이 낮은 한국에서는 앞으로 다문화 시민의 도움이 절실해질 것이다.

고립주의와 외국인 혐오 문화는 한국이 나아갈 길이 아니다. 그보다는 한국 문화의 외연을 확장해 다양한 출신을 포용하고, 한국의 전통을 보편적이면서 접근 가능한 것으로 만들어야 한다.

문화적 결정주의와 관련해 남북 간 격차를 설명하는 문제도 제기됐다. 한국 전통문화의 특징은 한국에서는 민주주의 발전과 시장경제 발전 등을 견인하는 역할을 했지만, 북한에서는 반대로 전체주의와 사회주의를 유지하는 수단으로 전락했다.

지난 50년 동안 쉴 틈 없이 성장하며 다양한 사회적 변동을 겪은 한국 사회가 가치관의 혼란을 겪는 것은 당연하다. 그런데도 한국 사회가 통합을 유지하는 것은 놀라운 일이며, 그것이 가능했던 것은 정치가 작동했다는 의미다. 한국의 고속 성장은 현재 잘못된 '우정'으로 국민의 신뢰를 저버린 박근혜 전 대통령의 탄핵으로 미궁에 빠졌지만, 지금의 난국은 또 다른 민주 정치의 발전 과정이라 생각한다. 미국은 예산안 문제로 정부가 일시 폐쇄되는 상황인데도 당리당략적 투쟁을 지속하고 있다. 유럽의 정치는 무기력증에 빠졌다는 비판을 받고 있고 일본 정치는 세습주의의 문제가 심하다. 중국은 민주주의가 아직 도래하지 않았고 개발도상국 대부분은 독재 문제로 신음하고 있다. 한국 정치가 한국인의 기대 수준에 못 미치는 건 사실이지만 그렇다고 해서 한국 정치가 진짜로 잘못됐다고 생각하는 것은 객관적인 판단이 아니다.

나는 한국인들이 한국의 전통문화를 경시하며 문화적 장점을 긍정적으로 살리는 노력이 부족하다고 생각한다. 한국이 원하든 그렇지 않든, 한국은 수많은 개발도상국의 모델이 되고 있다. 한국이 선진국의 길을 갈지 개발도상국의 위상에서 멈추거나 후진국으로 전락할지는 한국인이 결정하기에 달렸다. 한국이 모범적 선진국이 되지 못한다면 개발도상국의 사람들에게 많은 실망을 안겨 주리란 점을 무겁게 받아들여야 한다.

한국에서 예술과 문화는 소비 상품으로 전락했다. 벽에 예술 작품을 걸어 두는 행위는 자신이 다른 사람보다 부유하고, 세련된 취향을 가졌으며, 상류계급 출신이란 걸 과시하는 방법이 됐다. 더구나 이러

이만열

한 '보여주기식' 문화와 예술조차 서구의 문화와 예술인 경우가 압도적으로 많다. 서구의 것이 우월하다는 인식 때문이다.

관건은 한국인의 강력한 정체성 수립이다. 초등학교에서 세종대왕이 얼마나 위대한지 가르치거나 한국인에게 정이 얼마나 많은지 강조하는 단순한 방식은 해결책이 될 수 없다. 이제는 한국인 스스로가 한국의 문화와 예술을 단순 상품이 아닌, 그 이상의 가치로 인식하고 내재화해야 한다. 한국 문화는 5천 년의 역사 동안 쌓인 습관과 사상, 양식의 단순 집합체가 아니다. 박물관의 유물 보관실에 전시만 해놓는 그런 종류의 것이 아니다.

문화의 모든 스펙트럼은 현재에 맞게 끊임없이 재해석돼야 한다. 지금 가장 부족한 건 오늘의 필요에 따라 과거를 생생히 재해석하려는 노력이다.

한국의 정체성에 생동감을 불어넣기 위한 방법에는 여러 가지가 있다. 예컨대 한국은 다른 개발도상국의 모델이 되는 경우가 많다. 한국인이 환경을 보호하고 낭비를 없애며 부패를 철폐한다면 베트남과 몽골, 우즈베키스탄 등에서도 한국인의 생활 방식을 모방하려 할 것이다. 반대로 좋지 않은 관행 또한 그대로 모방할 것이다. 이렇게 다른 국가에서 한국을 하나의 모범으로 삼는다는 사실을 한국인이 깨닫는다면, 한국의 문화는 단순 쾌락을 위한 소비 대상이 아닌 윤리성을 지닌 가치가 될 것이다.

과거 문화의 스펙트럼에서 현재의 난제를 해결하는 방법을 찾아내면, 그 과정에서 한국의 문화 정체성을 형성할 수 있을 것이다. '한국인이 된다'는 건 문화와 역사라는 복잡한 구조 속에서 더 나은 미래를 열어 갈 요소를 찾아내는 과정이다. 그리고 이 과정 속에서 갖게 될 역사적 임무, 목적의식은 한국과 그 정체성을 온전히 변혁시킬 수 있다. 현재를 위해, 무엇보다 청년들을 위해 고구려, 고려, 조선 등 과거 선조 문화를 재해석해야만 한다.

16

한국적 향토 음식을 보여 주자

어느 도지사가 주최한 모임에 초대받은 적이 있다. 전문가들이 모여 도의 기술 발전 정책과 관련해 토론하는 자리였다. 전문가들은 대형 테이블에 둘러앉아 장시간 바이오·나노 기술에 관한 의견을 나눈 후 스타트업 기업 활성화를 위한 계획을 발표했다.

'그림의 떡' 같은 미래를 현실화하려는 논의를 하는 동안 나는 그들이 제공한 간식거리에서 눈을 뗄 수 없었다. 테이블 위에는 화려한 포장의 초콜릿, 쿠키, 캔디가 쌓인 플라스틱 그릇이 놓여 있었다. 그중 내 식욕을 자극하는 건 하나도 없었다. 그게 다가 아니었다. 토론 행사 전체가 도의 홍보를 위해 마련된 것인데도 테이블 위에 놓인 먹거리 중에는 현지에서 생산된 제품이 하나도 없었다. 모임 참가자들에게 간식거리에 대한 선호도를 물었다면, 아마 그들 역시 해당 지역에서 생산한 과일이나 곡식으로 만든 간식을 원했을 것이다. 그 지역만의 특색이 담긴 독특한 풍미의 먹을거리 말이다. 나는 한국이 전통적으로 다양한 종류의 말린 과일, 떡, 견과를 간식거리로 삼아 왔다는 것을 잘 알고 있다. 그것들을 내놓았다면, 완벽한 간식이 되었을 뿐만 아니라 토론에도 큰 도움이 됐을 것이다.

나는 약 8년 전부터 지방정부와 일하고 있다. 일하는 동안 느낀 한 가지는 향토 음식이 토론회 같은 행사의 식탁에 오르는 일이 드물다는 것이다. 아마 행사를 계획하고 실행하는 과정에 대형 음식업체가 참여하는 관례를 넘어서기 힘들기 때문일 것이다. 도지사 집무실에서 접한 음식 역시 대부분 대형 음식 제조업체가 생산한 것이었다.

'무엇을 파느냐'는 더 큰 문제다. 편의점에는 초콜릿바, 감자칩, 크래커, 나트륨과 포화지방이 많이 포함된 컵라면 등이 놓인 영양가 없는 가공식품들이 진열대를 채우고 있다. 채소나 과일은 찾기 힘들다. 이런 판매 추세는 점점 더 강화되고 있다.

이만열

한국 사회의 아이들과 청소년들은 가공식품에 지나치게 노출돼 있다. 심지어 가공식품을 소비하도록 다양한 매체가 부추기기도 한다. 하지만 아무도 그들에게 가공식품이 건강에 미치는 부정적인 영향에 대해서는 진지하게 지적하지 않는다. 가공식품은 우리 몸에 아주 좋은 음식이라고 할 수 없다. 각 지방에서 생산된 영양가 높은 먹을거리와는 비교조차 할 수 없음은 물론이다.

많은 의학 전문가들은 가공식품을 섭취하지 말라고 권장한다. 고당분 음식이 당뇨병 같은 성인병, 알츠하이머의 발병과 관련 있다는 것이 점차 입증되고 있기 때문이다. 이미 고당분 음식 섭취가 낳은 비극이 생기고 있다. 국민건강보험공단이 발표한 자료에 따르면 18세 이하 사람들 중에서 당뇨병 치료를 받는 비율이 지난 10년간 31% 증가했다고 한다. 한 연구에 따르면 2012년 한국의 비만 인구는 전체 인구의 4.2%였다. 2002년의 2.5%에서 급상승했다. 최근에도 비만 인구는 꾸준히 늘어나는 추세다.

최근 일본을 방문했을 때 편의점에 신선한 과일과 야채가 한국보다 훨씬 많이 눈에 띄는 것을 보고 깊은 인상을 받았다. 제품들도 대부분 일본의 각 지역에서 생산된 것들이 많았다. 한국 역시 일본처럼 한국의 오랜 고영양 식품 전통을 바탕으로 시민들의 건강에 유리한 식품을 얼마든지 공급할 수 있다.

현지 유기농 제품을 편의점에서 팔도록 의무화한다면 건강한 식생활뿐 아니라 지역 경제 활성화에도 도움이 될 것이다. 몸에 좋은 식품을 만들고 사람들에게 좋은 섭취 습관을 권하는 것은 고층 빌딩을 건설하거나 최신형 스마트폰을 출시하는 것보다 훨씬 중요하다.

무엇보다, 소중한 아이들의 건강을 희생시키며 충동적인 식습관 유도로 단기적인 이익을 얻으려 해서는 안 된다. 아이들이 가져야 할 마음가짐은 식재료를 생산하는 농업인들과 땅에 감사하는 것이다. 또한 인간 세상과 자연의 필연적 조화를 강조해 전해줄 수도 있다.

이렇게 말하면 일부 예민한 사람들은 기분이 상할지 모른다. 그러나 나는 정부가 건강한 음식을 시민에게 제공할 권리와 의무가 있다고 생각한다. 정부는 청년들이 가공식품을 접할 기회가 적어지도록 가공식품을 진열하는 양을 제한하는 규정을 만들고 판매 식품의 표준을 마련해야 한다. 먹을거리와 관련된 것이야말로 정부가 더 큰 관심을 기울여야 할 사항이다.

'밥이 보약', '식약동원食藥同源' 등 음식이 한국 문화에서 가장 중요한 부분이라는 말을 자주 들어 왔다. 하지만 우리가 한편으로 보물 같은 한국 음식이 사라지도록 방치하고 있는 건 아닌지 근심스럽다.

이만열

17

한국의 궁궐은 소박하기에 자랑스럽다

나는 경복궁을 방문한 중국인 관광객들이 하는 똑같은 말을 여러 번 들었다. 베이징 자금성의 웅장함에 비하면 한국의 궁궐은 아주 작고 소박하다는 것이다. 게다가 약간은 무시하는 듯한 말투였다.

한국 친구들은 이런 이야기를 들으면 다소 부끄럽다고 말한다. 하지만 나는 고성古城 한양의 도시계획이 단 한 번도 부끄러웠던 적이 없다.

조선 시대 초기로 거슬러 올라가 보자. 중국 황제는 무한 권력을 휘두른 반면 조선 국왕의 권력에는 명백한 제한이 있었다. 경복궁과 창덕궁에 적용된 설계를 보면 알 수 있다. 이 궁들은 '위엄 있다'는 느낌을 줄 뿐, 궁궐을 바라보는 사람을 압도하거나 왕은 초인이라는 뜻을 내비치지 않는다. 베이징의 웅장한 자금성과 달리 한국의 궁궐들은 북촌에 사는 학자나 관료의 집보다 압도적으로 크지 않았다. 물론 학자나 관료들의 집 또한 평민들이 사는 집보다 많이 크지 않았다.

프랑스의 베르사유 궁전처럼 서구에서 극대화한 정치권력을 어떻게 물리적 환경으로 표출했는지와는 대조적이다.

1900년쯤의 서울 사진을 보여 주면 학생들은 당혹감을 감추지 못한다. 타운하우스나 넓은 대로가 늘어선 당시의 파리와 비교해 한국은 너무 초라하다는 것이다. 이런 감정에 나는 동의할 수 없다. 1860년대에 파리 개조 사업을 진행한 조르주 외젠 오스만이 얼마나 지역 공동체에 대해 무감각했는지 알게 된다면 근대 파리의 변화가 무조건 잘된 것이라고 생각하기는 어려울 것이다.

1851년 쿠데타를 일으킨 루이 나폴레옹 보나파르트는 황제 자리에 즉위하면서 하급 공무원이었던 조르주 외젠 오스만에게 파리를 완전히 새로운 모습으로 바꾸는 파리 개조 작업을 맡긴다. 그의 계획에 따라 도시 전체가 블록별로 재개발 공사에 들어갔다. 좁고 복잡한 골목 대신 널찍한 대로가 들어섰고, 거대한 타운하우스와 공공건물, 대규모 도시공원과 기념물이 세워졌다.

파리의 건축 기술 수준은 높았고 재개발 계획에는 비전이 있었다. 개발 프로젝트 중 가장 인상적인 작품으로는 샹젤리제와 뤽상부르 공원을 꼽을 수 있다. 그러나 중세 주민의 생활상을 그대로 담고 있던 동네의 모습은 파괴됐고, 새로운 도시 문화의 압도적 이미지와 형태가 사람 사이의 관계를 덮어 버렸다. 과거의 모습이 자취를 감추고 부자연스러운 도시 재건축이 인간 소외로 이어지면서 파리는 치열한 계급투쟁의 전장이 됐다. 황제의 의지를 시민에게 일방적으로 강제한 결과였다.

그럼에도 파리 개조는 이후 도시 재개발의 모델이 되었다. 서울의 과감한 리모델링 역시 파리 개조 사업에서 그 근원을 찾아볼 수 있다. 파리 개조 이후, 우리는 대로변과 고층 건물이 없는 도시는 진정한 현대적 도시가 아니라는 시각을 갖게 됐다. 오스만의 아이디어에 뿌리를 둔 이 잘못된 상징성 때문에 전 세계 지도자들은 '개발'이라는 이름으로 하루아침에 도시 전체를 밀어 버리고 새로운 건물을 올리는 게 당연하다고 생각했다. 그 결과, 보기에는 인상적일지라도 시민 사이의 어떤 유의미한 교류도 허락하지 않는 비인간성이 생겼다. 파리에서는 사회적으로 소외된 시민들이 파리 코뮌을 통해 빈민가 연합체를 구성하고 프랑스군에 저항했지만, 널찍한 도로로 구획된 도시는 저항운동을 손쉽게 진압하는 데 큰 도움을 줬다.

서울 궁궐의 소박함은 한국 유교 전통에서 가장 훌륭한 점을 상징한다. 한국의 왕실과 고위 관리들은 행실이 보다 투명했고 백성에게 책임감을 가졌으며, 대중을 바라보는 방식이 인간적이었다.

14세기 말로 거슬러 올라가 서울과 베이징의 차이를 살펴보자. 당시 양국을 다스린 강력한 지도자들은 몽골제국 붕괴 이후의 무질서를 극복하고 권위를 확립하려 했다. 중국 영락제永樂帝(1360~1424)의 통치는 혹독했다. 극단적인 조치를 통해 통치자와 백성 간에 절대적인 거리를 두었다. 영락제가 확립한 비밀경찰제와 비대한 상층부의 관료 조직은 황제에 의한 군주정이 끝날 때까지 중국에 엄청난 부담으로 작용했다. 영락제의 통치는 유교 전통을 왜곡시켰다. 또한 황제를 신격화해 거대한 관료 집단의 존재를 정당화하는 데 활용했다.

반면 한국의 세종대왕(1397~1450)은 백성에 대한 책임성을 그가 생각한 거버넌스 비전의 핵심으로 삼았다. 그가 상상한 왕은 왕국의 겸허한 종복이었다. 세종은 신분을 따지지 않고 능력 있는 인재들을 높은 자리에 등용했다. 중요한 것은 세종이 평민 복지를 정부의 최우선 과제로 삼았으며 고도의 견제·균형 체제를 수립했다는 점이다. 덕분에 상대적으로 투명한 통치를 이룬 조선은 500년 넘게 생존할 수 있었다.

서울의 궁궐이 작다고 말하는 중국 관광객들은 조선 건축의 인간적인 규모가, 한국 전통 문화의 가장 인간적이고 민주적인 측면을 상징한다는 사실을 모르는 것이다. 영락제와 세종대왕은 둘 다 근대 초기의 제도문화를 확립한 인물이다. 그러나 중국 관광객들은 영락제와 세종대왕 사이의 엄청난 차이를 모른다.

하지만 중국 관광객들의 '무지'를 탓할 수만은 없다. 전통적 한국의 철학·정치·예술·문학을 중국인들에게 소개하는 한국인의 활동이 아주 미흡하기 때문이다. 예를 들어 나의 중국인 친구들 중 세종

이만열

대왕에 대해 많이 알고 있는 이들은 극소수다. 중국 바이두백과百度百科에 실린 세종에 관한 서술을 보면, 예전보다는 훨씬 구체적이지만 세종대왕이 행한 개혁의 많은 부분이 누락돼 있고 공헌 역시 축소돼 있다. 18세기의 위대한 실학자 다산 정약용에 대한 항목은 더 심각하다. 다산의 지성사적 공헌은 아주 짧게 소개돼 있다. 왕양명王陽明, 주희朱熹와 어깨를 견주는 다산을 중국인들에게 소개하려는 한국인들의 노력은 아직도 많이 부족하다.

미래 동아시아에서 한국의 문화적, 정치적 위상을 확립하기 위한 싸움은 지극히 힘들 것이다. 중요한 것은 '한국산 스마트폰을 몇 대나 팔았느냐' 혹은 '중국에서 인기 있는 한국 아이돌이 몇이나 되느냐'가 아니다. 한국의 영향력을 좌우할 결정적 요인은 한국 전통에서 발견되는 투명성과 책임성을 어느 정도까지 보편적인 모델로 세계, 특히 중국에 제시할 수 있느냐.

1980년대 한국에서 일어난 민주화 운동을 중국인들에게 알리는 것도 좋겠다. 하지만 한국의 전통 중에서 가장 인상적인 부분은 틀림없이 한국의 투명한 정치 전통과 왕권의 명백한 제약 전통이다. 우리는 한국 유교가 16~18세기 선정善政에 공헌했다는 것을 발견할 수 있다. 유교 전통은 한국뿐 아니라 어쩌면 중국의 미래를 위한 모델이다. 한국은 그런 차원에서 중국에 영향을 미칠 희망을 가진, 아마도 세계에서 유일한 나라다.

18

한옥은 세계 최고의 상품이 될 수 있다

한국은 생명공학이나 전자공학, 신소재와 나노기술 등의 분야에서 첨단을 달리고 있으며 세계적으로 중요한 역할을 하고 있다. 그런 한국도 제대로 성과를 내지 못하는 기술 분야가 있는데, 바로 한국의 전통 가옥인 한옥 관련 목공과 설계 기술이다. 언뜻 이것은 당연한 일로 보인다. 새로운 과학기술이 각광받는 시대, 젊은이들은 전통 기술 분야를 인기 직업으로 여기지 않을 것이기 때문이다. 그러나 한옥 건축 기술에 대한 투자가 지금 한국 경제 발전 단계에 꼭 필요하다는 주장에 귀 기울일 필요가 있다.

전혀 인공적인 칠을 하지 않은 원목과, 이에 어우러진 종이 벽이 주는 편안함, 자연과 완벽하게 조화를 이루는 매력적인 외형, 방문객들로 하여금 한옥이 가진 멋의 깊이를 천천히 발견하게 해주는 인간 친화적인 디자인 등등… 이러한 한옥의 특징은 얼마든지 현대 한국 건축물에 활용될 수 있다.

이만열

현대 초고층 건축물에도 한국적 요소를 사용할 수 있으며, 이는 매우 독특한 멋을 안겨줄 것이다. 한옥의 요소를 현대에 적용하면 디자인과 멋, 감성 측면에서 전 세계의 주목을 받을 수 있다. 현대 고층 건물에 한옥의 심미적 원칙들을 고려한 호젓한 공간을 만들어 보는 것은 어떨까. 고층 건물의 가운데 한 층을 정원으로 분리되는 조그만 한옥 공간으로 꾸며 보는 것이다. 이런 독특한 디자인은 현대 건축물에 새로운 생동감을 부여해 한국 전통 건축의 개념을 되살릴 것이다. 진화한 한옥 건축물은 전 세계 도시 기획이나 디자인에 영감을 줄 수 있다.

조지프 나이 하버드대 교수는 한 국가의 힘을 '하드파워'와 '소프트파워'로 구분한다. 하드파워는 군사력, 경제력으로 상징되는 국가의 힘을 말한다. 과거에는 이런 요소들이 한 나라의 영향력을 결정했지만, 앞으로는 한 나라의 문화, 정치적 가치관, 대외 정책 등과 같은 '소프트파워'가 더욱 중요해진다는 것이 조지프 나이 교수의 주장이다. 하드파워가 군사력이나 경제제재 등 물리력을 통해 상대방을 제압하는 것이라면, 소프트파워는 매력을 통해 상대방의 자발적 동의

를 얻는 능력이다.

조지프 나이 교수의 '소프트파워' 외교에 대한 주장을 보면, 한옥이 한국 외교의 중심이 될 가능성이 보인다. 나는 미국 일리노이 주립대학에서 7년간 교수를 한 적이 있다. 그곳에 있던 일본관Japan House은 일본 전통문화를 미국인들에게 전하는 공간으로 활용됐다. 방문객들은 다도 예절을 배우고 일본의 미에 관한 설명을 들었다. 동네 주부들도 모여 일본 예술과 문화, 미학, 미적 감각에 대한 토론을 벌였다. 일본관은 미국인들에게 일본이라는 존재, 즉 일본의 철학과 생활 관습, 정신적 계몽이라는 차원에서 영감을 주는 하나의 원천이었다. 그것은 일본을 가장 깊은 차원에서 알리는 중요한 일을 수행했다.

세계 곳곳에 한옥을 지어 한국 전통문화와 가치를 알리는 장소로 삼으면 좋을 것이다. 모스크바, 파리, 런던, 도쿄, 방콕, 시카고에 한국관을 만들어 아이들이 그곳에서 한국 문화를 배우고, 주부들이 모여 한국 전통을 경험하고, 많은 이들이 한국 문화에서 영감을 받을 수 있도록 하면 어떨까. 그 영향력은 외국인들이 한국에 대해 갖는 인식 정도에 그치지 않고 그들의 가치관의 변화까지 이끌어 낼 수 있을 것이다.

해외에는 이미 많은 코리아타운이 존재하지만 그곳은 '한국인 거주지'일 뿐이다. 외국인들은 주로 그곳에서 한국 음식을 먹거나 한국산 물건을 사는 것에 그친다. 해외에는 한국을 제대로 경험할 수 있는 공간이 없다.

그러니 한옥 기술에 대한 투자부터 시작하자. 한옥 건축가, 특히 젊은 한옥 건축가를 많이 배출해야 한다. 이들을 전 세계에 파견해 한옥을 짓게 하고 세계인이 한국을 느끼게 할 수 있을 것이다.

이만열

19

'맨해튼다움'보다 '서울다움'을 추구하자

서울특별시청 청사였던 서울도서관에 가보면 게르만적 금욕주의가 느껴진다. 일제 강점기에 건축된 이 건물 3층에는 지난 세기 서울의 발전 과정을 전시한 작은 공간이 있다. 벽면에는 역대 서울시장의 사진과 약력을 적은 패널들이 모자이크를 이루며 걸려 있다. 이 전시물에 따르면 초대 시장은 1946~1948년에 재직한 김형민이다. 그전에도 이범승이라는 첫 한국인 서울시장이 있었지만 당시 시정은 현대적인 서울시 행정이 확립되기 이전의 옛 식민 체제를 답습하고 있었다.

서울시장의 수를 광복 이후부터 세는 것은 서울 사람들에게 자연스러운 일이다. 식민 시대 18명의 서울시장(경성부윤)을 여기에 포함시킬 수는 없다. 모두 일본인이었던 그들은 식민 착취 정책을 수행했기 때문이다.

그런데 나는 이 시장들의 신전이 인위적이며 크게 잘못됐다는 생각이 들었다. 사실 최초의 '서울시장'은 1395년 한성부판윤으로 취임한 성석린이다. 조선 왕조에는 수백 명의 '서울시장'이 있었다. 권한이나 임기에 있어 한성부판윤을 서울시장과 직접 비교할 수는 없지만 그들은 모두 세계에서 몇 안 되는 600년 넘게 지속된 도시의 수장으로 기억될 자격이 충분하다.

조선 시대 '서울시장'에 대한 완전한 무지 때문에 우리는 500년 동안 서울이 어떤 행정 정책을 펼쳤는지, 당시 관리들의 승진 제도는 어떠했는지, 환경 보존과 도성 내 농업 정책, 시장과 공장의 관리, 서울 각 구역의 행정은 또 어땠는지 알지 못한다.

또한 현재와 미래에 적용할 만한 서울의 지혜로운 옛 정책에 대해서도 생각할 수 없음은 물론이다. 급하게 서울을 현대 도시로 만드느라 서울의 가장 소중한 보물인 집단적인 지혜도 내던졌다. 현대의 서울 사람들은 서울의 오랜 역사와 문화에서 자신의 정체성을 찾을 수 없다. 대부분의 파리 사람들은 센강 위에 놓인 다리의 이름을 모두 안다. 하지만 청계천 다리의 이름을 모두 열거할 수 있는 서울 사람은 거의 없다.

온갖 풍파 속에서도 살아남은 과거의 건물과 기념물이 우리 주변을 둘러싸고 있지만, 우리는 그런 흔적에 별 관심을 두지 않는다. 하지만 그 흔적들이야말로 새로운 서울을 건설하는 데 영감을 줄 수 있다. 예를 들어 신촌역의 옛 역사驛舍는 지금의 현대식 건축물보다 훨씬 매력적이었다. 불필요하게 큰 규모로 건축한 새 신촌역사는 늘 텅텅 비어 있고 아름답지도 않다. 이런 재건은 어리석은 결정이며 자원과 노동력의 낭비다.

이만열

한국은 서울을 마치 런던이나 싱가포르, 파리처럼 만들어 새로운 문화를 창조하려는 것 같다. 다른 도시가 되겠다는 서울의 집착을 극명히 보여 주는 사례는 서울역 고가 공원 프로젝트다. 서울역 근처를 지나는 고가도로를 나무가 우거지고 예술 작품으로 뒤덮인 공원으로 만든 이 프로젝트의 모델은 뉴욕 맨해튼에 있는 하이라인 공원이다. 이 프로젝트가 전적으로 네덜란드의 건축사무소 MVRDV에 의해 진행됐다는 점에서 나는 많은 의구심이 들었다.

서울에 진짜 필요한 것은 '맨해튼다움'이 아니라 '서울다움'이다. 서울에 필요한 것은 잠자는 과거 전통을 재해석해 오늘에 맞는 실행 가능성을 찾아 주는 일이다. 서울의 뿌리를 보여 줄 수 있는 새로운 도시환경을 조성해야 한다. 서울은 잘못된 방향으로 치닫고 있다. 유리와 강철로 지은 사무실 빌딩과 아파트가 옛 골목을 완전히 뒤덮고 있으며, 건물의 외장과 내장을 포함해 전통 건축의 흔적은 어디에도 찾을 수 없다.

서울의 심층 구조는 이미 파괴됐다. 경희궁의 가장자리를 따라 지은 아파트는 전통 도시환경과 맞지 않는다. 을지로2가에 솟은 웅장한 사무실 건물들은 상인이나 시민을 위한 공간을 남겨 놓지 않았다. 지난 500년 동안 정겨운 마을 분위기를 물씬 풍기던 동네들은 사라졌다.

급격한 도시환경의 변화는 활력을 주는 게 아니라 혁신 정신의 연속성을 단절시킨다. 서울을 또 다른 싱가포르로 만들어 버리면, 서울의 복원력을 그토록 뛰어나게 만든 모든 것이 죽어 버린다. 생기 있는 문화를 발견하려면 을지로3가 주변 공장들을 찾아야 한다. 뒷길의 소규모 공장에서는 예술가들이 조각품을 만들고 있으며, 중앙시장에서는 상인들이 예술가들과 힘을 합쳐 생동감 있는 문화를 창조하고 있다.

서울의 과거 모습을 복원하자는 게 아니다. 과거에 대한 깊은 이해를 바탕으로 오래 남을 새 건물을 지어야 한다는 것이다. 먼 과거 멜로디의 새로운 변주곡이라는 관점에서 현대 건물을 바라봐야 한다. 전통 한옥의 요소를 사용하고, 때로 유리나 강철 대신 진흙과 나무를 재료로 선택할 수 있다.

서울 사람들은 서울이 과거 모습에 가까워지면 가난하고 불결하고 낙후한 도시 이미지를 재현할 거라고 생각한다. 하지만 코펜하겐이나 뮌헨 같은 도시가 매력적으로 보여도 이들 도시는 결코 서울이 아니다. 서울의 미래를 여는 열쇠는 서울의 과거에서 발견해야 한다. 뒷골목과 도시 정책, 과거의 공동체를 재해석해 그 속에서 지속 가능한 미래 서울의 모습을 찾아야 한다. 우리가 귀를 열기만 한다면 틀림없이 수백 명의 과거 '서울시장'과 지혜를 공유할 수 있을 것이다.

이만열

20

한국을 바꿀 역사 속 DNA를 찾자

1. 외교관의 롤 모델, 최치원

우리는 엄청난 변화의 시대에 살고 있다. 중국의 경제·사회 이슈는 한국의 경제·사회에도 영향을 미치며, 글로벌 이슈와도 밀접하게 연결된다. 이러한 국가 간의 통합은 누구도 상상할 수 없었으며 인류 역사상 전례 없는 속도로 일어나고 있다.

이런 시대에 아이들은 어떻게 자라야 할까? 나는 미국에서 태어나 오랜 세월 중국, 한국, 일본 문학을 공부한 교육자로서, 장차 미래를 짊어질 한국 젊은이들에게 맞는 롤 모델에 대해 자주 생각했다. 그러던 중 우연히 최치원에 관한 몇 가지 글을 도서관에서 읽게 됐고, 그의 놀라운 리더십에 감명을 받았다.

최치원은 12세의 어린 나이에 중국 유학길에 올라 중국의 과거 시험에 통과해 관리에 등용된 우수한 인재다. 조기 유학 열풍에 휩싸인 현재 대한민국에서 그처럼 적절한 롤 모델은 없을 것이다.

사실 최치원은 한국을 넘어 문학, 예술, 정치 모든 분야에서 최고를 꿈꾸는 세계 많은 젊은이들의 모델이 될 수 있다. 외교관으로서 그의 모범적인 역할은 국제적인 인재를 양성하는 면에서도 매우 중요하다. 우리는 외국어에 능통하고, 외국에서 상황 관리가 가능하며, 리더가 될 수 있을 만한, 정책에 관심을 가진 특별한 지식인을 필요로 하기 때문이다.

미국에서는 국제 관계와 통치 분야에서 윤리적 비전이나 인문학의 중요성을 거의 강조하지 않는다. 그러나 최치원은 관리로서의 인성 개발을 위해 문학의 중요성을 강조했다. 또 젊은이들이 정치와 정부의 일에 관심을 갖도록 동기부여를 하는 것을 필수로 여겼다.

최치원이 살았던 통일신라 시대는 중국과의 무역 및 문화적 교류가 활발했던 시대다. 이는 오늘날 한국과 중국의 상황과 상당히 유사하다. 신라의 신분제도에 따라 성골, 진골 다음의 육두품 등급이었던 최치원은 뛰어난 젊은이였지만 일정 수준 이상의 정부 일을 할 수 없는 제한적 신분이었다. 그는 고민 끝에 새로운 기회를 찾아 외국으로 가겠다는 뜻을 굳힌다.

중국으로 건너간 그는 양주揚州시장을 지낸 뒤, 당시 당나라 희종僖宗과 친밀한 관계를 맺는다. 역사 기록에 따르면, 최치원이 중국에서 가장 부유한 도시에서 시장을 할 수 있었던 것은 부패의 유혹에 끝까지 저항하는 대단한 청렴결백함이 있었기 때문이라고 한다.

중국에서 최치원이 행한 정치는 오늘날 글로벌 협력의 본보기가 될 수 있다. 그는 결정적인 과정에 직접 뛰어들어 관여함으로써 중국을 제대로 알고 장기적으로 일할 수 있었다.

단편적 만남을 통한 문제 해결 방식에는 더 이상 희망이 없다. 우리는 공동의 목표를 위해 한국인, 중국인 그리고 수많은 다른 나라 사람들과 장기적으로 함께 일해야 한다. 최치원은 양주에 있을 때 국제 관계 혹은 국내 정치에만 관심을 가졌던 것이 아니다. 지역 내부의 문화, 사회에 깊은 관심을 보였다. 참된 통치를 위해 수필과 시 등 문학으로 다른 사람들의 동참을 이끌어 내기도 했다.

최치원의 행보를 연구함으로써 중국과 한국 사이에 어떤 새로운 관계를 형성할 수 있을지 그려 볼 수 있다. 또한 다른 아시아 국가와 미국, 나아가 세계의 새로운 평화를 위한 비전과 협력을 이끄는 데 많은 영감을 받을 수 있다.

최치원은 스스로 지역사회로 뛰어들어 변화에 참여했고, 중국과 한국 사회 모든 계층의 사람들과 소통했다. 더 나은 미래를 향한 새로운 방법을 찾기 위해 문학이란 도구를 이용하기도 했다. 그는 문학에 사람을 변화시키고 새로운 가능성을 주는 힘이 있다는 것을 이해한 특별한 지식인이었다.

2. 세계적 안보 리더, 이순신

국제사회에서 한국이 차지하게 될 새로운 역할과 위치를 생각할 때 한국의 '안보'는 중요한 문제가 될 것이다. 한국은 안보의 개념을 재정의함으로써 동아시아 국가는 물론 국제사회의 위험을 해결하는 리더 역할을 해야 한다. 나는 이 가능성과 관련해 알아야 할 몇 가지 기본적인 원리를 말하고 싶다.

군인의 용맹함은 전장에만 국한되지 않는다. 국민을 올바른 방향으로 이끌어 줄 과감한 개편을 할 수 있는 용기도 군인의 용맹함에 포함된다. 한국은 혁신을 통해 국토의 영역을 넘어 큰 영향력을 가진 안보 분야의 리더가 될 수 있다. 그 모델로 나는 이순신을 들고 싶다. 그의 천재성과 군인으로서의 용맹함은 세계 어느 나라에서도 전례를 찾아볼 수 없다.

힘의 원천에는 크게 두 가지 종류가 있다. 하나는 돈과 특권, 인맥에서 나오는 힘이고, 다른 하나는 얻는 것이 없이도 명령을 따르며 목숨까지 바치고자 하는 사람들의 힘이다. 두 번째 힘의 원천이 바로 군인이다. 야만, 잔인함, 탐욕, 무관심의 대척점에 있는 군인의 힘은 사회를 변화시킬 수 있다.

사실 '한국은 고래 사이에 낀 새우 같은 처지의 작은 나라'라는 비유를 들을 때마다, 나는 항상 어려운 상황에서도 장점을 찾는 상상력을 발휘하라고 말한다. 이순신은 다른 식자층이 공포에 질려 산으로 숨고 달아나는 아비규환의 순간에도 능력을 발휘해 명성을 얻었다. 그는 당시 식자층 중 일본의 침략에 맞서 일어선 극소수의 사람 중 하나였다. 더 중요한 점은 그는 당시 조선 사회에 만연했던 태만에 반대하며 건전한 방향으로 가려 했다는 사실이다.

이순신의 성공에는 두 가지 열쇠가 있다. 홍익인간의 정신과 믿음이다. 이순신은 승리가 모두의 노력으로 이뤄진다는 것을 이해하고 있었으며, 해군 한 사람 한 사람이 존중받아야 한다는 것을 잘 알고 있었다. 그는 사람을 믿었다. 때문에 그를 존경하게 된 사람들은 더욱 효과적으로 서로 협력했다. 이 믿음의 힘은 이순신이 위험하고 대담한 계획을 실행에 옮길 때 병사들이 그를 도와 끝까지 최선을 다하도록 만들었다. 이순신에 대한 병사들의 확고한 믿음은 해전 경험이 전무했던 그가 관습에 얽매이지 않고 참신한 전략을 사용하도록 북돋운 힘의 원천이 됐다. 천재적인 지략과 병사들의 신망은 이순신을 적군도 존경하는 장군으로 만들었다.

다시 한국의 안보 문제로 돌아가 질문을 던져보자. 미국은 과연 북한을 선제공격할까? 중국과 미국이 충돌한다면 한국은 양국을 설득해 올바른 방향으로 이끌 수 있을까?

어렵겠지만 설득은 가능하다. 한국은 장기적인 전략을 구축해 자체 안보 강화와 국제 협력 관계를 위해 미·중 양국을 설득하고 평화를 위한 기본 입장을 확실히 해야 한다.

이런 전략을 취하는 것이 쉽지는 않겠지만 그렇다고 불가능한 일도 아니다. 경영학의 대가인 피터 드러커 박사는 "미래를 예측할 수 있는 가장 좋은 방법은 미래를 만드는 일이다."라고 했다. 한국의 이기적이거나 단기적인 시각은 별로 도움이 되지 않는다. 지금은 포괄적인 통합이 필요하다.

정치 이슈에 관한 몇 가지 사례를 들어 보자. 한국은 독도, 박근혜 정부 때 가장 두드러진 위안부 문제, 사드 배치, 미사일 방어를 통한 국방 문제 등에 있어 세계적으로 다양한 분야의 전문가를 초빙해 토론하고 협력하는 일이 거의 없었다. 하지만 이젠 변해야 한다. 현안에 대해 구체적인 토론을 거쳐 상황을 개선하려는 목적에 맞는 성공적 정책을 도출해 내야 한다. 공동의 이익에 기초해 동북아 평화 질서에 관한 해결책을 제안하고 이에 따른 행동을 시작해야 한다. 문제를 풀어나갈 규칙을 정하고 어렵지만 통합을 이루는 과정을 통해 모

이만열

든 국가의 존경을 얻어 내야만 한다.

3. 세계를 바꿀 수 있는 학자, 정약용

역사상 오늘날처럼 국경의 의미가 퇴색한 적이 없었다. 이웃 나라
의 일이 결국 전 세계의 이슈가 되는 오늘, 세계인으로서 한국인이
갖춰야 할 소양에는 무엇이 있을까. 한국이라는 좁은 틀에 갇히지 않
고 글로벌 리더가 되는 것이 그중 하나일 것이다. 나는 한국의 '선비
정신'에서 해답을 찾았다.

선비 정신이란, 단순히 유교적 교양을 갖춘 사대부 정신을 뜻하는
것이 아니다. 인격의 완성을 위해 끊임없이 정진하며 죽을 때까지 학
문과 덕을 쌓아야 함을 의미한다. 대의를 위해서는 목숨까지 버릴 수
있는 불굴의 정신으로 시류에 연연하지 않고 청렴하게 사는 선비야
말로 현대사회의 무분별한 물질주의에 대처하는 최고의 롤 모델이
라 할 수 있다. 아이러니컬하게도 글로벌 리더의 DNA는 이미 한국
인의 피에 녹아 있다.

지금 세대들은 예전과 다르게 교육자와 지식인의 역할에 의문을
갖고 있다. 사실 오늘날 많은 지식인들은 그 스스로가 지적 추구를
목적으로 삼지 않고, 직업적 의무로 저명한 학술지에 논문을 게재하
는 것 정도를 학문 활동의 기준으로 삼고 있다. 이러한 새로운 표준
은 지식인을 컨설팅 회사의 직원이나 학문 활동을 하는 로봇과 다름
없이 만들고 있다.

지식인의 가장 중요한 역할은 우리 사회를 감시하는 것이다. 사회
적 불평등과 생태계 파괴가 심각한 오늘날, 지식인의 역할은 그 어느

때보다 중요해지고 있다. 이런 맥락에서 한국의 유학자 다산 정약용의 업적을 다시 보아야 한다. 그는 사유하는 지식인으로서 자신의 철학과 삶을 온전히 통합하며 다양한 담론을 펼쳤다. 당시의 문화·윤리·역사를 비롯해 국가 정책에 이르기까지 그가 담론을 펼치지 않은 분야가 없을 정도다. 정약용은 유교 전통에서 가장 독창적인 학론을 펼쳤으며, 그의 사상은 한국을 비롯해 전 세계에서 다양한 연구 주제가 되고 있다.

높은 집중력과 놀라운 기억력의 소유자였던 정약용은 중국 고전, 중국과 한국의 역사, 서양과 일본의 학문까지 섭렵한 인물이었다. 뿐만 아니라 철학에서 자연과학, 기계공학, 외교까지 지적 탐구의 범위가 너무 방대해 '주제'가 무엇인지는 오히려 중요치 않을 정도였다. 그가 가장 주목한 개념은 '선비 정신'이었다. 그는 세상에 윤리적으로 참여하는 선비 정신을 지식인에 한정시키지 않았다. 나는 선비정신이 한국을 넘어 오늘날 전 세계로 확장될 수 있으며 그렇게 되어야 한다고 생각한다.

정약용은 동시대의 다른 유학자들과는 달리 다양한 분야에 대한 연구가 자신의 도덕적 의무의 한 부분이라고 생각했다. 실제로 정약용의 저서에는 문학과 정책, 기술, 미학적 분야까지 윤리적 문제를 일관되게 제시하고 있다. 한국의 윤리학자라고 해도 과언이 아닌 정약용은 선비의 전통을 잘 보여 주고 있다. 한국뿐 아니라 중국과 베트남 등에도 선비에 상응하는 개념이 있다. 그러나 한국의 선비는 글을 읽고 쓰는 지식인으로서 소양을 갖춰야 할 뿐 아니라 윤리학자로서의 면모도 뛰어나야 했다.

이만열

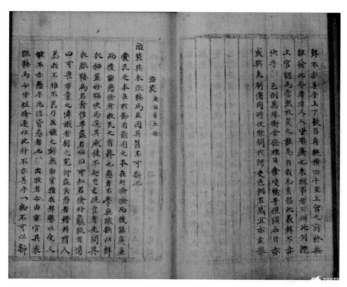
목민심서의 일부분

당시 중국의 고증학은 과학적 정밀함이 두드러진 뛰어난 학문이었지만, 동시대 사회·경제적 문제와는 괴리가 있었다. 이 극단적인 괴리는 상류층과 하층민 간 교육적, 문화적 차이를 만들었고, 1850년 태평천국 운동을 불러일으켰다. 이 운동으로 중국 경제는 극심한 피해를 입었으며 사상적 토대 또한 분열됐다.

이에 반해 정약용은 사회의 건강과 농민의 이익에 늘 유념했다. 그는 학문 연구에 있어 사회와 경제를 하나의 유기체로 간주했으며, 전통으로부터 자립하려는 정신과 새롭고도 과감한 사상을 추구하는 정신의 독립성을 동시에 옹호했다.

오늘날 다시《목민심서》를 읽어 보면 정약용이 조선 시대 후기에 마주쳤던 문제들이 여전히 사라지지 않았으며 오히려 더 심각해진 것처럼 느껴진다. 사회에서 지식인의 역할은 급격히 줄어들고 있고, 지도자들은 자기 고유의 생각을 따르기보다 대중매체 등을 통해 눈도장을 찍기에만 급급하고 있다.

현재 우리는 청년의 롤 모델을 지식인이 아닌 가수와 배우에게서 찾는 '온라인 사막'에 직면해 있다. 교수들은 특정 학술지 게재용 논문과 학생들 사이의 인기에 따라 평가를 받는다. 더 나은 사회를 만들기 위한 업적은 무시당하고 있다. 학생은 학교의 제품이 됐고, 교사는 학생을 위한 제품이 됐다.

지식인들은 각종 미심쩍은 위원회에서 활동하면서 자신의 지위를 확고히 하고자 피상적인 활동을 한다. 학문을 쌓으려는 노력은 가려지고, 배움이나 사회봉사와는 전혀 관계없는 특정 목표를 달성하면 금전적 포상이 주어지게 되었다. 시민들과 소통하면서 자신의 학식을 사회의 실질적인 문제에 적용해야 할 동기가 전혀 주어지지 않는 것이다.

촘스키는 저명한 저서 『지식인의 책무Writers and Intellectual Responsibility』를 통해 다음과 같이 말했다.

"지식인의 책임에 관해 깊이 생각해 보면, 여전히 우려되는 불편한 질문들이 있다. 지식인은 정부의 거짓말을 폭로하며, 정부가 행하는 것에 대해 원인과 동기 그리고 때론 숨겨진 의도를 분석해야 할 위치에 있다. 이러한 위치 때문에 서양의 지식인은 정치적 자유, 정보 접근의 용이함, 표현의 자유에서 나온 권력을 쥐고 있다. 또한 소수의 특권 지식인층은 서양의 민주주의로 인해 여가 생활, 편의 시설, 왜곡과 오해, 이념과 계급 이익에 가려진 진실을 찾는 훈련을 받

이만열

는다. 이를 통해 현재 역사의 사건들이 우리에게 나타난다. 지식인들의 책임은, 그들이 누릴 수 있는 이와 같은 독특한 특권들 때문에 맥도널드 교수가 말하는 '시민의 책무'보다 훨씬 더 무겁다."

조선 시대에는 노암 촘스키가 누렸던 표현의 자유가 가능하지 않았다. 정약용 또한 촘스키처럼 강한 어조로 비판하지는 않았을 것이다. 하지만 정약용은 촘스키의 접근법과 비슷하게 동시대 지식인을 비판한다.

정약용은 적은 인원을 모아 정조의 정책을 통해 조선 사회에 넓은 변화, 즉 개혁을 이끌어 내려 했다. 비록 개혁은 오래가지 못했지만, 이후 한국은 약 200년 이상 정치, 문화, 습관 등 여러 면에서 더 나은 사회를 향한 활력을 찾을 수 있었다.

정약용은 한국의 근대화를 위해 노력한 인물로 비춰지면서 1930년대에 더 주목을 받았다. 오늘날 정약용은 실학파의 핵심 인물들과 젊은이들에게 영감을 준 지식인으로 널리 알려져 있다. 그러나 그가 생각했던 한국의 가능성이 현재 다 발휘된 것인지에 대해서는 의문이 든다. 정약용의 위대한 사상과 다양한 노력들은 아직 한국에 직접적인 힘을 미치지 못한 것 같다.

21

미래에 한국은 무엇을 수출할 것인가?

한국의 수출은 기록적인 급락 추세를 보이고 있다. 한국인들은 경제 발전을 수출로 측정해 왔기에 집단적 공포를 느낄 것이다. 수출 감소는 심각한 도전이다. 이것에 대한 대응으로 같은 산업에 더 많은 투자를 하는 것이 과연 적절한 해결책인가. 근본적인 전략 수정이 필요하지 않을까.

엄청난 속도의 기술 발전으로 세상은 빠르게 변화하고 있다. 최근 나는 국회에서 개최된 '대한민국의 미래'라는 주제의 세미나에 패널로 참가했다. 국제미래학회 이남식 회장은 이렇게 말했다.

"세계 최대 택시 회사인 우버에는 택시가 없다. 세계 최고의 미디어 그룹인 페이스북은 아무런 콘텐츠도 만들지 않는다. 최강 소매업자인 알리바바에는 물품 재고가 없다."

정보 주도 경제의 패러독스에 대한 이 발언을 나는 수출 급락 뉴스와 연결시켜 보았다. 이런 시각이라면 한국은 미래에 제품을 전혀 수출하지 않고도 세계 최대의 무역 국가가 될 수 있지 않을까.

한국의 기업들은 중국, 베트남 등지의 제조 공장에서 생산을 하고 있다. 금융·마케팅·생산 규모 등의 장점을 무기로 글로벌 생산 체제를 만들었다. 하지만 이러한 추세에는 명백히 부정적인 평가도 뒤따른다. 공장의 해외 이전이나 완전 자동화 탓에 좋은 일자리가 사라진다는 것이다.

한국의 우세한 점은 무엇일까? 그것은 한국이 독점하는 특정 기술이 아니다. 산업 발전 기획, 디자인, 제조, 마케팅, 판매에 있어서 복합적이며 통합적인 체제를 구축할 수 있는 역량이다. 과거 한국인들은 조선·자동차·스마트폰·가전제품 등 분야에서 성공하겠다는 장기 목표를 염두에 두고 기회를 포착하기 위해 신속하게 움직였다. 어떤 복합적인 문제에 대한 솔루션을 창출하기 위해 여러 기술들을 통합하는 한국의 능력은 패키지로 수출될 수 있다.

예를 들어, 제멋대로 뻗어 나가는 도시를 지속 가능한 생태도시로 탈바꿈시킨다면 향후 15년 내 세계에서 가장 큰 시장을 형성할 것이다. 중공업에 집중하는 기존의 도시들은 자동차를 주요한 교통수단으로 생각해 온 서구식 도시환경 계획에 따라 건설됐다. 이들 도시에는 공해와 같은 문제가 많다. 가까운 미래에 사람이 살 수 없게 될 도시들이 인도·중국 등 개발도상국에 수없이 많다. 이러한 도시들은 수백만의 거주민이 살 수 있는 지속 가능한 도시로 완전히 다시 건설돼야 한다.

도시 재건 프로젝트 시장의 규모는 어마어마하다. 나는 이런 프로젝트를 수행할 수 있는 나라가 한국이라고 생각한다. 한국이 세계적

추세와 동일한 전환기를 거치고 있기 때문이다. 그러므로 친숙한 수출 기반의 성장을 잠시 제쳐두고, 한국이 앞으로 해야 할 일은 근본적으로 다른 데 있다고 할 수 있다.

우선 한국은 모든 국내 주요 도시들을 빠른 속도로 세계에서 가장 앞선 생태도시로 전환해야 한다. 필요를 충족시키기 위해 한국의 기술을 사용하며, 신속하게 아이디어를 채택하고 실행하는 한국만의 장점을 발휘해야 한다.

지속 가능한 도시의 건설은 최첨단 기술의 확보로 이루어지는 것이 아니다. 제도적인 혁신을 동반하고 기술을 통합하는 데서 가능해진다. 게다가 생태도시 건설 프로젝트는 문화와도 연관된다. 즉 젊은이들을 매료하는 새로운 문화 패러다임을 만들어야 한다. 생태도시 건설에는 협업을 위한 새로운 온라인 공동체와 네트워크를 발전시키는 것도 포함된다. 이 또한 한국이 잘할 수 있는 영역이다.

한국이 건설할 생태도시라는 상품은 해외 시장만을 타깃으로 하지 않는다. 실은 한국 자체가 바로 상품이다. 아이러니컬하게도 한국은 태양전지를 생산하지만 수출에만 그칠 뿐 국내에선 사용하지 않

이만열

는다. 이런 상황을 넘어서야 한다.

전기로 운영되는 교통 시스템, 태양열·풍력 등의 재생 에너지원, 스마트그리드, 실효성 있는 재활용과 수자원 보존을 위한 보다 정교한 프로그램을 완벽하게 갖춘 친환경적이며 지속 가능한 도시를 건설하는 과정에서 청년 일자리를 마련할 수도 있다. 새로운 일자리에서 젊은이들은 뿌듯함을 느낄 것이다.

궁극적으로 산업도시를 생태도시로 탈바꿈시키는 기술 자체가 상품이다. 각 지역 차원에서 국내 기업들과 힘을 합쳐 생태도시 건설 패키지를 해외에 판매할 수도 있다. 예컨대 한국은 강력한 기술·행정·문화 노하우의 결합으로 인도에 있는 어느 도시를 신속하게 생태도시로 탈바꿈시킬 수도 있을 것이다.

물론 한국은 미래 시장을 예측해야 이런 전략을 수용할 수 있다. 또 미래의 수요에 부응하려면 장기적인 계획으로 대비해야 한다. 아주 묘한 이야기이지만, 생태도시에 대한 비전은 한국인들이 1960년대에 했던 것과 결코 동떨어진 게 아니다. 그때 한국인들은 마을과 논밭을 바라보며 철강·자동차·석유화학 제품 제조의 거인이 된 한국을 상상했다. 지금이 그런 꿈을 다시 꿔야 할 때다. 그때와 지금의 차이는 방향이 다를 뿐이다.

22

한국에 필요한 건 혁신일까, 용기일까?

한국에 혁신이 필요하다는 말은 이전에도 자주 나왔다. 그러나 요즘은 한국에 혁신보다 용기가 더 필요하다는 생각이 든다. 물론 혁신과 용기가 함께 조합된다면 금상첨화일 것이다.

한국의 경제적 난제에 대한 답은 분명하다. 수입의 상당 부분을 차지하는 화석연료 의존을 대폭 줄이면 수출이 제자리걸음을 계속해도 고속 경제 성장에 버금가는 경제 효과를 누릴 수 있다.

이는 다음 세대에 대한 도덕적 책임이기도 하다. 프랑스 파리에서 열린 유엔 기후변화협약 당사국 총회는, 화석연료 소비가 가져오는 위험을 엄중히 경고하며 다음 세대에 대한 우리의 의무를 상기시켰다. 전 세계 개발도상국이 한국을 롤 모델로 삼는 만큼 한국이 재빨리 화석연료를 감축한다면 국경을 초월하는 효과를 가져올 것이다.

안보 측면에서도 한국은 화석연료 사용을 줄여야 한다. 안보는 이런 우려보다 훨씬 중요한 문제다. 한국이 북한과 충돌을 빚고, 그 결과 한반도 무역에 급제동이 걸린다고 생각해 보자. 군사력이 우위에 있어도 무기 시스템에 전력을 공급할 화석연료가 없다면 소용없다. 부산이나 인천을 통해 연료가 수입되지 못하면 며칠 지나지 않아 도시들은 마비될 것이다. 이런 시나리오대로라면 한국의 승리는 보장할 수 없다. 따라서 20~30년 내에 국내 발전을 통해 재생가능 에너지를 생산하여 100% 에너지 자급자족을 이루겠다는 목표를 세우고 실행할 필요가 있다.

한국의 경제 및 산업 전략에 있어 혁명적 변화가 필요한 때다. 조선 산업을 발전시킨 1967년의 5개년 경제개혁에서 볼 수 있었던 장기적 비전도 마련해야 한다.

한국은 터빈Turbine과 전자, 전기 배터리, 태양전지 패널 등에 필요한 기술을 보유하고 있다. 관건은 정부다. 재생 에너지로의 전환을 가속화하기 위해서는 정부의 적극적 주도가 필요하다. 초기에는 군이 주도적 역할을 담당할 수 있다. 다른 경제 부문과 달리 군은 2년 내 모든 차량을 전기차로 교체하고 국가 안보를 위해 모든 관련 건물에 태양전지를 사용할 것을 지시하고 추진할 수 있다. 군이 대규모 태양전지와 풍력 발전, 전기 배터리 시장을 열어 주면 장비 유지 보수를 위한 전문가 수효도 빠르게 늘어날 것이고, 기업은 군이 보장하는 시장 수요를 믿고 향후 발전을 위한 대대적인 투자를 단행할 수 있다.

조선업의 경우 모든 선박에 보다 높은 에너지 효율 기준을 적용하고 모든 선박의 표면에 풍력 터빈이나 태양 패널을 장착해 선박에서 사용하는 에너지의 상당 부분을 자가 발전하도록 요구해야 한다. 삼면이 바다로 둘러싸인 지리적 특성을 이용해 대규모 이동식 해상 풍력 발전소를 다수 설치하는 방식도 가능하다.

자동차 부문도 마찬가지다. 정부는 5년 내 모든 자동차를 전기 자동차로 교체하도록 독려하고, 교체한 사람에게는 충분한 보조금을 지급해야 한다. 정해진 기한 이후에도 전기 자동차로 교체하지 않은 사람에게는 높은 탄소세를 부과해야 한다. 이는 제조업 부양으로 한국 경제를 활성화시킬 뿐 아니라, 자동차 소유주들이 가정용 태양전지를 이용해 가정에서 자동차 연료를 충전할 수 있게 해준다. 대기질 개선과 에너지 독립, 글로벌 자동차 시장에서의 새로운 경쟁력 확보를 생각하면 보조금 비용은 결코 많은 게 아니다.

정부 청사 건물부터 시작해 모든 상업 및 거주용 건물에 가장 엄격한 단열 기준을 적용하고 건물 표면에 태양전지를, 모든 창문에 투명 태양전지 패널을 설치하는 것을 의무화해야 한다. 이를 예외 없이 적용하는 한편 낡은 집은 규제에 맞게 수리할 보조금을 지급해야 한다. 에너지 효율이 높은 단열 시설을 설치하고 태양전지와 소형 풍력 발전기를 낡은 건물에 적용하는 공사를 실시하면서 새로운 청년 일자리도 효과적으로 창출할 수 있다.

전기 비행기 개발 또한 잠재력이 높다. 이미 다른 국가에서 지적 재산권을 선점한 전투기나 상업용 제트기 분야에서는 한국이 뒤처질지 모르지만, 이제 막 발전을 시작한 전기 비행기 시장은 한국에도 활짝 열려 있다. 전자 산업에서 한국이 가진 저력을 이용한다면 한국은 큰 변화를 만들어 낼 수 있다. 화석연료 비행기가 구시대의 산물이 되는 시점을 20년 후로 잡는다면 전기 비행기 시장 선점을 위해 지금 바로 행동에 나서야 한다.

　마지막으로 미래 수요를 충족시킬 만큼 빠르게 규모를 키우기 위해서는 재생 가능 에너지 산업의 주요 주체와 협력적 관계를 쌓아야 한다. 2011년 덴마크와 체결한 '녹색동맹'은 녹색 기술 개발 협업을 증진하는 데 많은 공헌을 했다. 2050년까지 재생 가능 에너지로 100%의 에너지 자급자족을 달성하겠다는 목표는 5개년 경제계획을 수립하는 데 있어서 또 다른 기회가 될 것이다.

23

홍익

불교의 『묘법연화경妙法蓮華經(법화경)』에 '의리보주衣裏寶珠'란 말이 있다. 이 말을 문자 그대로 해석하면 '옷 속의 보배 구슬'이란 뜻이다.

경전에 부처님과 제자들에 대한 다음 일화가 나온다. 어느 날 부처님이 오백 아라한阿羅漢에게 미래에 최고의 깨달음을 성취하게 되리라는 수기授記를 내린다.

이들은 이 말에 뛸 듯이 기뻐하며 자리에서 일어나 부처님께 큰절을 올렸다. 그리고는 자신들의 그동안의 허물을 반성하며 이렇게 말했다.

"저희는 그동안 깨달음을 얻었다고 생각했습니다. 그런데 이제야 그 어리석음을 알았습니다. 그러니 지혜가 없는 자라 할 수 있습니다. 저희는 여래如來의 지혜를 보지 못하고 스스로 작은 지혜에 만족해 왔습니다. 비유하자면 어떤 사람에게 친한 벗이 찾아왔는데, 그가 술에 취해 잠들었을 때 값어치를 따질 수 없는 보배 구슬을 옷 속에

이만열

꿰매어 주었습니다. 그 사람은 취한 채 잠들어 있어 아무것도 몰랐고, 다음 날 일어나 길을 나서 거리를 전전했습니다. 그는 옷과 음식을 얻기 위해 부지런히 힘을 다해 찾고 구했지만, 그때마다 몹시 큰 어려움이 뒤따랐습니다."

이 비유는 자신의 옷 속에 값진 보배가 숨겨져 있음에도 그것을 모르고 어렵게 살며 괴로움을 겪는다는 것이다.

현대인에게도 이 비유가 주는 교훈은 새겨둘 필요가 있다. 인간은 누구나 자신만의 보물을 지니고 있지만, 어리석게도 그것을 발견하지 못하고 고통 속을 헤매기도 한다. '의리보주'는 이러한 인간의 잘못을 타이르는 일화다.

이러한 보물은 개인이나 사회, 혹은 국가, 어디든지 존재한다. 한국인들의 마음에도 존재하고 한국의 역사 속에도 존재한다. 물론 보물이 하나만 있는 것도 아니다. 어린 초등학생들이 '숨은 보물찾기'를 하듯 찾다 보면 그 수를 헤아리기 어려울 정도로 많다.

하지만 그 보물은 아무나 취할 수 있는 것은 아니다. 그것이 우리 곁에 존재한다고 믿는 사람만이 찾을 수 있다. 자신에게 보물이 있다는 사실을 알지 못하거나 부정하는 사람에게 그 보물은 그저 돌멩이에 불과하다.

한국 정신의 뿌리

한국인들의 옷 속에 숨어 있는 그 보물 중 하나가 '홍익정신'이다.

한국에서 '홍익'이란 말은 자주 쓰이는 단어이고, 누구나 알고 있는 단어이다. '홍익'은 한민족의 역사와 함께 무려 5,000년을 이어온

한국 정신의 뿌리다.

홍익정신이 처음으로 등장하는 기록은 『삼국유사三國遺事(1281)』 중 고조선의 건국 신화다.

신화에서 하늘의 신인 환인桓因의 아들 환웅桓雄은 지상에 깊은 애정을 느낀다. 그는 이 땅에 내려와 직접 세상을 다스리고 싶어 했다. 환인이 아들의 뜻을 알고 지상의 땅을 살펴보니 삼위三危 태백산太伯山 지역이 인간을 널리 이롭게 할 만하다 생각했다. 환웅은 인간 세상을 다스리는 데 사용할 '천부인天符印'이라는 세 가지 물건과 풍백風伯·우사雨師·운사雲師, 무리 3,000명을 거느리고 신단수神壇樹 아래로 내려왔다.

이곳에서 곡식, 목숨, 질병, 형벌, 선악 등 인간들의 360여 가지 일을 두루 맡아 보며 세상을 다스리며 인도하였다.

이때 곰 한 마리와 호랑이 한 마리가 환웅을 찾아와 인간이 되게 해달라고 간청했다. 환웅은 두 동물의 간절함을 알고 쑥 한 타래와 마늘 스무 개를 주며 이것을 먹고 백 일 동안 햇빛을 보지 않으면 사람이 될 수 있다고 했다.

곰은 환웅이 시킨 대로 쑥과 마늘만 먹으며 버텨 여자가 됐고, 호랑이는 이를 지키지 않아 사람이 되지 못했다. 사람이 된 곰은 '웅녀熊女'라는 이름을 얻었다. 웅녀는 결혼할 사람이 없어 신단수 아래에서 제를 올리며 아이를 갖게 해달라고 기도했다. 이 모습을 지켜본 환웅이 잠시 남자로 변해 웅녀와 혼인하고 그들 사이에서 아이가 태어났다. 그가 바로 아사달阿斯達을 도읍으로 한 고조선의 시조 '단군왕검檀君王儉'이다.

이 신화는 토템Totem(신성하게 여기는 특정한 동식물 또는 자연물, 각 부족·씨족·사회집단의 상징물)사상을 기초로 한 신화다. 곰을 모시는 종족과 호랑이를 모시는 종족 사이의 세력 싸움에서 곰을 모시는 종족이 승리를 거둔 것으로 해석하기도 한다. 이를테면 한반도에서 일어난 최초의 종교전쟁인 셈이다. 그런데 핵심은 승자가 누구인가의 문제가 아니다.

곰과 호랑이가 등장하는 단군신화는 여러 유적에서도 발견된다. 고구려 고분 각저총角觝塚의 벽화를 보면, 씨름하고 있는 두 사람의 왼쪽에 커다란 나무가 서 있다. 나뭇가지에는 새들이 앉아 있다. 나무 밑에는 왼쪽에 호랑이, 오른쪽에 곰으로 보이는 동물이 그려져 있다. 이것을 신단수 아래로 모여든 곰과 호랑이를 표현한 것으로 보기도 한다.

이번에는 고구려 장천 1호분을 보자. 이 무덤은 1970년대 중국의 지안현集安縣에서 발견되었다. 이 벽화를 '보리수 아래 석가모니'를 그린 것이라 보는 학설도 있지만, 최근 단군신화를 다루고 있다는 학설이 우세를 보인다. 단군이 중앙에 앉아 있고 그 오른쪽 하단부의 동굴은 검게 표현되어 있다. 그리고 동굴 안에 곰으로 보이는 동물이 웅크리고 있는 모습이 보인다. 밖으로는 호랑이를 표현하는 무늬가 있다. 곰이 동굴 속에서 마늘을 먹고 생활하는 모습은 아닐까? 이들 그림을 보면 단군신화의 등장인물을 소개하고 있는 듯하다.

단군신화는 한국의 민족정신의 뿌리인 '홍익인간'의 이념을 바탕으로 한 신화다. 홍익인간은 환인이 환웅을 인간 세상에 내려보내면서 제시한 지침이었다고 전해진다.

『제왕운기帝王韻紀(1287)』에서는 환인이 환웅에게 묻기를 "삼위 태백으로 내려가서 널리 인간을 이롭게 할 수 있는가?"라며 그 의지를 물었고, 환웅이 이를 약속하고 지상으로 내려왔다고 한다.

한국인들은 이러한 신화와 그 사상을 공유하며 하나의 문화를 유지해 왔다. 곰을 모시는 종족과 호랑이를 모시는 종족과 같이, 한국이 지리적으로 두 세력 사이에서 그 민족에 대한 자부심을 지켜낸 것도 홍익정신을 같은 뿌리로 두고 있다는 의식이 있어 가능했다. 결국, 한국이 수많은 외부의 침략과 지배에서 지금까지 하나의 민족을 이루고 있다고 할 수 있는 것도 '홍익'이라는 하나의 뿌리를 가지고 있기 때문이다.

사실 한국과 같이 단일 민족성을 유지하며 국가를 운영하는 나라는 거의 드물다. 세계 문명의 역사를 보면 그 차이를 확실히 알 수 있다. 세계 모든 문화권은 서로 섞이고 흡수하기를 반복해 왔다. 그 사이에서 조화롭게 어울리기도 하지만 그렇지 못한 경우도 많았다. 민족 간의 분쟁이나 종교 간의 분쟁 등은 결국 하나로 융화되지 못한

이만열

문화의 대결이다. 문화는 철학을 기반으로 한다. 철학은 자신의 정체성과 사상이다.

이런 철학과 사상의 차이를 나누는 가장 기본적인 요소가 신과 인간의 문제다. 어쩌면 세계 문명의 역사를 신God 중심의 사고와 인간 중심의 사고 사이의 갈등과 극복의 역사로 볼 수도 있을 것이다. 이 갈등은 수많은 전쟁과 비극을 초래했다. 일종의 유심론唯心論과 유물론唯物論 사이의 극한 대립이다. 그 대립을 극복할 수 있는 사상이 바로 한국에 있다. 그들의 극한 대립 속에서도 홍익사상은 화해의 가능성을 제시하고 있기 때문이다.

미국을 깨울 한국의 정신

그런데 나는 한국에서 그런 사상을 사이비 종교나 미신 정도로 치부하는 일을 자주 목격하게 된다. 이는 나무가 이루는 숲을 보지 못하고 나뭇가지의 휘어짐과 옹이 하나로 숲을 탓하는 것과 같다. 어쩌면 미래의 하나 된 세계를 지탱할 정신이 될 수도 있는 보물을 손에서 놓으려고만 한다. 또한, 자신의 정체성의 뿌리가 그곳에 있음에도 이를 인정하지 않는다. '당신은 누구인가?'라는 질문이 무색해진다. 일부 '홍익정신'을 지키려는 사람들의 노력이 결실을 보기까지 너무도 멀게만 느껴진다.

자국 문화에 자부심이 없는 사람들에게 '홍익정신'은 5,000년이나 지난 고루固陋한 사상으로 보일 수도 있다. 하지만 밖에서 이를 바라보는 사람들의 눈에는 21세기 태평양 시대를 주도할 세계 최고의 사상으로 보인다. 그래서 그런 보물을 잃어가는 한국인들이 안타까울 때가 많다.

자신들의 정신을 잃으면 미래도 잃게 된다. 오늘날 미국 사회가 흔들리고 있는 것도 바로 이런 정신을 잃어가기 때문이다. 미국의 건국 정신은 자유와 평등이었다. 그런데 지금의 미국은 전쟁과 억압, 배척과 몰인정으로 가득하다. 북한과 중국, 아랍권 국가와 적과 친구의 관계를 오가고 있다. 기후변화로 인류의 생존이 경각에 달렸다는 과학적 증거가 차고 넘치는데도 2015년 유엔기후변화회의United Nations Climate Change Conference에서 체결한 파리협정Paris Agreement을 2017년 6월 탈퇴 선언하였으며 기후변화 연구도 중단시켰다. 또한 미국이 맺은 모든 군축 협정을 일방적으로 탈퇴하려 한다.

재앙은 이제 우리 턱 밑까지 다가와 있다. 우주 군사화 프로그램을 성공적으로 발족시킨 것이 그 시작이다. 그런데도 미국 대통령은 경제 번영을 이야기하며 자화자찬自畵自讚하기 바쁘다. 수많은 파산 직전의 사람들, 노숙자들, 사회적 어둠 속에 있는 사람들을 못 본 체한다. 대통령의 측근 참모들은 이 세상에 핵전쟁을 불러올 수 있다는 타당하고 합리적인 우려보다는 영웅英雄놀이에 신이 나 있다. 그들은 그동안 시리아, 이란, 베네수엘라, 중국, 러시아와의 전쟁을 동시에 지지해 왔다. 미래의 전망이 어두워질수록 그들의 열정은 뜨거워진다.

시인 예이츠William Butler Yeats(1865~1939)는 「재림The Second Coming(1920)」을 쓰며 트럼프Donald John Trump(1946~)와 주위의 사람들을 생각했던 게 틀림없다. 그들은 "피로 어두워진 파도"의 "빗장을 열어", "선한 자는 모든 신념을 잃고 악한 자는 격정으로 가득한" 대혼란을 가져왔다.

이만열

미국의 정신은 오늘날 왜곡된 자본주의로 대치된 듯하다. 미국의 제3대 대통령이었던 제퍼슨Thomas Jefferson(1743~1826)이 작성한 미국 「독립선언문Declaration of Independence(1766년 7월 4일)」에는 미국의 가치가 고스란히 담겨 있다.

물론 자신 스스로 노예를 소유하고 있었으니 제퍼슨 자신도 이 한 줄의 문구를 감당할 수 없는지도 모른다. 그 말은 "모든 인간은 평등하게 창조되었다."이다.

인류의 역사에서 가장 소중한 가치를 지닌 이 말이 바로 홍익인간의 정신이다. 이 위대한 문구는 시간이 지나 남북전쟁American Civil War(1861~1865)을 통해 그 첫 단추를 끼우게 된다. 미국 역사상 가장 위대한 대통령으로 꼽히는 링컨Abraham Lincoln(1809~1865)의 '게티즈버그 연설Gettysburg Address'은 남북전쟁이 한창이던 1863년 11월 19일에 가장 치열한 격전지 중 하나였던 펜실베이니아주Commonwealth of Pennsylvania 게티즈버그에서 행해졌다. 링컨은 전사자를 위한 국립묘지 봉헌식이 열린 게티즈버그에서 이 짧은 연설을 통해 미국의 건국이념과 전쟁의 타당성, 그리고 죽어간 병사들과 유족에 대한 위로를 간결하면서도 강력하게 표출했다.

"국민의, 국민에 의한, 국민을 위한 정치는 이 땅에서 영원히 사라지지 않을 것이다government of the people, by the people, for the people, shall not perish from the earth."

이 연설은 그 후 미국뿐 아니라 전 세계의 최고 명연설 중 하나로 남아 인용되고 있다.

아마 미국이 과거의 정신으로 돌아가야 한다면 바로 한국의 홍익

인간의 정신을 새겨야 할 것이다. '홍익'의 정신은 제퍼슨 스스로 적어 놓은 한 줄의 글과 '자유의 제국'을 건설하자는 미국의 이상을 대변할 수도 있다.

한국의 정신이 미국의 정신을 되살릴 수도 있다. 새로운 한류가 되어 태평양을 건너는 것을 상상할 수 있다. 1차 한류가 대중문화였다면, '홍익정신'과 같은 한국의 전통과 정신을 계승하는 고급문화가 2차 한류로 다가갈 수 있다. 그러기 위해서는 한국인들이 마음에서부터 이를 받아들여야 한다. 한국의 홍익정신은 세계 모든 정신문화 가운데서도 독보적인 자리를 차지할 만큼 뛰어난 정신이고 가치다.

미국과 유럽의 정신적 토대가 되어 온 것은 기독교이고 중국은 공자 사상이 정신적 가치다. 일본의 경우 천황 숭배와 신토이즘Shintoism이 있다.

한국의 정신은 '홍익'이고, 그 '홍익'은 민족적 가치의 출발이라고 당당하게 말할 수 있어야 한다. 그러면 세계는 인류의 이상 세계인 '홍익인간 재세이화濟世理化'의 꿈이 실현되는 나라 한국을 만나게 될 것이다.

이만열

24

한글

한글을 마주하는 세계인들은 크게 두 가지 반응을 보인다.

하나는 한글 문자 체계의 과학성과 경제성에 대한 감탄이고, 다른 하나는 그런 우수한 한글의 진가를 제대로 활용하지 못하고 있는 한국인들의 무지에 대한 비판이다.

"우리말이 중국말과 달라 한자로는 그 뜻이 서로 통하지 않아… 새로 스물여덟 글자를 만들어…"

1446년 세종이 「훈민정음」을 반포하면서 내세운 한글의 창제 이유다. 한글은 현존하는 지구상의 문자 중에서 유일하게 기원과 만든 인물이 밝혀진 문자다.

이 한글에 대해 소설 『대지The Good Earth(1931)』의 작가 펄 벅Pearl Sydenstricker Buck(박진주, 1892~1973)은 「살아 있는 갈대The Living Reed(1963)」 서문에서 "24개의 알파벳으로 이루어진 세계에서 가장 단순한 문자 체계이지만 자모음을 조합하면 어떤 음성이라도 표기할 수 있다."라고 극찬했다. 영국의 역사 다큐멘터리 작가인 '존 맨John Anthony Garnet Man(1941)'은 그의 저서 『알파 베타Alpha Beta(2000)』라는 책에서 한글을 '모든 언어가 꿈꾸는 최고의 알파벳'이라고 소개했다. 메릴랜드대학교의 '로버트 램지Samuel Robert Ramsey(1941~)' 교수는 "세계에서 이보다 더 뛰어난 문자는 없다."라고 말했다.

문화인류학자이며 UCLA의 지리학 교수인 '재러드 다이아몬드Jared Mason Diamond(1937~)'는 미국의 과학 전문지 『디스커버리(1994년 6월호)』에서 "한국에서 쓰는 한글은 독창성이 있고, 기호·배합 등 효율성에서 특히 돋보이는 세계에서 가장 합리적인 문자이며, 또 간결하고 우수해 한국인의 문맹률이 세계에서 가장 낮다."라고 극찬한 바 있다.

언어 연구학 분야에서 세계 최고인 영국 옥스퍼드대학교의 언어학과에서도 세계 모든 문자 순위를 매겼는데 1위의 자리에 한글을 올려놓았다. 그 이유로 14개의 자음과 10개의 모음을 조합하여 약 8,000개의 소리를 표현할 수 있다는 사실을 들었다. 결국, 소리 나는 것은 거의 다 쓸 수 있다는 말이 된다. 이에 비해 일본어는 300개, 중국어는 400여 개의 소리밖에 표현하지 못한다고 한다.

옥스퍼드대학교에서 말하는 이유는 엄밀히 말해 한글이 가진 수많은 장점 중 극히 일부에 지나지 않는다. '새 소리, 바람 소리' 등 세상의 소리들을 모두 적을 수 있는 것은 한글뿐 아니라 로마자나 키릴 문자 등 표음문자들이 공통으로 지니는 특성이다.

가장 경제적인 문자

다른 문자로부터 한글을 돋보이게 만드는 것은, 우선 그 과학적인 원리와 체계적인 문자의 구성에 있다. 글자를 발음 기관의 모양을 본떠 만들었다는 점에서 한글은 과학적이다. 'ㅁ'은 입술의 모양, 'ㅇ'은 목구멍 모양, 'ㅅ'은 이빨 모양에서 본뜨고, 'ㄱ'은 혀뿌리가 목구멍을 막는 모양, 'ㄴ'은 혀가 윗잇몸에 닿는 모양을 본떠 만들었다.

한글이 체계적이라는 또 다른 이유는 자음과 모음을 만들면서 기본 글자를 먼저 만들고, 나머지는 그것을 바탕으로 만들었다는 점이다. 즉 기본자인 ㄱ에 획을 더해 ㅋ을 만드는 식이다. 모음도 '하늘, 땅, 사람'을 형상화한 'ㆍ, ㅡ, ㅣ'를 기본 글자로 하고, 나머지는 기본자에 획을 하나씩 더하거나 조합해서 만들었다.

이러한 한글의 과학적 원리를 알게 된 것은 『훈민정음 해례본』이 발견되면서다. 『훈민정음 해례본』은 세종世宗(1397~1450)이 직접 서문을 쓰고 정인지鄭麟趾(1396~1478)와 집현전 학사들에게 글자에 대한 설명을 적게 한 책이다. 1940년 안동에서 발견될 때까지 우리는 한글의 창제 원리에 대해 전혀 모르고 있었다. 그러다 이 책이 발견됨으로써 한글이 얼마나 과학적인 원리로 만들어졌는지 알게 되었다. 한글의 과학적이고 간결한 체계 덕분에 한국의 문맹률은 1%에도 못 미친다.

즉 100명 중 한 명이 채 되지 않는 수의 사람만이 글을 쓰지 못하거나 읽지 못한다. 이는 누구나 배우기 쉽게 만들어진 한글 덕분이다. 세계 최강 대국이라 불리는 미국의 문맹률도 한국보다 높고, 일본과 중국 역시 한국보다 문맹률이 높다.

일본과 중국은 표의문자인 한자를 사용하기 때문에 글을 배우는 데 많은 노력과 시간이 든다. 나 역시 처음 중문학을 전공하면서 한자를 익히는 데 엄청난 노력과 수고를 들여야만 했다.

미국이 쓰는 알파벳은 한글처럼 표음문자이긴 하지만, 특정 상황에서 발음이 달라지는 경우가 많고, 단어를 표기하려면 알파벳을 길게 나열해야 하므로 효율성이 떨어진다. 이에 반해 한글은 각 자음과 모음이 나타내는 소리가 단 한 개뿐이며, 개별 글자가 나타내는 소리 역시 하나다. 한글이 한자漢字, 히라가나와 알파벳보다 더욱 가치 있는 이유이다.

문자는 앞에서 이야기한 것처럼 크게 표의문자(뜻글자)와 표음문자(소리글자)로 구분할 수 있다. 표의문자는 그림 문자나 사물의 형상을 그대로 베끼는 상형문자와 같이 시각에 의해 말을 전달하는 문자로 한자가 대표적이다. 표의문자는 모든 사물의 다양한 뜻을 오직 하나의 글자로만 표기해야 한다. 따라서 한자의 경우, 그만큼 글자 개수도 많아 중국인들은 평생 글자를 배워도 완벽하게 다 익히기는 어렵다. 최근 들어 간체자简体字를 지정해 단순화했다고는 하지만 여전히 많은 한자를 익혀야 한다.

반면 표음문자는 발음되는 소리를 중심으로 표기하는 문자다. 음절을 중심으로 표기하는 음절 문자와 음소를 중심으로 표기하는 음소 문자로 구분된다. 대표적인 음절 문자인 일본의 가나 문자는 50음도라는 음절로만 세상의 모든 소리를 표기해야 해서 한계가 있다. 하지만 한글과 같은 음소 문자는 각 음소를 조합해 발음대로 어휘를 만들 수 있어서 자음과 모음 조합에 따라 무수한 소리를 표기할 수 있다. 또 아무리 조합된 문자의 수가 많더라도 제자製字 원리만 이해한다면 사람들이 익히는 데 문제가 없다. 오늘날의 경제적 관점에서 가장 효율적인 언어라고 할 수 있다.

이만열

한글의 우수성은 컴퓨터가 등장하면서 서서히 주목받기 시작했다. 로마자를 쓰는 서양 언어와 달리, 한글엔 받침이 있고 형태도 네모꼴이라 타자기 등 '기계화'에 적합하지 않다는 게 당시까지의 대체적인 평가였다. 하지만 컴퓨터 시대가 시작되면서 이 문제는 말끔히 사라졌다.

자음과 모음의 체계적 조합으로 짜인 한글의 특성은 모바일 시대를 맞이해 진가가 나타나고 있다. 휴대전화 자판은 10개 내외로만 문자 입력이 가능하다. 그러다 보니 영어나 일본어는 자판 하나에 여러 개의 문자를 배당해야 한다. 중국어는 훨씬 더 복잡한 체계로 나타난다.

이에 반해, 한글의 경우엔 기본 자음과 모음이 8개로 구성돼 있다. 그래서 획과 쌍자음 단추만 추가하면 모든 글자를 매우 빠르게 조합해 낼 수 있다. 한국의 스마트폰 문자 체계가 발달한 것도 이런 한글의 입력 편의성이 숨어 있기 때문이다. 한글이야말로 스마트폰 시대에 꼭 맞는 최적의 수단인 셈이다.

한글의 위기는 스스로 자초한 것이다

한글은 이렇게 최고의 과학성과 편리함을 동시에 가진 문자다. 그런데 이런 한글이 위기에 놓여 있다. 일제강점기에는 민족 말살 정책으로 인해 위기에 처했다면 오늘날에는 한국인들 스스로 한글을 외면하고 있다.

내가 대전에서 한글 도안을 이용해 단체복을 만든 적이 있었다. 그런데 대부분의 반응이 한글은 촌스럽다는 것이었다. 그들의 선택한 것은 의미나 출처를 알 수 없는 영어로 조합된 디자인이었다.

나는 자신들의 문자를 비하하는 모습에 크게 당황하면서도 그 이유를 알 수 없었다. 심지어 서울의 명동 거리를 지나다 보면 한국의 거리를 걷는지 미국의 거리를 걷는지 종잡을 수 없을 때가 많다.

과거 일본의 민족 문화 말살 정책에 맞서 자신들의 글을 지키기 위해 고군분투하던 사람들이 있는가 하면, 그 글이 부끄럽고 자랑스럽지 못하다 하여 감추려는 사람들이 있다는 사실이 아이러니다.

영화 「말모이」에서는 주인공 정환의 입을 빌려 "사람이 모이는 곳에 말이 있다. 그리고 말이 있는 곳에 뜻이 있다."라며 민족의 정신을 잊지 말자고 했다. 말이 있는 곳, 즉 한글이 있는 곳에 뜻이 있다. 민족의 의지가 있다는 의미일 것이다.

영화 「말모이」는 일제강점기 때 편찬된 현대적인 국어사전을 둘러싼 사람들의 이야기를 다룬다. 이 영화가 말하는 것은 문화적 자부심이다. 세계에 고유의 말을 가진 민족은 많지만, 자신의 글까지 가진 국가는 드물다. 한국은 일제강점기에 한국의 말과 글을 잃을 뻔했다. 이에 언어적 독립운동인 한글 운동이 일어났다. 일본은 1919년 3·1 운동 후 '무단 통치'에서 '문화 통치'로 식민지 전술을 바꾸게 된다. 문화 통치란 민족정신을 말살하고자 하는 통치 방식이었다. 구체적으로 조선총독부가 중심이 되어 조선의 말과 글을 말살하려고 더욱 강하게 탄압하였다.

일본의 조선총독부는 1940년대에 들어서면서 조선 민족을 완전히 말살하기로 하고 '일본식 성명 강요(창씨개명)', '신사 참배 강요', '한글 금지 정책'을 제도적으로 밀어붙였다. 이때 민족의 글과 말에 대

이만열

한 위기의식을 느낀 국어학자들이 이를 지키기 위해 만든 것이 『말모이』 사전이다.

말모이 뜻은 '말을 모은다'라는 의미이다. 그리고 '사전'의 뜻은 말씀 사辭, 법 전典이니 '말의 방법'이란 뜻이기도 하다. 그래서 의미적으로는 말모이의 뜻은 곧 사전과 같다. 『말모이』는 1911년부터 주시경周時經(1876~1914), 김두봉金枓奉(1889~1961), 이규영李奎榮(1890~1920), 권덕규權悳奎(1890~1950) 등이 민족주의적인 애국 계몽의 수단으로 편찬했다. 『말모이』는 한글을 지켜내려고 한 애국지사들의 많은 희생과 망명 그리고 죽음으로 이어지는 역사적 비극이 함께 담긴 사전이기도 하다.

그런데 그들이 그토록 간절히 지키길 원했던 한글이 오늘날에 와서 천시받고 냉대받는다. 애정이 사라진 자리엔 나조차 의미를 알 수 없는 영어와 프랑스어로 가득하다.

세상 그 무엇이건 애정이 사라지면 잊힌다. 잊히면 결국 소멸에 이른다. 전 세계에서 사용되는 약 7,000여 개의 언어 중 3분의 1이 넘는 2,680여 개의 언어가 소멸 위험에 처해 있다. 『위험에 처한 세계 언어 지도Atlas of the World's Language in danger(2010, unesco)』에 따르면 1950~2010년간 전 세계에서 230여 개의 언어가 사라졌다고 한다. 이러한 언어 소멸은 인류 문명에 있어서 하나의 재앙이다. 언어의 다양성이 줄어드는 만큼 그 언어를 사용하는 사람들에 의해 쌓인 지혜도 그대로 묻히기 때문이다. 한국어라 해서 그러한 일이 일어나지 않을 보장은 없다.

언어에 대한 사랑이 각별하더라도 시대의 흐름에 따르지 못하거나 사용 인구가 줄면 자연 도태된다. 하나의 예가 바로 아이슬란드어 íslenska다. 오늘날 아이슬란드어는 소멸 위기에 처해 있다고 한다. 처음 이 땅을 개발한 사람들은 자신들의 언어에 대한 사랑이 극진했다. 비록 면적이 한반도의 절반에 지나지 않고, 아이슬란드어를 사용하는 사람이 30여 만 명이지만, '순혈 언어'라는 자부심은 절대 밀리지 않았다. 그들은 수백 년 전의 고어로 된 문서를 자연스럽게 읽고, 외래어도 자신들의 문자 체계로 바꿔 사용한다. 예를 들면 전기electricity 는 라브마근Rafmagn이라 하는데 '호박의 힘'이란 뜻이다. 또 컴퓨터는 텔바tölva라고 부르는데 '숫자tala를 예언하는 여자völva'를 의미한다.

그런데 이런 언어가 소멸 위기에 처한 것은 디지털화한 세상으로 급속히 변모하면서부터다. 아이슬란드어는 최근까지 스마트폰에서 문자 지원을 받지 못했다. 그 작은 인구를 위해 스마트폰 개발자들이 문자 지원을 할 수는 없었기 때문이다. 지금은 문자를 지원하지만 페이스북 등의 SNS에서 이들 언어로 된 콘텐츠를 제공하지 않고 있다.

결국, 아이슬란드의 사람들이 영어 위주로 소통할 수밖에 없게 되면서 자연스럽게 아이슬란드의 고유 언어가 위기에 놓이게 된 것이다.

그런데 이런 현상이 유럽 지역의 언어 중 3분의 2에서 나타나고 있다. 이들 언어를 가진 국가 대부분은 자신들의 언어가 소멸할 것을 두려워하며 보호하려 애쓰고 있다.

언어 소멸 현상의 원인은 다양하게 존재한다. 자연재해나 중세 흑사병黑死病, Black Death처럼 질병이 대유행하여 한 언어를 사용하는 인구가 사라지거나, 경제나 정치적인 이유 때문에 소멸되는 경우가 있

이만열

는데 이는 한국도 일제강점기 때 한 번 겪은 경우다. 인구나 경제력 등 국력이 약해지면 언어 경쟁력이 역시 떨어지는 것이다. 한국어 사용을 금지하고 일본어 교육이 모든 영역에 걸쳐서 강압적으로 이루어지던 때가 그랬다. 그리고 오늘날에 와서는 아이슬란드어처럼 사회연결망SNS 시대의 흐름 속에서 언어의 식민지화가 이루어지는 경우가 새로 추가되었다.

한국의 경우 최고의 디지털 언어로서 인정받고 있지만 사용하는 사람들이 언어에 대한 애정을 갖지 않는다면, 결국 소중한 문자를 잃을 수도 있음을 알아야 한다.

언어는 태어나 자라고 번성하다 사라지는 하나의 생명이다. 우리가 생명을 유지하고 오래 건강한 삶을 살아가기 위해 자신을 관리하는 것처럼, 언어도 사랑하고 아끼며 보호해야 오래 유지할 수 있다. 언어에도 약육강식의 원리가 그대로 적용된다. 스스로가 사랑하지 않으면 다른 언어에 의해 잠식되고, 언어를 잃은 문화는 소멸할 수밖에 없다.

마치 농작물을 키우며 약을 뿌리고 밭의 김을 매주지 않으면, 잡초들에 의해 밭이 잠식되는 것처럼 외부의 언어들에 의해 잠식당하는 것이다. 한국의 언어가 아직은 그런 위기에 있지 않다고 안심할 수는 없다. 스스로가 사랑하지 않는 언어를 남들이 사랑해줄 리가 절대로 없다는 것을 명심해야 한다.

언어는 대화하고 지식을 전달하는 수단을 넘어, 민족의 역사를 담고 있고 정신과 혼을 간직하고 있다. 한국이 한민족이란 정체성을 유지할 수 있는 것도 바로 언어와 문자가 같아 서로 쉽게 소통할 수 있

기 때문이다. 캐나다에서 프랑스어를 사용하는 퀘벡주^{프랑스어: Québec,} ^{영어: Quebec}가 분리 운동을 하는 것은 언어가 다르기 때문임을 기억해야 한다. 한국이 분단국가이면서도 하나의 민족임을 내세우는 것도 바로 언어 때문이다.

한민족이 하나가 되려는 이끌림에는 정신적으로 하나의 언어를 사용하고 있는 것이 매우 중요하게 작용하고 있다. 자신의 언어와 문자를 사랑하지 않는다면 언어를 잃는 것을 넘어 정신을 잃고 분리된다는 사실을 기억해야 한다.

이만열

25

미소

프랑스 루브르 박물관Le musée du Louvre을 가면 세계에서 가장 유명한 작품 하나가 있다. 레오나르도 다 빈치Leonardo di ser Piero da Vinci(1452~1519)의 「모나리자영어: Mona Lisa, 이탈리아어: La Gioconda(1503~1506/1517)」가 그것이다. 이 그림은 수많은 미술사가에게 주목을 받아 왔고 지금도 그 관심이 계속되고 있다.

이 작품은 그동안 비밀 기호의 상징처럼 인식됐고, 여러 문학 작품과 연극, 영화를 통해 소개되었다. 사람들이 이 그림에 매력을 느낀 요소 중 하나는 그녀의 입가에 떠오른 알 수 없이 모호한 미소이다. '공기원근법空氣遠近法'을 의미하는 '스푸마토Sfumato' 기법을 사용해 멀어지는 배경을 뒤로하고 단아한 자세로 앉은 그녀의 미소를 통해 사람들은 수많은 상상을 하고 미소의 의미를 파헤치기 위해 노력했다.

희망의 미소

　루브르 박물관을 대표하는 모나리자의 미소만큼이나 푸근하고 신비로운 미소가 한국에도 있다. 한국의 미소들이 가진 특징은 억지스럽지 않으며 자연스럽고 서민적이라는 것이다. 석가모니釋迦牟尼, Śākyamuni(B.C.624?~B.C.544?)가 영산회상靈山會上에서 연꽃을 들어 보이자 모든 대중들은 어리둥절하고 있었는데 '마하가섭摩訶迦葉'만이 그 뜻을 알고 미소 지은 이야기에서 비롯된 지혜의 '염화미소拈花微笑'를 알 것이다. 불교가 한국에 처음 들어온 삼국시대에 제작된 뛰어난 작품성을 가진 반가사유상半跏思惟像들을 보면 모두 깨달음을 얻은 자만이 지을 수 있는 미소를 머금고 있다. 한국의 국보 제83호인 「금동미륵보살반가사유상金銅彌勒菩薩半跏思惟像」은 절제된 표정의 은은한 미소를 짓고 있다.

금동미륵보살반가사유상

이만열

이 반가사유상은 미국 뉴욕 메트로폴리탄 미술 박물관Metropolitan Museum of Art에서 「황금의 나라, 신라」 특별전(2013년 10월 말~2014년 2월 말)이 열렸을 때 "세계적 수준의 세련미, 그 아름다움이 할 말을 잃게 만든다."라는 평가를 받았다. 무엇보다 사람들의 마음을 사로잡은 것은 다름 아닌 얼굴의 미소였다.

그 미소는 종교적인 사유에서 나온 것이다. 이를 보다 보면 그 깊은 세계에 빠져든다. 오묘하면서도 종교적이고 성스러운 미소. 그런데 신기하게도 너무도 인간적이고 편하다.

독일 실존주의 철학자 칼 야스퍼스Karl Jaspers(1883~1969)는 한국의 삼국시대 때 만들어져 일본 코류지廣隆寺에 있는 일본 국보 1호 미륵보살반가상에 대한 찬사로 "인간의 본성을 가장 잘 표현한 예술품"이라고 말한 바 있다.

이 미소는 한국의 국보 제78호 「금동미륵보살반가사유상」에서도 찾을 수 있다. 국보 제83호보다 조금 더 화려한 관冠을 쓴 이 반가사유상의 미소 또한 조용한 깨달음의 미소를 짓고 있다. 반가사유상으로부터 은은하게 흘러나오는 미소는 한국인의 미소와 닮아 있다. 여유로우면서도 희망을 잃지 않는 미소에서 한국인의 얼굴이 보인다.

이 반가사유상들은 '미륵보살'이다. 미륵은 당시 사람들에게 희망의 상징象徵이나 다름없었다. 현실이 어렵고 괴로울 때, 누구나 보다 밝은 내일을 꿈꾸게 된다. "지금은 힘들어도 밝은 내일은 찾아올 거야."라고 스스로 위로하면서 미래를 상상한다. 그러면서 그 미래의 미륵보살을 바라며 기다린다. 미륵보살은 늘 변함없이 온화하고 넉넉한 미소로 아픈 마음을 어루만지며 이렇게 미소지을 것이다.

한국에서 「금동미륵보살반가사유상」의 미소가 사람들의 희망의 미소가 된 것은 어쩌면 당연하다.

보물이 된 미소

반가사유상의 미소가 미래 희망의 미소라면, 한국인의 은은하면서도 온화한 기질을 대변하는 미소도 있다. 신라 '천년의 미소'라는 「얼굴무늬 수막새」의 미소다. 일제강점기에 일본으로 건너간 이 유물이 한국으로 다시 돌아오기까지 한 편의 드라마가 펼쳐졌었다. '다나카 도시노부田中敏信(1905~1993)'라는 일본인 의사가 경주의 골동품점에서 구매한 뒤 일본으로 반출했으나, 한 개인의 끈질긴 노력으로 찾아서 가져온 한국인의 얼굴이다.

수막새의 서글서글한 표정, 끝이 없이 온화하게 바라보는 눈빛과 모든 얼굴 근육을 움직이며 웃는 모습은 한국 땅 어디서나 볼 수 있

얼굴무늬 수막새

이만열

는 영락없는 한국인의 얼굴이다. 신라 도공의 손길을 따라 만들어진 자애로운 그 미소에서 도공의 마음마저 느껴진다.

한 시인은 이 미소에 반해 아름다운 글로 남기기도 했다.

옛 신라 사람들은 / 웃는 기와로 집을 짓고 / 웃는 집에서 살았나 봅니다
기와 하나가 / 처마 밑으로 떨어져 / 얼굴 한쪽이 / 금가고 깨졌지만
웃음은 깨지지 않고 / 나뭇잎 뒤에 숨은 / 초승달처럼 웃고 있습니다
- 이봉직 「웃는 기와」 중에서

이 수막새는 제작 틀을 이용해 일률적으로 찍어낸 것이 아니다. 바탕흙을 채워가면서 전체적인 형상을 만든 후 도구를 써서 세부 표현을 마무리했다. 왼쪽 아래 일부가 없지만 이마와 두 눈, 오뚝한 코, 잔잔한 미소와 두 뺨의 턱선이 조화를 이룬 자연스러운 모습이 숙련된 장인의 솜씨를 보여 준다.

문화재청은 "지금까지 유일하게 알려진 삼국 시대 '얼굴무늬 수막새'이자 높은 예술적 경지를 보여 주는 이 작품은 신라의 우수한 와당瓦當 기술이 집약된 대표작"이라고 설명하고 있다.

한국인을 닮은 미소로 유명해진 수막새는 1998년 경주세계문화엑스포에서 '새 천년의 미소'를 상징하는 이미지로 쓰이기도 했다.

벼랑에 새긴 백제의 미소

충남 서산 용현계곡의 암벽에는 또 다른 한국인의 미소가 있다. 바로 「마애여래삼존상磨崖如來三尊像」이라는 절벽에 새겨진 불상이다.

이 불상을 두고 사람들은 '백제의 미소'로 부른다. 얼굴 가득 자애로운 미소를 머금고 있는 모습은 '금동미륵보살반가사유상'이나 '경주 얼굴무늬 수막새'의 미소와 달리 웃음을 은근하게 표현하지 않는다. 미소라고 하기에는 오히려 정겹고 호탕하다. 이 얼굴 가득한 미소를 보다 보면 그 시절 여느 백제인과 마주하고 있는 착각을 일으킨다.

현재를 나타내는 「석가여래입상釋迦如來立像」을 중심으로 과거를 뜻하는 「제화갈라보살입상提和渴羅菩薩立像」과 미래를 의미하는 「미륵

마애여래삼존상

이만열

반가사유상彌勒半跏思惟像」이 좌우에 협시불夾侍佛로 서 있어 삼존불이라 부르는데, 삼존불은 6~7세기 동북아시아에서 유행한 보편적 형식이지만 보주寶珠를 들고 있는 '입상보살'과 '반가보살'이 함께 새겨진 것은 고구려, 신라나 중국, 일본에서도 찾아볼 수 없는 독특한 형식이다.

「석가여래입상」은 머리 뒤의 보주형 광배光背와 미간의 백호白毫 구멍, 초승달 같은 눈썹, 미소 짓는 입술이 매우 친근감을 주고 있으며, 온화한 미소가 얼굴에 가득하다. 또한 두 어깨에 걸친 옷자락은 양팔에 걸쳐 평행선으로 길게 주름져 있어 입체감을 느끼게 하며 생동감을 주고 있다. 중생의 두려움을 없애 주고 모든 소원을 다 들어준다는 의미다.

왼쪽의 「제화갈라보살입상」은 얼굴에 본존과 같이 볼의 살이 올라 있는데, 얼굴의 표정 하나하나가 미소로 가득하다. 상체는 옷을 벗은 상태로 목걸이만 장식하고 있고, 하체의 치마는 발등까지 길게 늘어져 있다. 그 시기 백제 사람들의 따뜻한 낯빛과 심성이 고스란히 느껴지는 온화한 모습이다.

오른쪽 천진난만한 어린 아기와 같은 「미륵반가사유상」 역시 만면에 미소를 띤 둥글고 살진 얼굴이다. 두 팔은 크게 손상을 입었으나 그 흔적만으로도 반가사유상임을 알 수 있다. 오른발을 왼무릎 위에 올린 자세로 오른쪽 손가락으로 턱을 받치고 있는 모습에서 조각가의 세련된 솜씨를 볼 수 있다. 그런데 이 '반가사유상' 또한 엷은 미소를 띠고 있다. '반가사유상'의 모습에서 「금동미륵보살반가사유상」의 미소를 보게 된다.

유홍준俞弘濬(1949~)의 『나의 문화유산답사기(말하지 않는 것과의 대화)』를 보면 「마애여래삼존상」에 얽힌 여러 가지 흥미로운 일화들이 소개돼 있다. 한국의 대표적인 고고학자인 김원용金元龍(1922~1993)이 「마애여래삼존상」이 발견된 직후 '한국 고미술의 미학' 기고문에서 다음과 같은 제안을 했다고 한다.

"거대한 화강암 위에 양각된 이 삼존불은 그 어느 것을 막론하고 말할 수 없는 매력을 가진 인간미 넘치는 미소를 띠고 있다. 본존불의 둥글고 넓은 얼굴의 만족스런 미소는 마음 좋은 친구가 옛 친구를 보고 기뻐하는 것 같고, 그 오른쪽 보살상의 미소도 형용할 수 없이 인간적이다. 나는 이러한 미소를 '백제의 미소'라고 부르기를 제창한다."

이후 「마애여래삼존상」은 '백제의 미소'로 불리게 되었다.

돌덩어리에 깃든 천년 미소

한 시대를 대표하는 '미소'를 뽐내는 문화재들은 이 밖에도 수없이 많다. 창령사蒼嶺寺 터에서 발견된 「오백나한상五百羅漢像」은 한국의 다양한 미소가 모두 모여 있다. 이들의 자세나 표정, 크기마저 천차만별千差萬別이다. 이 모두를 하나로 만드는 것은 온화한 미소다.

유럽 조각의 매끄럽게 다듬어진 대리석 느낌과는 다르게 화강암으로 거칠고 투박하게 조각되어 있지만, 그 미소만큼은 보는 사람이 시원함을 느끼게 한다. 손을 모은 나한, 두건을 쓴 나한, 합장하는 나한, 가사를 걸친 나한, 바위 위에 앉은 나한, 보주를 든 나한 등 자세는 모두 다르지만 깨달음의 마음은 같아 보인다.

이만열

오백나한상의 일부

　나한은 깨달음에 이른 석가모니의 제자이자 한때 번민煩悶하는 인간이었지만, 수행으로 해탈을 얻은 성자聖者를 이르는 말이다. 세속의 사람들이 닿을 수 없는 위치에 올랐으니 동경과 경배의 대상이 될 수밖에 없었다. 그 공경의 마음으로 「오백나한상」을 만들었다. 그래서 대부분의 나한상은 매끈하고 정갈한 느낌이다.

　창령사의 「오백나한상」은 조금 다르다. 소박하다 못해 초라하게 보일 정도다. 수줍은 듯하면서 해맑다. 볼수록 친근하고 마음이 푸근하다. 떠받들어야 하는 존자尊者가 아니라 공감하고 위로하는 가족이자 친구다.

　문득 이들 나한들을 보다보면 시인 이성복의 「래여애반다라」가 떠오른다. 시인은 「래여애반다라」를 '이곳에 와서來, 같아지려 하다가^如, 슬픔을 보고^哀, 맞서 대들다가^反, 많은 일을 겪고^多, 비단처럼 펼쳐지고야 마는 것^羅'이라고 풀어 놓았다.

이들 「오백나한상」을 보면 「래여애반다라」처럼 세상살이 고통을 묵묵히 견뎌내고 어느 사이인지 모르게 마음이 커버린 한국을 이야기하는 것 같다.

한국은 아름다운 미소의 나라다. 사는 게 어렵고 힘든 시절에도 미소를 잃지 않았다. 항상 희망이 있는 내일을 바라보며 긍정적으로 세상을 말해 왔다.

웃을 일 없다고 말하면서도, 감당해야 할 삶의 무게가 만만치 않을 때도, 한국인의 얼굴엔 미소가 남아 있었다.

그 미소는 깨달음의 미소이고, 정^情의 미소이며, 넉넉함의 미소다. 한국인의 몸속을 흐르는 소중한 유산이 이 미소를 통해 세상 밖으로 나온다. 그 미소를 바라보는 사람들 또한 미소로 대답한다. 이들이 바로 한국인이다.

이 미소는 그 어떤 보물보다 소중한 한국인만 모르는 한국의 보물이다.

이만열

"Three Global Perspectives
Kor... Potential in Research

...ay, February 18, 2012 , Pail...

이만열

이만열

이만열

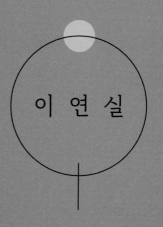

이 연 실

한국인이
보는
외국

01

러시아는 붉지 않다

붉은 광장 등 떠오르는 고정된 이미지를 갖고 날아간 러시아. 사마라에서의 공식 일정 후 짧게나마 틈을 내어 러시아를 정면으로 마주할 수 있었습니다. 며칠 사이에도 세상은 어김없이 존재했고 둥근 지구를 스쳐 가듯이 둥글게 또는 찰나처럼 영원처럼 시간이 흘렀습니다. 거대한 나라 러시아에서 며칠 호흡해 보았을 뿐인데 수십 가지 얼굴을 보았습니다.

레닌이 워낙 크게 영향을 미친 나라이므로 혼자서 이런저런 상상도 해 보았습니다. 역사에 가정이란 아무런 의미가 없으나 가끔 그 인물이 세상에 태어나지 않았더라면 아니면 그날 그 순간 그 자리에 없었더라면 20세기 현대사와 인류 역사가 어땠을까 싶습니다. 아마도 레닌이 아니었더라면 러시아가 그토록 비참해지거나 엄청난 비극을 겪지 않았을 겁니다. 무슨 연유인지 유독 아쉬움을 남기게 하는 인물들이 20세기 지구촌에 많이 태어났다가 사라졌습니다.

이연실

히틀러가 어린 시절, 그는 고향의 강물에 빠져 수영을 못해 허우적거리다가 죽음 직전 동네 또래 친구가 구해줘 간신히 살아남았습니다. 그때 히틀러가 익사했더라면 제2차 세계 대전은 일어나지 않았을 것이고 러시아도 한국도 세상도 분명 다르게 흘러갔을 겁니다. 히틀러를 구해준 친구는 훗날 가톨릭 신부가 되었습니다. 일생 히틀러를 구해준 일로 자책했을지도 모릅니다. 신은 그 사제가 죽었을 때 히틀러를 구한 걸 인류애로 보았을지 엄청난 실수로 판단했을지는 모르겠습니다.

레닌의 등장으로 러시아의 근현대사는 전통적인 러시아와는 너무나 다른 길로 향하게 되었습니다. 레닌은 17살에 불법 집회에 참석했다가 퇴학을 당한 뒤 공산주의 이론에 급격히 빠지게 되었습니다. 만약 그때 학교에서 잘리지 않고 무사히 졸업하고 평범한 생활인으로 살았더라면 러시아와 과거 소련 연방, 오늘날의 CIS 내 수많은 국가의 운명이 달라졌을 게 틀림없습니다. 레닌을 퇴학시킨 교사는 역사에 죄를 지은 공범자로 손가락질을 받았을지도 모를 일입니다.

오늘날 러시아는 GDP가 한국보다 낮고 또 사회 기반이나 시스템 면에서 많이 뒤처져 있습니다. 한국인으로서 은근히 우쭐한 기분으로 러시아 항공 비행기를 탔습니다. 도착한 시간은 모스크바 공항에 약하게 빗방울이 떨어질 무렵이었습니다. 수도 모스크바는 차량의 매연과 교통 체증, 미흡한 배수로 시설, 택시 기사의 과격 운전 등 현실적인 문제가 많았습니다. 일반인들의 경우 영어도 잘 통하지 않았습니다.

소프트웨어 강국인 한국인의 시각으로 모스크바를 볼 때 분명 많은 부분이 미흡한 게 눈에 띄었음에도 모스크바의 첫인상은 강렬했습니다. 붉은 광장의 바실리 대성당은 500년 전에 지어진 건물이라는 것이 믿기지 않을 만큼 화려하고 정교했습니다. 외관이 매끄럽고 아름다운 로마네스크 건축물 등 다양한 석조 건물들이 즐비해 보는 이들의 탄성을 지르게 했고 영혼까지 압도했습니다.

수도 모스크바에서 다시 비행기를 타고 과거 러시아 제2의 수도이기도 했던 카잔 지구 사마라에 도착하니 새벽이었습니다. 러시아에서 9번째로 큰 도시이며 한국의 울산 같은 공업 지역이고 항공 우주 산업의 도시입니다. 사마라는 분위기가 또 달랐습니다. 러시아는 워낙 큰 나라라서 도시마다 역사도 풍광도 삶의 모습까지 엄청 다르다고 합니다.

사마라는 유럽에서 가장 큰 광장이 있는 곳입니다. 제2차 대전 때 정부가 전략적으로 이전한 곳인데 당시 20개 넘는 나라의 대사관이 있었습니다. 놀라운 것은 일본 대사관 또한 그 머나먼 사마라에 있었다는 것입니다. 러시아가 서울에 러시아 공관을 두었고 고종이 그리로 아관파천을 했던 것을 생각하면 그 당시에도 뛰어난 과학 문명을 근간으로 당차게 자신들의 존재감을 드러냈던 강대국들의 면모를 엿볼 수 있습니다.

사마라는 제2차 세계 대전 당시인 1941년 지하 벙커를 지었습니다. 역사적인 현장을 지금도 그 시절과 똑같이 그대로 보존하고 있습니다. 지하 벙커에 관광 안내인의 설명을 들으며 들어가 보았습니다. 그 규모와 깊이, 시설을 보며 20세기 중반 두 위대한 러시아 천재 엔지니어의 실력과 재능 앞에 몇 번이나 두 눈이 휘둥그레졌습니다. 아

이연실

이러니하게도 신변의 위협을 느껴서인지 스탈린은 죽는 날까지 단한 번도 사마라 벙커에 오지 않았다고 합니다.

제2차 대전 때 러시아 군대의 행렬이 열렸던 사마라 광장에 4일 연속으로 방문하였습니다. 거의 80년 전 러시아 젊은 군인들이 행사장에 집결했을 때는 11월임에도 유달리 혹독하게 추웠다고 합니다. 영하 20도에 군복을 입고 행진 등 행사를 하며 입에서 연신 차가운 입김이 나오고 추위에 벌벌 떠는 20대 청년들의 사진과 비디오를 보았습니다. 인간으로서 측은지심이 저절로 되살아났습니다. 그 젊고 잘생기고 순수해 보이던 병사들은 곧 2차 대전에 투입됐고 거의 다 전쟁터에서 죽어갔답니다. 그 시기 영국의 병사들은 런던에 집결해 런던탑 앞에서 출정식을 준비했었지요. 물론 그들이 전쟁에 휘말리지 않았고 천수를 누렸더라도 지금은 100세 전후쯤 되니 자연사를 했을 겁니다. 그러나 그들이 아무 영문도 모르게 차출되어 얼어 죽고 굶어 죽고 포로가 되거나 부상병이 되는 인류의 비극은 다시 되풀이되지 않아야 합니다. 그들도 다 누군가의 귀한 아들이고 아버지였을 겁니다.

러시아가 독일과의 전쟁 때 승리를 한 것은 이 도시 사마라 덕분입니다. 경제가 잘 돌아간다더니 사람들이 대체로 큰 망설임 없이 지갑을 열었고 표정도 여유 있고 행복해 보였습니다. 예술 작품이나 다큐멘터리로만 보아왔던 볼가강에도 다녀왔습니다. 실제 두 눈으로 볼가강을 보며 깜짝 놀랐습니다. 영국의 템즈나 프랑스의 세느의 경우 국가의 인지도 때문에 더 크게 느껴지지만, 막상 가서 보면 한강보다 강폭이 좁고 작아 의외였습니다. 그러나 볼가강은 과연 러시아

러시아 볼가강 근처 공원에서 사마라주 소녀들과

의 강답게 넓고 길고 지천도 발달해 있었습니다.

러시아는 다 크고 장대합니다. 심지어 사람들도 대나무 같고 살까지 찌면 비행기 안에서 통로를 걸어갈 수 없을 만큼 거구도 많습니다. 사마라 공항에서 우연히 만난 러시아 배구단 청년들은 서장훈(선수)보다 훨씬 컸습니다. 그들이 국내선 비행기 내에서 머리가 천장에 닿자 숙여서 걷는 모습을 신기한 듯 바라보기도 했습니다. 러시아는 사람도 건물도 크거나 넓거나 깊습니다. 불곰도 큰 나라이지요. 바이칼 호수는 너무 커서 바다 같다고 합니다.

볼가강의 강폭과 주변 환경이 너무나 아름다워서 감탄사를 연발했습니다. 그리고 순간순간 여기가 러시아인가 캐나다의 한 공원인가 착각했습니다. 서유럽의 한 공원에 온 듯 아니면 수채화나 유화 미술 작품 속에 들어온 듯했습니다. 볼가강 주변 공원이 얼마나 크고 깨끗하며 평화로운지 마치 서유럽 선진국의 도시 공원을 산책하는 느낌이었습니다.

사람들의 감탄사도 나라나 민족에 따라 다릅니다. 역사적인 사마라 광장과 볼가강 근처 공원을 같이 거닐었던 인도계 청년은 "와~~~

이연실

우~!!!"가 연신 터져 나왔습니다.

말레이시아 사업가들은 "음~~~!!!"

한국인들은 세계 어딜 가나 공통으로 터져 나오는 "이야~~~!!!"

오죽하면 한국인이 국적을 말하지 않은 채 감탄사만 표해도 외국인들은 한국인임을 알아맞히는 세상이 되었습니다. 수도 없이 감탄하며 아예 한국으로 돌아가지 않고 여기 살고 싶다는 이야기까지 나누기도 했습니다.

과거 붉은 깃발이 나부꼈을 사마라 광장 근처 지하 벙커 입구에서 우리가 한국인임을 아는 외국인들이 강남 스타일 춤을 추게 하길래 나는 대신 전통춤인 부채춤 흉내를 내며 같이 잠시 웃기도 했습니다. 러시아 젊은이가 강남 스타일 춤을 추고, 인도 남부 타밀나두에서 온 의사와 인도 여성은 답례로 로맨틱한 인도 댄스를 선보이기도 했습니다. 재미로 터키 수피즘 춤을 함께 추며 다국적 지인들이 유쾌하게 웃었습니다. 누구에게나 인생은 한 번뿐입니다. 즐길 수 있을 때 즐겨야지요.

여유와 웃음이 넘치는 그들의 삶을 보니 삭막해지고 생존을 위해 몸부림을 치는 한국에서의 삶과 너무도 비교가 됩니다. 과거 한국인의 빨리빨리 문화와 지고 못 사는 기질, 우수한 두뇌 등은 큰 장점이었습니다. 한국 전쟁 이후 세계 어느 나라보다 빈곤했고 절망적이던 나라가 기적을 낳았습니다. 하지만 그 기적이 나날이 이상하게 변형되고 변질되는 현실에 염증을 느낍니다. 어째서 러시아에서나 네팔에 가서는 여유와 웃음이 넘치는 인간적인 삶을 보고, 내가 살아가야 하는 한국에서는 아프리카 초원에서의 하이에나들이 피 흘리며 싸우는 모습을 봐야 하는지요?

　인간성이 점차 마모되어가는 한국을 훌쩍 떠나고 싶은 충동을 자주 느낍니다. 사랑도 미움도 다 쉬이 끊지 못하는 한 결코 쉽게 떠날 수 없음을 알면서도 부질없는 꿈을 꾸곤 합니다. 하지만 사마라에 와서 한류를 등에 업고 뭐라도 하면 먹고살 것 같은 자신감도 얻었습니다. 매일 아름다운 볼가강과 주변의 기막힌 공원을 산책만 할 수 있어도 충분히 만족할 만큼 자연 경관이 뛰어납니다. 비행기와 인터넷, 스마트폰 등의 문명의 이기는 지구촌 어디에서 살든 우리 삶의 무대가 될 수 있는 시대를 만들었습니다.

　서울-부산 8배 거리쯤 흐르는 볼가강을 바라보며 넋을 잃기도 했습니다. 강을 따라 수많은 섬이 이어지고 그 섬에 그림같이 아름다운 별장들이 즐비했습니다. 요트와 윈드서핑을 즐기는 이들이 보였습니다. 강가이면서도 부산 해운대를 연상시키는 모래사장이 있고 수영복을 입고 수영을 즐기는 남자들도 여럿 보였습니다. 강물이 얼마나 맑던지… 볼가강은 러시아의 큰 선물입니다. 러시아가 이토록 아름답고 멋질 줄이야. 전혀 상상도 하지 못했습니다. 러시아에 황홀한 배신감마저 들었습니다.

　사마라 시내의 로마네스크 석조 건물들의 정교함과 섬세함, 다양한 모양과 파스텔 색채로 이어지는 건축물들 앞에서 유럽을 피부로 느끼곤 했습니다. 러시아라는 국가 이름을 잠시 잊는다면 파리나 런던에 있는 착각을 일으킬 것 같습니다. 서유럽과 국경을 맞대고 있으니 당연합니다. 역사나 문화는 새로운 것을 받아들이고 나서 자신의 문화에 맞게 융합 발전시키는 것이지요. 인간의 창의성과 예술적 감

이연실

각은 어디서 비롯되었으며 얼마나 심오한지 경탄스럽습니다. 러시아는 15개 가까운 나라와 국경을 맞대고 있습니다. 러시아가 그 자체로서 차고 넘치니 더는 주변 국가를 탐하지 말고 고통을 주지 않은 채 자연스럽게 살도록 내버려 두면 좋겠습니다. 인간의 정치적 경제적 과욕과 야욕의 끝은 과연 어디일까요?

다민족 국가이니 그 문화나 문명이 또는 자연환경과 풍광이 얼마나 다채로울지 상상이 되지 않습니다. 저절로 신을 생각하지 않을 수 없습니다. 롯데호텔에서 아르메니아 출신의 빼어난 미인이자 멋쟁이인 호텔 총지배인의 작별 포옹을 마치고 사마라 공항으로 가며 바라본 풍광은 가히 영화의 한 장면들 같았습니다.

곱게 노란 물을 들이며 바람에 나부끼던 자작나무 이파리들이 마치 왈츠를 추는 듯했습니다. 사이사이 강릉에서나 보는 홍송과 훤칠한 미루나무 그리고 이름을 알 수 없는 나무들이 눈부시게 아름다운 숲을 이루었습니다. 러시아 숲을 보니 차이코프스키의 협주곡이 떠오르고 자작나무의 노란 잎새들이 움직이는 모습은 차이코프스키의 명곡 〈봄의 왈츠〉 같았습니다.

러시아 사마라 공항에서 국내선을 타고 모스크바 공항으로 향하는 비행기 안에서 내려다본 볼가강은 환상 그 자체였습니다. 그 강에서 잡힌 철갑상어 알을 매일 호텔 식당에서 먹었던 것은 색다른 문화 체험이었습니다. 저는 언제나 강이라는 단어를 떠올리면 가슴이 일렁입니다. 인류 역사는 강을 통해 문명을 꽃피웠고 강과 함께 명멸했기 때문일 겁니다.

러시아는 모피를 찾아 동쪽으로 끊임없이 이동했습니다. 오늘날 러시아가 지구상에서 가장 큰 면적을 차지한 역사적 바탕에는 모피 산업이 커다란 작용을 했습니다. 지구 표면의 12%가 러시아 땅입니다. 북미의 알래스카까지 한때 러시아 소유였으니 그 광활한 영토는 상상 이상입니다.

어느 나라든 갈 때마다 느끼는 것은 다 저마다의 독특한 아름다움과 멋이 있다는 사실입니다. 그리고 그곳에 사는 이들이 다 인간의 타고난 본성대로 오욕칠정에 충실하게 살고 있음을 봅니다. 살아가는 모습이 너무나 다르지만 사람 사는 모습의 기본은 다 같은 속성을 지니고 있음을 봅니다. 지구촌은 각각의 문화를 이루며 수천 년 이어져 왔고 또 미래로 나아갈 것입니다.

러시아라는 나라나 모스크바와 사마라라는 도시가 주는 엄청난 매력에 세상 잊은 듯 사로잡혀 있었습니다. 아주 평화롭고 깨끗하고 친절하고 순수한 편인 러시아와 그 땅에 거주하는 사람들의 이미지가 대단히 좋았습니다. 무엇보다 생활은 없고 오로지 생존만 있는 듯 사는 한국인 대다수와 달리 여유 있게 산책하며 행복하게 대화를 나누는 모습들이 신선한 충격을 주었습니다.

그들의 외관만으로도 탄성이 터져 나오는 오페라 극장과 영화관, 각종 건축물, 시내 풍경들, 아름다운 문화를 존중합니다. 사람들의 순박함과 편안해 보이는 일상, 생기 넘치는 젊은이들과 귀여운 어린 아이들로 깃든 풍요로운 러시아의 이미지를 잊을 수 없습니다. 맑고 밝은 하늘과 강, 공원과 자연을 살린 숲, 거목이 쓰러졌을 때 베어내지 않고 그 자리에 친환경 조각품을 만들어 그대로 전시해 놓은 심미안과 예술적 재능을 모두 기억할 것입니다.

이연실

특히 고려인의 3세대로서 야외 시장에서 통돼지를 구우며 밝게 미소 짓던 한국계 러시아인, 그 이름도 아픈 고려인 아주머니, 모델보다 더 예쁜 18세 의대 여대생이자 한국 화장품에 관심이 많던 고혹적인 러시아 처녀 올가, 영어를 원어민처럼 잘하던 알렉산드라, 한국으로 떠나는 나에게 러시아 초콜릿과 작은 보석함을 건네며 작별 인사를 하다가 눈물을 글썽일 만큼 정이 많은 중년의 여인, 자신의 딸이 한국 대학에서 공부한다며 모든 한국인은 고맙고 친절하다면서 내가 머무는 호텔 방에 와인과 예쁘게 장식한 과일 접시와 카드를 넣어준 캐런 등등 많은 사람도 잊을 수 없을 겁니다.

인류 역사에 큰 불행을 낳은 혁명가 레닌이니 공산주의니 하는 단어들과 마초의 정점에 선 푸틴의 강력한 이미지 때문에 러시아 또는 모스크바는 단어만 들으면 어딘지 모르게 음울하고 음습한데다 냉기가 감도는 땅이라 생각했던 나라였고 수도였습니다. 그러나 어찌나 밝고 아름답고 평화로우며 풍부한지 놀라움을 금치 못했습니다. 모스크바 공항에서 한국으로 떠나기 직전 모스크바 공항에 눈발이 날리기 시작했습니다. 그러면 그렇지 여기가 러시아이고 모스크바인데, 눈의 그림자라도 보아야 맞는 거 아닌가 하며 미소를 지은 채 한국행 러시아 비행기 창밖을 내다보았습니다.

지구촌의 못된 악동일 거라 예상했던 러시아. 나의 단정적이고 고정적이며 수직적이었던 편견을 미안해하며 이 매력 넘치는 나라 러시아를 이제는 있는 그대로의 모습으로 다시 바라봅니다. 아무리 거부해도 사랑하지 않을 수 없습니다. 러시아 역시 우리 지구촌의 매혹적인 이웃입니다. 초연결 사회로 이미 나의 머리와 가슴에 들어온 나라 러시아가 그저 고맙고 사랑스러웠습니다.

러시아를 이제 마음으로 깊이 껴안으며 나의 고국 한반도 남한을 향해 날기 시작했습니다. 사마라에서 모스크바로 몽골과 중국의 밤하늘을 날았습니다. 비행기 안에서 영국 작가 조지 오웰의 우화 소설 『동물 농장』을 떠올렸습니다. 공산주의 혁명의 그릇됨과 사회주의의 모순을 통렬하게 비판했던 조지 오웰이 과거 러시아보다 더 모순으로 얼룩진 오늘날의 한국을 본다면 '한국형 동물 농장'을 실감나게 쓸 것 같다는 씁쓸함도 느끼는 밤입니다.

러시아든 한국이든 사람이 사는 이 특별한 별인 지구촌의 흘러간 역사와 현재에 대해 안타까움, 연민, 분노 그리고 삶에 대한 슬픔을 품습니다. 잠시라도 미국을 충격에 빠뜨렸던 러시아의 우주선 스푸트니크 쇼크라든가 세계 군사력 4위를 자랑하는 러시아는 잊고 싶습니다. 지금은 지구촌 모든 인간이 새로운 시대에 접어들었습니다. 누구도 경험하지 않았던 21세기를 곧 20년이나 지나게 됩니다. 미래 우리가 나아갈 세상을 끝없이 펼쳐진 구름 밭 위 1만 피트 상공에서 생각하는 밤입니다.

모든 것이 러시아보다 시스템이 잘 갖춰져 있고 편리한 한국. 한국인들의 시각으로만 본다면 최근의 소프트웨어 문화 등 부족한 게 많고 불편하기도 한 러시아. 그 편리함을 능가하는 아늑함을 느끼며 치유의 시간을 보냈습니다. 새로운 사랑의 대상인 된 러시아, 여러 나라 좋은 사람들과 멋진 추억을 남긴 사마라, 거리 화단에서 보았던 붉은 칸나보다 더 뜨거운 가슴을 안고 다시 올 때까지 안녕.

이연실

02

인연의 힘으로 홍콩을 읽다

인연은 늘 새로운 세계를 엽니다. 2천 년대 초반 싱가포르에서 중국 심양 출신으로 한국계 중국인 여교수였던 김 선생님을 만났습니다. 강릉 출신의 독립 운동가였던 그녀의 할아버지가 심양에 터를 잡았기 때문에 김치도 알고 한국어도 할 줄 압니다. 중국에서 어린 시절부터 피아노를 쳤을 만큼 부유하게 자랐으며 직원을 두고 보석 사업도 했던 여인이었지만 남편의 반복되는 마작 도박과 외도에 상처를 받고 끝내 이혼을 했습니다. 그렇게 그녀는 중학생 딸의 손을 잡고 여행 가방 달랑 2개만 든 채 기억하고 싶지 않은 상처의 땅 중국을 영영 떠나고 말았습니다.

그녀가 싱가포르에 처음 왔을 때는 영어도 잘 모르고, 길도 모르고, 아는 사람도 거의 없었답니다. 상상을 초월하는 집값 등 비싼 물가에 가지고 온 돈도 바닥이 나기 시작해 매우 우울한 시절이었습니다. 평생 물 한 방울 묻히지 않을 만큼 부유하게 자랐던 그녀는 자살

충동을 느낄 만큼 힘들었습니다. 당장 돈을 투자하지 않고 할 수 있는 일을 찾았으나 물가가 비싸고 중국어 가르치는 일 외에는 특별히 할 게 없는 그녀를 받아줄 곳도 없었습니다.

그녀가 삶의 나락에서 눈물을 흘리던 시기에 고맙다고 자신이 머무는 집으로 어느 날 저를 초대했습니다. 가보니 싱가포르 주인의 단칸방 셋집에서 식탁도 없어 바닥에 화문석을 펴고 밥을 먹고 있었습니다. 그녀의 중학생 딸은 책상이 없어 방바닥에 배를 깔고 공부를 하고 있었습니다. 한국에서 가져간 교자상과 여유 있는 그릇, 작은 냉장고 등을 나눠주고 나무 주걱, 젓가락 등 당장의 급한 생필품을 사주었습니다.

제가 '장차 영어나 중국어는 한국 학생들의 미래에 아주 중요한 자산이 될 것'이라며 진심으로 한국 학부모들을 설득하자 그야말로 대박이 났습니다. 지금까지 그 한국계 중국인 김 모 여교수는 싱가포르 거주 한국인들에게 가장 인기 있는 중국어 선생님입니다. 그녀로부터 북경 표준어 교육을 받은 한국 학생들에게 싱가포르 학교 선생님들이 묻는답니다.

'너는 한국 학생인데 어떻게 우리 중국계 학생들보다 중국어 발음도 좋고 더 잘하느냐?'고 말입니다. 한국계 학생들이 미국 아이비리그로 많이 진학했는데 우수한 중국어 가산점 덕분에 큰 혜택을 본 것은 지금까지도 회자됩니다.

제가 싱가포르에서 수년간 살다가 귀국하기 위해 창이 국제공항에 갔을 때 저를 전송하러 온 대략 60여 명의 여러 나라 외국계 지인 중 그녀가 가장 많이 눈물을 흘렸습니다. 그들은 민족, 성별, 직업,

이연실

종교, 피부색이 다 달랐지만 한 인간으로서 친구로서 그들이 알고 지냈던 최초의 한국인 친구였던 저와의 작별을 위해 기도해 줬습니다. 그날 저의 목을 끌어안고 중국어로 '니쓰 꿰런(당신은 귀인이다)'이라는 말을 되뇌고 울먹이며 특별한 이별의 선물도 주었습니다.

저는 그 김 선생님과 국적·나이를 초월해 진정한 친구가 되었습니다. 그 친구의 소개로 알게 된 중국 한족 출신의 싱가포르인 헬렌이 우리를 홍콩으로 초대했습니다. 싱가포르에서 한국에서 각자 홍콩을 향해 날아간 셈입니다. 4계절이 있는 한국인인 저는 덥다고 하고 열대지방 싱가포르에서 온 김 모 교수인 친구는 춥다고 하는 아열대, 홍콩 땅에서 일하는 헬렌은 지금이 딱 좋은 날씨라고 합니다.

오래전 향나무 중계무역을 해서 지어진 이름이라는 홍콩은 아편

중국계 싱가포르 친구와 홍콩에서

전쟁의 후유증으로 99년간 영국의 식민지였습니다. 하지만 치욕의 역사 속에서도 꽃이 피나 봅니다. 지배자가 남긴 자산보다 자유와 자존을 잃은 치욕과 굴욕이 홍콩 사람들에게 강인한 의지를 불사르게 한 것 같습니다. 백 년 넘는 세월이 흐르는 동안 새로운 모습으로 변모하는 그 과정에서 세계 공용어인 영어도 얻었으니까요. 지금의 홍콩은 국제 금융 도시이고 아시아의 허브답게 세계 각국의 사람들이 오가는 곳입니다. 크기가 서울의 2배쯤 됩니다. 헬렌처럼 자신의 나라를 떠나와 일하는 사람들이 참 많습니다.

변화 가운데 약점도 보입니다. 홍콩은 마카오와 더불어 국제도시라 그런지 은근히 콧대가 세게 느껴집니다. 출입국 관리사무소나 대중교통 수단을 이용할 때 제가 한국인인 걸 알고 대하는 태도나 눈빛이 친절하지 않았습니다. 동양인이 길을 묻거나 사진을 찍어달라고 하면 대개 거절을 하지만 백인이 부탁하면 환대를 합니다. 홍콩인들은 조상 대대로 중국인이면서 본토 사람들을 무시하는 경향이 있습니다. 번영을 누리는 일부 사람들에겐 아직 사대주의가 남아 있나 봅니다. 결국 우리 일행의 사진을 이집트와 헝가리 또는 몬테네그로에서 온 여행객들이 찍어 주었습니다.

공항은 물론 택시나 2층 버스, 지하철, 전차 등 어딜 가나 외국인들이 붐볐습니다. 스카이 테라스로 올라가는 길에 끝도 없이 위쪽으로 연결되는 야외 에스컬레이터에서도 온통 외국인들이 보였습니다. 그들 가운데 아프리카 토고 출신의 사업가도 만났습니다. 홍콩은 비즈니스로 모두가 바쁜가 봅니다. 바쁘게 돌아가는 일상이니 친절과 배려심도 묻혀버리나 싶기도 했을 정도입니다.

이연실

홍콩은 양면성을 지녔습니다. 한쪽의 홍콩은 다양하고 화려하게 화장을 한 세대별 여인들의 집합소 같습니다. 새롭게 개발되고 있는 곳은 예쁘게 치장을 하는 10대 후반의 여학생들과 같은 모습입니다. 최첨단 고층 빌딩이 들어서 있는 중심가는 아름답게 화장을 한 20대 후반의 신부 같습니다. 눈부시고 황홀하게 들떠 있으면서 얼굴이 발그레진 여인을 연상시킵니다. 중심가에 세련된 감각을 지닌 멋쟁이 외국 신사들이 많이 보입니다. 그들은 금융의 중심가답게 숱한 성공신화를 그 현장에서 일궈냈을 것입니다.

이렇듯 자본이 풍요로움을 가져다준 홍콩에서는 사람이 아닌 빌딩이 주인이고 자본이 사람들을 부리고 있습니다. 부유층이 아닌 빌딩 아래의 사람들은 살인적인 집값과 생활비 때문에 투잡을 하거나 쓰리잡을 가져야 간신히 생존할 수 있습니다. 사람들이 한없이 작게 느껴지는 홍콩입니다.

홍콩에서는 집값이 너무 비쌉니다. 우리를 초대해 준 헬렌의 아파트에서 머물며 한국인들이 얼마나 넓고 편하게 살고 있는지 깨달았습니다. 우편함 크기도 한국 우편함의 반밖에 되지 않고, 주방은 밥을 집에서 해 먹지 않는 그들의 특성 때문에 자취생 부엌 같았습니다. 세면대나 샤워를 할 수 있는 곳은 옴짝달싹도 하지 못할 것처럼 좁았습니다. 그와 대조적으로 주택가의 주변엔 기본적으로 수십 층이나 되는 빌딩들이 즐비하고 때로는 100층이 넘는 빌딩도 있습니다. 홍콩은 중심가 빌딩들마다 2층에서 다른 빌딩의 2층으로 각기 미로처럼 모두 연결시켜 놓았습니다. 어느 국제도시에서도 볼 수 없는 창의적인 발상입니다.

이런 미로에서 일하는 슈퍼 리치나 수억 원대 연봉자들 틈에서 30만 원 수준의 월급을 받는, 고국을 떠나와 일하는 외국계 노동자들이 종이에 싼 밥을 거리에서 먹고 있었습니다. 이 콘크리트 정글 속에서 자본주의 꽃들이 어떻게 피어나고 어떤 향기를 풍기는지 또 어떻게 시들어 갈 것인지 생각해 보기도 했습니다.

사람들은 홍콩을 쇼핑 천국이라며 홍콩 여행이 명품을 살 절호의 기회라고 하지만 그것도 쇼핑을 할 여력이 되는 이들에게나 해당되는 말입니다. 쇼윈도 고객일 뿐인 저는 21세기 자본주의 사회가 꽃을 피우고 있는 그 거대한 땅에서 그 꽃의 향기에 어지러웠습니다. 아름다운 향기도 오래 맡으면 질릴 수도 있겠다는 생각이 들기도 하고 휘황찬란한 밤거리를 걷다 보니 쉬이 피로해지기도 했습니다. 살다 보면 아름다운 여자보다 편안한 여자가 더 낫다는 말이 홍콩에 와서 새삼스럽게 곱씹어집니다.

그런가 하면 화려한 모습 뒤편, 홍콩의 다른 쪽에는 '생얼' 같은 뒷골목 풍경이 있습니다. 좁고 낡은 곳이 오밀조밀하게 펼쳐집니다. 수백 년 묵은 건물들과 활엽수 사이를 흰털이 섞인 까마귀가 날아다닙니다. 그 아래에는 녹슨 선풍기, 먼지 쌓인 창틀, 닳고 닳은 의자들을 아무렇게나 놓은 식당이 있습니다. 그 길로 웃통을 벗어 배꼽이 다 보이는 중국계 사내들이 걸어가고 오랫동안 손톱을 깎지 않은 듯한 중년 남자도 스쳐갑니다. 구걸을 하는 노파와 식당 앞에서 가래침을 뱉는 할아버지도 있습니다. 어딘가 정겨운 그들은 오랫동안 홍콩 땅의 방식대로 살았던 조상의 후손들입니다.

그 골목 한켠에서 어느 여인이 닭 모래주머니를 썰고 있었습니다.

닭똥이 붙어 불결하게 느껴지는 것까지 덤으로 줍니다. 능숙하게 칼을 받아내는 도마도 있습니다. 도마와 여인과 닭 모래주머니가 혼연일체가 된 듯합니다. 그것들이 여인의 가족을 먹여 살렸을 것입니다. 또 홍콩의 식솔들을 여기까지 데려왔을 겁니다. 그런 그들은 어두운 그늘이 아니라 홍콩의 다채로움입니다. 백 년도 더 된 낡은 가게와 닮은 의자들이 그들의 얼굴입니다. 그 자리에 앉아 정체불명의 홍콩 전통 음식을 먹어 보기도 했습니다.

홍콩에는 세계에서 네 번째로 높은 건물인 국제상업빌딩ICC이 있습니다. 그리고 ICC빌딩 490m 높이에 세계에서 가장 높은 오존바 Ozon bar가 있습니다. 그 빌딩 안 리츠 칼튼 호텔에는 싸이와 유명 연예인들이 아시아 어워드 행사를 위해 묵고 있었습니다.

야외로 연결된 오존바에서 바라본 야경이 매우 현란하고도 장엄했습니다. 말없이 반짝이는 도시를 내려다보았습니다. 고요하고도 화려한 홍콩의 밤에 젖어들며 이곳이 인간 세상이 아닌 별천지로 느껴집니다. 사람들은 그 별천지의 생활을 익숙하게 즐겼습니다. 여러 나라 사람들 틈에서 영국인들의 악센트가 가장 많이 들렸습니다. 그들 중에는 하루에 750만 원이나 하는 호텔을 이용하는 사람들도 있었을 겁니다. 얼마 전 중국에서 성공 신화를 낳은 마윈 회장이 다녀 갔다는 그 바에서, 저라는 존재는 큰 비단 옷을 잠시 빌려 입고 어둠 속을 활보하는 듯했습니다. 얼떨결에 야경을 바라보고 있자니 갑자기 슬퍼졌습니다. 인간 세상의 부와 가치와 올바른 모든 것들이 공평함 쪽보다 불공평한 쪽으로 이미 너무나 기울어져 버린 건 아닌지 점점 마음이 무거워졌습니다.

불꽃 쇼와 퍼레이드가 펼쳐지는 곳에는 각양각색의 사람들이 보였습니다. 그곳에 네팔의 네와르 부족 3대가 가족 여행을 왔습니다. 어디에서도 본 적 없는 기묘한 모습이었습니다. 커다란 순금 장식으로 코를 뚫어 늘어뜨렸습니다. 그 순금 코 장식이 할머니의 아랫입술까지 덮었습니다. 귀를 여러 군데 뚫고 순금으로 된 크고 무거운 귀걸이를 줄줄이 달아놓았습니다. 그것이 부나 가문의 명예를 상징하는 듯 보였습니다. 21세기에 18세기 아메리카 원주민을 보는 착각을 일으키게 했습니다. 혹시 사진을 한 장 찍어도 되느냐, 같이 사진을 찍고 싶다고 했으나 의사소통이 되지 않았습니다. 바깥 세상에 처음 나와 본 듯 경직된 그들이 저에겐 디즈니랜드의 주연이었습니다.

가장 번화한 홍콩의 지하철역에 거리의 악사가 있었습니다. UFO처럼 생긴 '핸드팬' 악기로 몽환적인 소리를 내던 그 일본인의 이름은 타카였습니다. 타카는 '전세계를 여행 중'이라는 영어 안내 문구 앞에 돈 통도 놓아 두었습니다. 자본주의의 도심 한복판에서 미소를 띤 얼굴로 연주를 하고 있던 그의 작은 돈 통에서 자유로운 영혼이 묻어났습니다. 그곳에서 욕망이 보이지 않는 연주를 처음 들어 보았습니다.

세계 어느 곳이든 소통되는 모임이 작은 지구촌일 겁니다. 그곳에는 서로 눈빛을 나누는 사람들이 있습니다. 그들의 인연과 뒷골목의 삶과 자유와 빌딩에서 홍콩을 조금 읽었습니다. 늘 그들에게서 밝음과 어둠을 배우게 되지만 그들에게 건넬 것은 저의 미소밖에 없어 그저 미안한 날들입니다. 홍콩은 역사의 빛이자 어둠이었고 동양이자 서양을 노래한 땅입니다. 잠시 인연 따라 꿈결같이 다녀왔습니다. 향기로운 그 항구에 다시 가볼 날을 꿈꿉니다.

　　　　　　　이연실

03

트럼프와 바이든 그리고 감자

감자는 힘이 셉니다. 인류를 굶주림에서 구해준 가장 소중한 구황 식물입니다. 오늘날 인류에게 감자가 없는 삶이란 상상할 수도 없습니다. 감자 기근으로 아일랜드에서 미국으로 건너간 이들에 의해 미국 역사도 바뀌었습니다. 타이타닉호 승객 중에도 아일랜드 사람들이 많았습니다.

반기문 전 유엔사무총장과도 인연이 깊은 케네디 가문이나 바이든의 가문도 아일랜드 사람들입니다. 트럼프는 감자를 주식으로 먹는 독일계입니다. 21세기 인류사는 감자와 사연이 많은 이들에 의해 또 한 번 요동치고 있습니다.

요즘 감자철인 한국의 시장에서는 감자를 두세 종류밖에 볼 수 없습니다. 그러나 놀랍게도 감자의 종류가 수천 가지가 있다고 합니다. 공식 감자 종류만도 3천 5백여 종류나 되고 비공식적으로는 5천 가지도 넘을 거랍니다.

인류를 구원한 페루 원산지의 다양한 감자들

감자는 수천 년의 역사를 자랑하는 작물입니다. 극지방을 제외한 지구상 어디에서든지 잘 자라 적응력이 뛰어난 식물입니다. 거기다 채산성도 좋습니다. 페루의 주부들이 시장에 가면 보통 100여 가지 감자가 있답니다. 그중에서 모양별, 색깔별로 골라서 삽니다. 흰색, 노란색, 자주색은 기본이고 그 외 다양한 색깔들이 있으며 한 감자에 2가지 색깔도 있습니다. 붉은색, 갈색, 검은색 감자는 어떤 느낌일지 궁금합니다. 겉과 속이 완전히 다른 감자도 있으니 페루에 두 얼굴을 가진 사람에게 '감자스럽다'고 하는 표현도 있을 법합니다.

감자는 그 자체만 가지고는 달거나 특별한 향기도 없어 스페인 정복자들이 가져간 감자가 유럽에서는 초기에 매우 천대를 받았다고 합니다. 중세 유럽은 기독교 문화권이었으므로 모든 것을 성경적으로 해석했습니다. 신대륙 발견을 신이 약속한 신세계라고 말한 사람도 있었던 시절입니다. 감자가 성경에 전혀 나오지 않는 식물이고 땅속 음지에서 자라며 색깔까지 거무튀튀해 '악마의 열매'라면서 노예에게나 주기도 했습니다.

감자는 중남미 안데스 산맥의 티티카카 호수 주변이 원산지이므로 유럽인들은 지금으로부터 600년 전에야 비로소 감자를 알았습니다. 유럽과 아메리카 대륙 간 소통이 전혀 없던 그 시절에는 서로의 존재

이연실

조차 깜깜하게 몰랐습니다. 그 당시 조선 백성들 역시 외진 한반도에 살았기에 벼 외에는 남미가 고향인 고구마, 옥수수, 감자 등을 볼 기회조차 아예 없었습니다. 꿈에서도 나올 수 없는 식물들이었습니다.

프로이센의 지혜로운 영주는 감자의 진가를 일찌감치 알아챘다고 합니다. 사람들이 초기에 감자를 두고 개나 먹을 거라며 쳐다보지도 않자 묘안을 짜냈습니다. 그 영주는 비밀스럽게 감자를 키우며 보초병들을 뒀답니다. 소문은 삽시간에 퍼져 얼마나 귀한 식물이기에 밤낮으로 지키는지 호기심을 갖게 했답니다. 그렇게 누구든 감자를 소유하고 싶은 욕망을 부추겼습니다. 유행은 위로부터 출발할 때 파급력이 크다는 것을 안 지혜로운 리더입니다.

프랑스에서는 귀부인들의 머리 장식용으로 감자꽃을 꽂았습니다. 숱하게 아름답고 향기로운 꽃들을 놓아두고 감자꽃을 꽂은 이유는 남들에게 없는 특별한 것을 보여주기 위함이었습니다. 당시 귀부인들 사치의 정점에 감자꽃이 있었습니다. 오늘날 최고급 감자는 외국의 경우 1Kg에 1백만 원 가까이 합니다. 독일 등 많은 나라에서 감자는 한국인들의 밥처럼 날마다 먹는 주식입니다.

독일이 제2차 세계 대전에서 패망한 이유는 여러 가지가 있는데 그 원인 중의 하나가 식량 문제입니다. 전쟁 중에는 식량 보급로 차단 등이 매우 중요한 전략입니다. 연합군은 감자를 주식으로 살아가는 나라, 독일 전 국토의 감자밭을 쑥대밭으로 만들고 초토화시켰다고 합니다.

감자나 고구마, 옥수수 등은 오늘날 거대한 산업입니다. 지구 반대편에서 출발해 한국인 밥상에 오르니 감회가 새롭습니다. 그저 단순한 먹거리가 아니라 인간의 역사를 바꾸었기 때문입니다.

지금도 감자는 지구촌 사람들을 먹여 살리는 마법의 식물입니다. 남미 원산지 테마 관광 여행 상품을 만들어도 좋을 듯합니다. 감자 박물관과 시장 구경, 먹거리 투어가 있다면 흥미로울 듯합니다. 그 행사에 가면 전 세계의 특별한 감자 요리를 다 맛볼 수 있다면 좋겠습니다. 어느 감자는 토마토가 동시에 열리기도 한다니 보는 즐거움도 더할 나위 없이 좋을 겁니다.

한국인들은 200년 전까지만 해도 감자가 무엇인지 전혀 몰랐습니다. 조선시대 청나라를 통해 들어온 감자는 네덜란드 무역상들에 의해 중국에 전해졌다고 합니다. 일본도 500년 전 네덜란드 사람들을 통해 감자를 알게 됐습니다. 어느 시대든 문을 닫아걸고 살거나 바깥 세상을 모르면 그만큼 국가나 개인의 손실이 큽니다. 척화비를 세워 외국 문물을 받아들이지 않았던 대원군의 식견이 안타깝습니다.

감자는 김동인의 작품 소재이기도 했을 만큼 한국인의 삶과는 깊은 연관이 있습니다. 가난한 여주인공의 삶이 어떻게 무너져 가는지 묘사하기 위해 작가는 감자밭 주인인 중국인 왕서방을 등장시켰습니다. 주인공이 몰래 감자를 캐러 갔다는 것은 그만큼 그 시절 백성들의 삶이 피폐했음을 상징적으로 나타냅니다. 만일 주인공이 귤밭으로 귤을 따러 갔다고 했더라면 감동이 훨씬 덜했을 겁니다.

한국인들은 감자와 친숙합니다. 강원도 사람들은 '감자나 명태는 썩어도 버릴 것 없다'고 할 만큼 감자 사랑이 대단합니다. 산간 지역이니 화전민들에게는 목숨 같은 식물이었을 겁니다. 감자옹심이도 있고 감자떡도 있습니다.

제주에서는 감자를 '지슬' 또는 '지실地實'이라고 부릅니다. 땅의 열

이연실

매라니 참으로 멋진 이름입니다. 제주사람들에게도 감자는 척박한 제주 토양에서 배고픔을 해결하는 데 매우 긴요한 작물이었습니다.

페루 원주민들에게는 감자의 신이 있었습니다. 오늘날 많은 이들이 돈을 신으로 삼는 것에 비하면 오히려 순수해 보이까지 합니다. 페루에서 스페인으로, 거기서 네덜란드를 거쳐 중국으로, 다시 한국에 왔을 감자의 긴 여정을 생각해 봅니다. 지금은 강원도 산간지방과 어느 외딴 섬이나 전국의 밭 등등 어디서나 잘 자라고 강인한 생명력을 자랑합니다. 이 순간에도 한국인 전체 인구보다 더 많은 5천만 명들이 난민으로 세계 전역에서 하루하루 버티듯 살아가고 있습니다. 그들 손에 쥐어진 감자 한 알은 때로 멀리 있는 신보다 가까운 현실의 신일 것입니다.

요즘 사람들은 대부분 먹고 살기가 힘들다고 하지만 맛있게 먹을 감자 한 봉지라도 있다면 감사할 일입니다. 감자는 척박한 땅에서도 끈질기게 생명을 키워 인류에게 먹거리를 제공했습니다. 그러니 아무렇게나 생긴들 어떠하고 맛이 있고 없고 무엇이 문제거리가 될까 싶습니다. 우리는 때로 누군가의 허기를 달래주는 감자 한 알만도 못한 삶을 살고 있는 것은 아닌지 스스로 돌아보게 됩니다.

인류의 역사만큼이나 오랫동안 버티고 적응하며 다양한 품종으로 진화한 감자가 참 소중해 보입니다. 6백 년간 여러 나라를 거쳐 한국인들에게 온 감자가 식탁에서 소복하게 한 그릇 넘칠 듯한 감자 수확철입니다. 이때쯤 네팔의 산자락 언덕마다 심어져 있던 감자도 인간의 삶을 위해 땅속에서 굵어질 것입니다. 고맙고 귀한 마음으로 감자를 생각합니다.

04

마음을 부르트게 한 유럽 박물관

세상에는 200개 넘는 국가들이 있습니다. 만약 1년에 2개 나라씩 방문한다고 해도 100년이 더 걸립니다. 각 나라마다 크고 작은 박물관들이 수두룩합니다. 종교의 힘이었던 이탈리아 바티칸 박물관, 자본의 힘으로 세워진 미국의 스미소니언 박물관, 이념 문제로 중국 본토의 유물들을 거의 통째로 실어온 대만의 고궁 박물관 등은 아주 흥미로운 곳입니다.

박물관은 저마다 독특한 역사를 품고 있습니다. 수만 년이나 수천 년 또는 수백 년 전으로 사람들을 데려가는 타임머신 같습니다. 런던과 파리에도 여러 박물관들이 숫자를 헤아릴 수 없습니다. 전쟁 박물관, 자연사 박물관 등등의 특정 분야의 박물관이나 미술관들이 즐비합니다. 이들 대부분은 전 세계 문화권에서 힘의 논리로 빼앗아 오거나 값싸게 사들였거나 연구 목적이라며 함부로 가져온 유물들로 채워져 있습니다.

이연실

세계 3대 박물관은 모두 서유럽에 있습니다. 지구촌 각처에 식민지를 두었던 까닭에 유물을 수집하고 수탈한 영국의 대영 박물관과 프랑스 루브르 박물관이 특히 유명합니다. 유명세를 가진 박물관답게 박물관에는 기본적으로 수십만 점씩 전시돼 있으니 제대로 보려면 몇 년이 걸려도 부족할 만큼 규모가 방대합니다. 가는 곳마다 상상을 초월하는 전시물들이 눈을 어지럽게 합니다.

박물관이 너무나 넓고 커서 몇 번씩 길을 잃기도 합니다. 물집 잡힌 게 발가락만은 아닙니다. 약탈의 역사가 정당화되는 듯해서 납덩이를 한 지게쯤 짊어지고 다니는 것 같고 마음이 부르트며 영혼마저 물집이 잡힙니다. 제국주의의 선봉에 섰던 영국이나 프랑스 사람들에게 박물관은 자랑스러운 전시물입니다. 그러나 식민 지배를 당한 각국의 후손들에게는 또 다른 시선으로 보일 수밖에 없습니다.

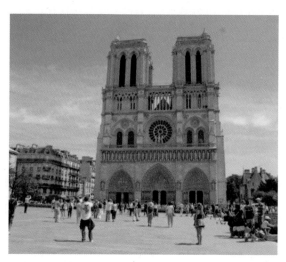

서유럽의 박물관에서

그들은 제국주의 시절 잔혹한 행동들을 많이 저질렀습니다. 영국이 호주 대륙을 식민지로 다스릴 때 테즈메니아 지역의 영국 총독은 어린이들을 노예로 삼고 여자들을 성적 대상으로 착취했습니다. 남자들의 손을 모두 자르는 악행도 서슴지 않았습니다. 보복을 두려워해 종족의 씨를 말리기까지 했습니다. 세계 어디서든 전리품이라는 이름으로 이루 헤아릴 수 없는 약탈이 자행되었습니다.

비는 내리되 옷은 크게 젖지 않고 거리만 촉촉하게 젖어드는 영국 날씨는 우중충합니다. 그 풍경을 그윽하고 웅장하게 펼치고 있는 대영 박물관은 관람료를 받지 않습니다. 양심상 관람료를 받지 않는 게 맞습니다. 인류사를 거머쥔 일등 문화권이라는 선심성 과시여서도 안 됩니다.

대륙별 나라별 또는 문명별로 전시된 박물관에서 중국관은 진나라뿐 아니라 송, 원, 명, 청 등 각 왕조별로 수많은 도자기가 자랑스럽게 전시돼 있습니다. 다양하고 숫자도 압도적입니다. 그곳에는 지구촌의 각양각색 사람들이 많이 다녀가지만 한국관은 조그맣습니다. 백자 항아리나 탱화 몇 점밖에 없어서 썰렁하고 인적이 드뭅니다. 중국은 워낙 크고 문화가 다채로웠던 만큼 조선보다 빼앗길 게 많았을 겁니다.

유럽의 지배자들은 식민지 사람들 특히 아시아와 아프리카 사람들을 인간과 유인원의 중간쯤으로 여기며 한때 인간을 전시하기도 했습니다. 아프리카의 원주민을 산 채로 전시한 역사도 있어 비탄을 쏟아내게 합니다. 각종 예술품들과 문명 그리고 문화 앞에서는 감탄사가 저절로 터지기도 합니다. 세상에 하나밖에 없는 진귀한 유물도

이연실

있습니다. 그런가 하면 인간에 대한 회의마저 들게 하는 생체 실험 침대까지 보게 됩니다.

영국 전쟁 박물관의 홀로코스트관에서는 큰 충격을 받았습니다. 불과 몇십 년 전 대명천지에 벌어진 비극의 흔적을 보며 심장이 썰려 나가는 고통을 느끼게 됩니다. '인간이 도대체 무슨 일을 저질렀단 말인가?' 반문하게 됩니다. 예전에는 생체실험을 일본의 731부대만 한 줄 알았습니다. 그러나 유럽의 나라들도 마찬가지였습니다. 마취 제도 쓰지 않고 사람들의 배를 산채로 갈라 생체실험을 하고 어린 아이들을 발가벗겨 실험을 위해 대기시켜 놓은 사진도 있습니다.

유대인 어린이들이 생체실험을 당하지 않으려 전율하며 울부짖는 사진은 자녀를 둔 어머니의 시각으로 차마 눈 뜨고 볼 수 없습니다. 영국 병사가 웃으며 식민지 사람들의 시체를 불도저로 밀어내는 사진도 있습니다. '빵을 굽는 곳'이라는 암호로 운영된 대형 인체 소각 장 사진들을 보며 인간의 내면에 도사린 잔학성과 폭력성에 몸서리 가 쳐집니다. 한국 전쟁을 알리는 포스터에는 누추한 한국인이 피를 흘리며 뼈와 거죽만 남은 몰골로 그려져 있습니다. 비참한 한국인 그 림 아래 멋지게 차려입은 살찐 미국인 자본가가 돈통을 놓고 웃으며 기다리고 있는 모습도 봅니다. 그 자리에 단정하게 교복을 입은 영국 학생들이 현장 학습을 나와 토론을 합니다.

옛날 중국 지리서에서 한국을 동방예의지국이라 했습니다. 공자 가 뗏목을 타고 가서라도 예의를 배우고 싶다고 했던 나라의 후손 한 국인입니다. 과연 한국이 동방예의지국인가 반문을 해야 할 만큼 요 즘 도덕성이 땅에 떨어진 것을 많이 느낍니다. 그것처럼 영국을 '신사의 나라'라고 할 수 있는지 의문이 듭니다. 진정한 신사가 되려면 대략 50가지 기준을 갖춰야 합니다. 영국이나 유럽의 왕족 또는 귀족들이 신사나 기사도 정신을 발휘하거나 노블레스 오블리주를 실천하기도 했습니다. 그러나 다른 한편으로는 고대부터 잔혹하기 이를 데 없는 행동을 너무 많이 저질렀습니다.

루브르 박물관에는 왕족이나 귀족들을 위해 탄생된 고급 문화재들이 수두룩합니다. 식민지 유물들은 그들의 설움이나 슬픔까지 실려온 듯 전시되어 있습니다. 그들이 얼마나 많이 수탈을 했던지 유물들을 일일이 다 전시할 수 없다고 합니다. 유물들을 몇 달에 걸쳐 배로 실어 나르고 배가 닿지 못하는 곳은 마차나 당나귀까지 동원했다고 하니 그 탐욕의 끝은 어디까지일까요?

유럽 왕실이나 귀족들의 화려함은 마크 트웨인의 저서에도 자세히 서술되어 있습니다. 왕자가 잘못을 하거나 공부를 게을리하면 왕자 대신 매를 맞아주는 시종까지 있었습니다. 왕자 1명에게만 수백 명이 달라붙어 머리끝에서 발끝까지 돌보게 합니다. 옷 하나에도 금박으로 수를 놓아 입혔으니 그 모든 부귀영화는 그들이 지배한 나라 사람들의 고혈일 겁니다.

프랑스는 뮤지엄 패스권을 사서 자유롭게 박물관이나 미술관 등을 다닐 수 있습니다. 그곳에도 약탈의 그림자가 서려 있습니다. 눈이 어지러울 정도로 휘황찬란한 루브르 박물관은 오랜 세월 백성들의 피와 땀으로 세워졌습니다. 지배자와 귀족들은 와인을 마시고 파티를 즐기면서 수많은 전쟁을 일으켰습니다. 백성들이나 식민지 사람들이야 굶어죽든 얼어 죽든 호화롭게 사치를 부리며 살았던 흔적

이연실

을 보는 동안 마음이 자꾸 길을 잃곤 했습니다.

센 강 주변을 따라 세워진 파리의 눈부신 건축물들과 궁궐 또는 루브르 박물관의 벽돌 하나하나에는 프랑스 서민들과 식민지 백성들의 땀방울과 눈물과 피냄새가 배어 있는 것 같아 어디에서도 카메라를 들이댈 수가 없었습니다. 그 건축물들을 위해 노동자들이나 노예들이 무임금으로 노동 착취를 당하고 사고사를 당하면 암매장을 했다니 누구를 위한 희생이었을까요?

이집트는 영국이나 프랑스의 지배를 받은 역사 때문에 대영 박물관이나 루브르 박물관에 본토보다 더 많은 유물이 전시되어 있습니다. 한국 유물이 한국보다 일본 박물관에 더 많이 전시돼 있다면 어떤 심정일까요? 전시된 이집트 유물이 10퍼센트도 되지 않고 나머지는 특수 창고에 보관 중이라고 하니 수탈해 간 양이 상상하기 힘들 정도입니다.

오늘날 이집트는 최고의 명문대 카이로 공대를 나와도 월 30만 원 미만의 급여를 받는 곤궁한 나라입니다. 부정부패도 심해서 이집트 문명의 자존감을 회복하기에는 무력해 보이기만 합니다. 자신의 의지와 다르게 타국의 박물관에 전시된 미이라 등을 보면서 문명의 어머니로 부활하는 그날이 어둡기만 함을 뼈저리게 느낄 것입니다.

대영 박물관이나 루브르 박물관에서 가끔씩 눈을 감았다 뜨곤 했습니다. 눈부신 햇살을 오래 바라볼 수 없는 것처럼 평범함에 익숙하게 살아온 눈동자가 휘황찬란하고 화려한 것들을 쉽게 받아들이지 못했습니다. 섬세하고 아름다운 유물들을 보며 인간의 무한한 상상력과 뛰어난 예술성의 끝은 어디이고 그 반대편 탐욕의 끝은 어디일까 생각에 잠기곤 했습니다. 역사는 항상 승자의 기록이고 흔적입니다. 역사 앞에서 권력이나 부귀영화는 '권불10년이요 화무십일홍'입니다. 그러나 흔적은 명확하고 분명하게 박물관에 남게 됩니다.

지구는 살아있는 박물관입니다. 이 순간을 살아가고 있는 지구촌 사람들은 미래의 유물이고 현재의 보물입니다. 빅토르 위고의 작품 속 장발장은 빵 한 개를 훔쳐서 19년간 감옥생활을 했습니다. 우리가 살고 있는 이 땅에도 실직한 남편 때문에 슈퍼에서 아기 분유를 훔친 젊은 새댁이 살고 있습니다. 결혼을 앞둔 아들의 상견례를 위해 옷을 훔친 어느 노동자도 살아갑니다. 진짜 큰 도둑은 우리 곁의 좀도둑이 아니라 세상의 중심이라 여기며 교만하게 굴었던 선진국들이 아닐까요? 미국과 캐나다는 통 크게 북아메리카 대륙을 훔쳤고, 러시아는 모피 획득을 위해 시베리아를 훔쳐 세계 최대 국가가 되었습니다. 인류의 찬란한 유물을 보여준 그들에게서 설렘을 얻고 뒤틀림을 깨우칩니다.

한국은 일본 등 강대국에 의해 빼앗긴 문화재 7만 4천여 점이 전 세계 20개 나라에 흩어져서 아직 돌아오지 못하고 있습니다. 유물은 누적된 지층 같고 유장하게 흐르는 강 같기도 합니다. 인간을 둘러싼 삶의 흔적과 몽환적인 순간들입니다. 그 가치는 고유하고 과거와 미래의 생명처럼 거대합니다. 타국에서는 박제된 유물일 뿐입니다. 저마다 원래의 자리로 돌아와야 영혼으로 되살아나겠지요?

이연실

05

마카오의 현자

오늘의 한국은 정상이 비정상처럼 보이는 나라가 되어 있습니다. 투기나 투자의 괴이한 광풍으로 국가도 개인들도 휘청거리고 어지러운 세상이 되었습니다. 전 세계 특히 신흥 재벌들이나 졸부들이 일부러 돈 자랑을 하러 간다는 마카오에서 많은 생각이 들었습니다. 같이 동행했던 한국계 중국인 여교수는 자기 남편이 마작에 빠져 집안을 풍비박산 내서 이혼한 기억을 떠올리며 마카오 여행 내내 트라우마에 시달렸습니다.

저는 돈과는 거리가 먼 사람이라 그런 도박 세계에 관심이 없습니다. 돈이 많은 사람이었다면 매우 위험한 사람이 되었을 겁니다. 한번 빠지면 무섭게 집중하는 성격이라 도박 세계에 발을 들이면 다 잃고 노숙자가 되거나 삶이 망가져 폐인이 될 인물이기 때문입니다. 잃을 게 없으니 그저 마카오의 분위기만 보고 돌아왔습니다.

새해가 바뀌었다고 세상이 크게 달라지지 않습니다. 세상은 여전히 미래를 향해 흘러가고 인간은 지구촌 곳곳에서 이런 저런 모습으로 살아가고 있습니다. 주식 시장의 등락 여부에 따라 아침과 저녁 사이에 조 단위의 천문학적인 자산이 늘었다 줄었다 하는 슈퍼 리치들이 지구촌에 있습니다. 어떤 이들은 평생 손톱으로 바위에 매달리듯 죽을힘을 다해 일해도 자신의 장례식에 쓸 관 값조차 남기지 못하는 경우도 있습니다.

돈에 대해 균형 잡힌 시각을 갖기가 쉽지 않은 세상입니다. 전 세계 인구의 1퍼센트가 나머지 99퍼센트의 부보다 더 많이 소유하고 있는 극단적인 양극화 사회 구조 속에서 우리들은 공존하고 있습니다. 대부분의 사람들은 돈에 연관된 생활을 하며 살 수밖에 없습니다. 동남아의 카지노에서 하룻밤에 60억 원을 탕진한 사람의 기사를 읽었습니다. 심심찮게 필리핀, 캄보디아, 마카오에서 도박을 했다가 매스컴에 나오는 연예인들 또는 스포츠 선수들이 있습니다. 강원도 정선의 카지노에 다니다가 패가망신한 사람들의 이야기들을 듣기도 합니다.

사람들은 '마카오' 하면 가장 먼저 도박을 떠올립니다. 미국 라스베가스나 모나코 등과 마찬가지로 도박이 가장 대표적인 산업이기 때문입니다. 그러나 마카오는 유서 깊은 도시이고 동서양의 문화가 절묘하게 녹아든 곳입니다. 가톨릭 국가였던 포르투갈의 수백 년간 지속된 식민지 영향으로 유명한 성당이 여러 군데 있습니다. 한국 가톨릭 역사에서 빼놓을 수 없는 김대건 신부가 15세의 어린 나이에 한국을 떠나 천신만고 끝에 도착한 섬이기도 합니다. 거기서 10년 동안 어머니도 못 본 채 병약한 몸을 이끌고 성경과 라틴어, 프랑스어, 중

이연실

국어, 영어를 동시에 익히며 사제 수업을 받은 곳입니다.

'돈이 돈이 아닌 땅 마카오'에서 중년의 봉고차 기사 아저씨를 만났습니다. 58년 개띠생이라는 마카오 출신의 봉고차 운전기사는 광둥어를 쓰지만 외국인들에게는 그야말로 생존 영어로 자기 식대로 영어를 재창조해 말을 했습니다.

저는 세계 어디든 낯선 곳에 가면 문명이나 문화가 궁금합니다. 그곳의 자연 환경 속에 몸담고 살아가는 사람들의 삶에 더 끌립니다. 그 운전기사는 전 세계에서 마카오로 찾아오는 이들을 페리항에서 맞이합니다. 작은 봉고차에 태워 원하는 곳에 데려다주는 사람입니다. 그의 아들과 딸의 직장은 카지노라고 합니다. '마카오에서는 큰돈을 돈으로 보면 미친다'고 말합니다. '부처님 가운데 토막처럼 큰돈을 종이로 보아야 마카오 땅에서 살 수 있다'는 그의 말이 잊혀지지 않습니다.

불완전한 영어를 쓰지만 그의 눈치 하나만큼은 9단이었습니다. 돈이 사람보다 더 대접을 받는 마카오 출신다웠습니다. 시내 투어를 하는 봉고차 이용료를 협상할 때 돈을 한 푼이라도 외국인들에게 더 받아내기 위해 조바심에 가까운 행동을 합니다. 살기 위해 더욱더 발달했을 그의 속이 다 들통나는 모습이 결코 밉지만은 않았습니다. 투박하지만 그렇게라도 적은 돈에 연연해하는 모습이 차라리 인간적인 모습으로 보였습니다. 그는 가장으로서 열심히 살며 가족들을 부양했을 겁니다. 속내를 다 알아챘으나 슬쩍 져주는 척하며 그가 좋아할 조건을 먼저 제시하고 일행과 함께 다니면서 대화를 나누게 되었습니다.

'오늘 마카오에서 당신같이 친절한 분을 만나 행운'이라고 말해주었더니 사진사를 자청하고 나섰습니다. 그는 평생 외국인들을 상대로 낡은 봉고차를 운전하며 살았습니다. 건실하고 나름대로 인생관이 뚜렷했습니다. 50대 후반의 외모가 70대를 훌쩍 넘어보였습니다. 얼굴의 굵은 주름이 고생을 많이 한 흔적으로 남았습니다. 그 흔적에 일생 동안 묵묵히 자신의 길을 걸어온 삶이 묻어났습니다.

세계적으로 유명한 카지노를 자랑하는 마카오답게 페리항 가깝게 있는 카지노 거리는 과연 독특했습니다. 웅장하고 화려하고 거대한 건축물들이 보는 이들을 압도했습니다. 그 화려한 곳에서 유창한 영어로 안내직 일을 하러 온 네팔 청년을 만나기도 했습니다. 중국 본토에서 늙으신 부모님을 모시고 효도 관광을 온 젊은 부부도 만났습니다. 현란하고 휘황찬란한 마카오의 카지노 현장이지만 한 켠에는 운전기사같이 일생 동안 단 한 번도 카지노에 한눈을 팔지 않고 살고 있는 사람들이 대부분입니다.

수백 년 된 벵갈 보리수나무 아래 의자에 앉아 그 마카오 봉고차 기사와 함께 마카오 전통 음식을 먹으며 많은 얘기를 나눴습니다. 그 순간에도 각양각색의 인종과 민족들이 우리 곁을 지나갔습니다. 그는 외국인들의 걷는 모습만 봐도 어느 국적인지 맞춘다고 자랑했습니다. 신기하게도 멀리서 걷는 이들을 보고 국적을 다 맞췄습니다. 운전기사 일보다 길바닥에 돗자리를 까는 게 좋을 듯해서 혼자 미소를 지었습니다. 같은 동양권이자 동북아 사람들인데도 미묘한 차이가 있다고 합니다. 그는 중국인, 한국인, 일본인 하며 아시아권 5개 팀을 척척 다 알아냈습니다. 멀리서 걸어오는 이들의 언어를 들어본

이연실

현자가 있는 카지노의 무대 마카오

것도 아닌데 발걸음과 제스처 그리고 옷차림으로 정확히 맞췄습니다. 한국인들은 등산복을 많이 입고 다닌다고 해서 보니 실제 그런 차림새여서 그와 박장대소를 하며 웃었습니다.

단순히 구경차 난생처음 보는 마카오 도박장은 정신을 쏙 빼놓을 것 같았습니다. 그곳은 별천지였습니다. 한 번도 본 적 없는 독특한 풍경이 끝없이 펼쳐졌습니다. 윗층 아랫층 모두 바깥 인간 세상과 전혀 다른 외계인 행성에 와 있는 듯했습니다. 부부 동반이나 친구끼리 관광을 온 중국인들이 압도적으로 많았습니다. 세계 어딜 가나 많은 중국인들의 숫자 싸움은 마카오의 카지노에서도 예외가 아니었습니다.

카지노 도박장 안을 둘러보다가 전신을 명품으로 도배한 30대 중반의 중국계 남자를 보았습니다. 가죽 가방에서 고액 달러 신권을 뭉

텅이로 꺼냈습니다. 동그라미가 여러 개 붙어있는 달러를 뭉치째 보라는 듯이 탁자에 가득 올려놓았습니다. 그는 몇 분도 안 돼 웬만한 사람의 연봉보다 훨씬 많은 돈을 모두 잃었습니다. 수천만 원도 더 되는 돈을 구름과자 사먹듯 쉽게 날렸습니다.

마카오 카지노에는 여행 삼아 왔다가 재미로 한번 노름을 해보는 이들도 있지만, 실제 돈을 자랑하러 오는 이들이 예상 외로 많다고 합니다. 어느 졸부의 아들이 '내게 유일한 고민은 돈이 많아도 너무 많은 것'이라고 말할 정도랍니다. 전 세계의 즐비하게 우뚝 솟은 빌딩마다 각각 주인이 있는 것만 봐도 그렇습니다. 한국에도 강남에 2백 채의 빌딩을 소유하고 있는 사람이 있습니다. 유명 교수 집안입니다. 아파트를 2천 채 가까이 소유한 사람도 있으니 세상에는 돈이 넘치는 사람이 많기는 많은가 봅니다.

도박장 화장실 앞에서 어느 여인이 넋을 잃은 채 울고 있었습니다. 얼마나 울었는지 눈이 통통 붓고 눈동자가 토끼 눈처럼 빨갛게 충혈된 30대 중국인이었습니다. 아마 그 여자는 카지노 도박으로 전 재산을 날린 사람이거나 도박 중독에 빠진 남편을 찾아 마카오에 왔을지도 모릅니다. 사연이야 알 수 없지만 마치 도박장은 눈물을 흘리는 곳이라고 상징적으로 말하는 것 같았습니다.

마카오에서 홍콩으로 돌아올 때 페리 옆 자리에 중국 본토에서 왔다는 중국인 사업가가 있었습니다. 그는 자기의 친구 이야기를 들려줬습니다. 자기 유럽 친구 중에 큰 사업을 하는 이가 있었는데 마카오 도박장에서 노름에 중독돼 회사 7개를 다 잃었다고 합니다. 오늘날 거의 노숙인이 되었다며 '마약보다 무서운 게 도박'이라는 말을 강

이연실

조했습니다. 한국에서도 '노름에 빠진 사람의 손을 자르면 발가락으로 화투장을 헤아린다'는 옛말이 있습니다. 자기 절제가 얼마나 중요한지 그리고 인간이 이성을 잃으면 삶이 어떻게 망가지는지를 생각하게 합니다.

돈은 인간의 욕망을 채울 수 있게 합니다. 모든 것을 얻을 수 있는 마력을 지녔습니다. 세상의 사건과 사고에는 돈이 연관돼 있습니다. 세상 모든 문제의 95%는 돈으로 해결할 수 있다고도 하지요. 돈으로 사랑도 살 수 있는 세상입니다. 마카오 최고의 부자는 당연히 카지노 재벌입니다. 중국계와 포르투갈계 혼혈인인 그에게는 공식적인 아내만 해도 네 명이 있답니다. 마카오 슈퍼 리치인 그는 남자들이 원하는 모든 것을 다 가지고 있습니다. 돈과 명예, 권력, 여자들이 수순처럼 따랐을 것입니다.

그 마카오 카지노 재벌은 현재 90대라서 장수운까지 타고 났습니다. 하지만 그 마카오 재벌이 죽을 때 금화 한 개, 사랑하던 여인들의 머리카락 한 올 가져갈 수 없습니다. 존경받는 인물일지는 알 수 없으나 마카오에 고용 창출을 한 인물로는 기억될 수 있을 겁니다. 그러나 얼마나 많은 이들이 그곳에 와서 재산을 탕진하고 가정이 파탄나고 자살로 생을 마감했을까요? 한국에도 정선 카지노 때문에 삶이 파멸돼 생을 등진 이들이 허다합니다.

마카오에서 홍콩으로 돌아올 때 바다는 그저 출렁거리고 물고기들은 자유롭게 뛰어놀았습니다. 그 바다는 욕망이 들끓는 세상과 저만치의 거리에 있었습니다. 페리 창밖으로 펼쳐진 망망한 바다를 보며 반세기 동안 지녀왔던 수많은 욕심을 생각했습니다. 사람의 일생이 끝날 때 무엇이 남고 무엇을 가져갈까 생각해 보았습니다. 남는 것은 삶의 흔적이고 가져갈 것은 사랑한 사람들의 이름과 추억일 것입니다.

오늘도 마카오의 봉고차 기사는 마카오 페리항 무더위를 피하려 나무 그늘에 앉아 있을 겁니다. 페리항에 외국인들이 쏟아져 나오면 1달러라도 더 벌려고 흥정을 할 게 틀림없습니다. 그는 자기답게 사는 방법을 잘 알고 있는 마카오의 현자입니다. 그는 어느 길에서나 반갑게 손님을 맞이합니다. 어느 길로 가는지 잘 알고 있고 어느 길이 어디로 연결되어 어느 곳에 닿을지 잘 헤아릴 줄 압니다. 그 세상이 비록 좁은 골목이고 작은 도시의 일부분이라도 그곳의 매력을 사진에 담아줍니다. 그를 통해 나 자신의 모습을 만납니다. 그를 통해 돈을 다시 생각하며 그를 통해 세상을 그려봅니다.

사람이 가장 행복감을 느낄 때는 통장의 잔고 숫자를 확인할 때가 아니라 사랑하는 사람과 음식을 먹으며 대화를 할 때라고 합니다. 누구든 자기 삶답게 살면서 마카오의 기사처럼 자기 일에 집중하며 살아야 할 것입니다. '내 삶이 아닌 카지노 노름을 보며 단순하게 사니까 행복하다'는 그의 말이 자꾸 생각납니다. 그의 얘기가 새삼 공자의 가르침 못지않다는 생각이 들었던 마카오 기행이었습니다.

저에게는 참으로 신기하고 영화 같은 다국적 인연들이 많습니다. 다 모으면 책으로도 나올 만큼 각양각색의 인연과 진귀한 스토리가 넘칩니다. 한국계 중국인 여교수와의 특별한 인연도 있습니다. 그녀는 강릉 출신 어느 독립운동가 어른의 후손입니다.

중국 심양이 고향인 김 모 여교수는 할아버지가 만주에서 독립운

이연실

동을 하셨기에 그곳에서 태어났습니다. 저보다 몇 살 많은데 당시에 중국에서 피아노를 치고 온갖 악기를 배운 드문 경우입니다. 지금 60대 초반입니다. 김모 여교수의 친구가 중국인 한족 출신 여성입니다. 그 한족 여성이 예전에 캐나다 유학을 다녀왔고 싱가포르 국적을 취득했습니다. 그녀의 이름은 헬렌입니다.

우리들은 그녀의 아파트에 머물며 홍콩과 마카오를 여행 다녔던 추억이 있습니다. 몇날 며칠 한국어, 중국어, 영어를 동원하여 다양한 주제로 대화를 나누곤 했습니다. 살다보면 모든 인연은 예기치 않게 오고 삶을 아름답게 수놓는 아름다운 무늬가 됩니다.

'돈이 돈이 아닌 곳이 마카오'였습니다. 트럼프와 비교할 때 소유 측면에서 저는 솔개미 한 마리만도 못하지만 가끔 그보다 행복할 때가 있습니다. 가진 게 없으니 잃을 것도 없어서 그런가 봅니다. 물질적 소유로 본다면 저는 법정 스님의 무소유 삶을 몸소 실천한 사람에 듭니다. 이 자본주의 사회에서 마음만 부자이지만 좋은 인연이 셀 수 없이 많아 행복했으니 이만하면 충분히 족합니다.

도덕경에는 '족함을 알면 치욕을 당하지 않고 멈출 줄 알면 위태롭지 않다'는 말이 있습니다. 자기 생활에 안분지족할 수 있는 사람이 진정 행복한 사람이라는 뜻이겠지요.

06

유타주에서 온 여대생들

'지프로'와 '만'은 미국인들로서 간호학을 전공하는 여학생들입니다. 그녀들은 아메리칸 원주민들의 말로 '산에 사는 사람들'이라는 뜻의 유타주 출신들입니다. 한국에 온 그녀들을 저의 집에 초대해 다채로운 대화를 나눴습니다.

지프로는 매혹적인 푸른 눈을 가졌습니다. 단정하고 순수하며 무척 단아합니다. 그녀의 외가는 이탈리아 토리노이고 친가는 네덜란드계라서 그녀의 가족들은 대개 키가 장대같이 큽니다. 전 세계에서 가장 키가 큰 종족인 남수단의 딩카족을 제외하고 백인계에서는 네덜란드 사람들의 평균 키가 185cm입니다. 제가 "가족들 중 할아버지나 아버지의 키가 2m 가까이 되지 않느냐?"고 물으니 까르르 웃으며 신기한 표정을 지으며 "맞다"고 시인했습니다.

한편 만의 아버지는 독일계이고 어머니는 스웨덴계입니다. 그런데 유독 까만 머리가 독특해서 "혹시 머리카락을 검은색으로 염색을 했느냐?"고 물으니 "그렇다"고 합니다. 대개의 세상 여자들은 마릴린 먼로 같은 금발을 만들려고 하나 이 아가씨는 한국인 같은 까만 머리가 아름답다며 검은색으로 염색해 클레오파트라 같았습니다.

사람들은 대를 이어 입맛이 유전됩니다. 이 자연스런 현상을 두 아가씨를 통해서도 실감했습니다. 지프로는 이탈리아계이므로 피자 빵이나 파스타 종류를 좋아하지만 독일계 핏줄인 만은 곡류나 견과류가 들어간 담백한 빵을 즐깁니다. 물론 맥주를 좋아할 것 같으나 종교적인 이유로 밀밭 근처도 지나가지 않는답니다.

지프로와 만은 18개월 일정으로 한국에 와 있습니다. 유타주에는 한국인이 거의 살지 않아서 그녀들이 본 한국인이라고는 한국에서 입양된 어느 한 여학생이 전부랍니다. 한국에 오기 전 남한에 대해 알고 있었던 사실은 딱 하나 한반도가 남한과 북한으로 분단된 나라라는 것뿐이었답니다.

이 여대생들이 한국 땅에 와서 엄청난 충격을 받고 한국에 흘딱 빠져 있습니다. 한국이 이렇게 아름답고 매력적일 줄 상상도 하지 못했다고 합니다. 한국의 음식, 자연 환경, 문화, 도시 풍경, 사람들 등등 모든 게 자신들의 예상과 짐작을 능가하는 멋진 나라라고 입을 모읍니다. 그들은 '한국은 어딜 가나 있을 것은 다 있다'며 매우 감탄을 합니다.

불과 작년까지만 해도 한국에 대해 문외한이었던 벽안의 아가씨들이 김치찌개, 만두, 삼계탕, 김, 라면, 떡국, 불고기, 잡채 모두 환상적이라고 극찬을 합니다. 생소한 한국 음식들이 입맛을 완전히 사로잡았다며 한국 음식 만들기를 배우고 싶어 합니다. 덧붙여 미국에 한국 음식점들이 많이 진출하면 좋을 텐데 왜 유타주에서는 한국 음식을 찾기 어려운지 의아하다고 합니다.

이 20대 아가씨들은 한국에 오기 전 해산물을 먹어 본 경험이 딱 한 번밖에 없었다고 합니다. 사실 그녀들뿐 아니라 미국의 내륙에 있는 주 출신들은 해산물을 매우 낯설어 하며 회를 먹어 본 경험이 거의 없습니다. 그런 그녀들에게 한국의 거리에 흔한 횟집들이 놀라운 풍경입니다. 미국에서 해산물은 비싼 식재료입니다. 해안가가 아니라면 모두 비행기로 공수를 해야 하기 때문입니다.

차를 타고 나가면 5분마다 풍경이 바뀌는 한국 자연의 아기자기함을 부러워합니다. 이 두 아가씨들뿐 아니라 대륙에서 왔거나 영토가 넓은 나라 사람들은 몇 시간 동안 끝없이 계속 같은 풍경만 보는 경우가 많아서 그렇게 느낄 겁니다.

지구상에는 가도 가도 옥수수밭, 감자밭, 목화밭 또는 해바라기밭이 몇 시간씩 보이는 광활한 지역이 많고 산은 구경도 할 수 없는 땅도 많기 때문입니다.

그녀들은 졸업한 뒤 간호사로 취업하면 부모님을 모시고 반드시 한국 여행을 다시 오겠답니다. 두 아가씨들의 부모님들은 자신의 딸들을 통해 한국에 대해 알아가고 있습니다. 태평양 건너의 딸들에게서 듣는 것마다 매우 놀라워하며 한국으로 여행을 오고 싶어 합니다. 유타주에서 다른 주로 비행기를 타고 가서 다시 아시아로 오는 수천 Km의 긴 여정에 드는 경비도 만만치 않을 겁니다.

유타주의 문화와 한국의 문화는 대부분 정반대입니다. 거리마다 술집이 있고 아가씨들도 담배를 피우는 나라, 컴퓨터 게임이나 TV

이연실

서부극의 무대 미국, 유서 깊은 유타주

시청이 일상인 한국인들이 그들의 눈에 경악스러운 건 당연합니다. 그녀들이 살아온 유타주는 3백만 명 인구 중 75퍼센트가 몰몬교도라서 미국 내에서도 매우 독특한 문화를 이어가고 있습니다. 유타주에서 술집, 담배, 오락 문화는 찾아보기 힘들며 가족과 교육 중심으로 생활을 합니다. 언젠가 유타주가 미국에서 교육 수준이 가장 높은 주라는 기사를 읽은 걸 그녀들을 통해서 다시 실감하게 된 셈입니다.

그들은 누구나 선교 활동비용도 자비로 부담합니다. 현재 극소수 나라를 제외하고 8만 8천 명의 선교사들이 전 세계로 퍼져나가 봉사를 하고 있습니다. 남자들은 24개월, 여자들은 18개월의 해외 봉사 기간 동안 몸과 마음과 영혼의 정결을 서약한다고 합니다.

젊고 발랄한 그녀들은 술을 전혀 마시지 않고 담배나 카페인이 든 일체의 음료수도 가까이 하지 않습니다. 선교 기간 동안 컴퓨터 게임을 하지 않는 건 물론 TV도 시청하지 않습니다. 낯선 세계에 대한 적응력과 자기 절제, 다른 문화권 사람들과의 소통과 자기희생 등을 통해 더 건강하게 살아갈 소중한 경험을 하고 있다고 합니다.

지프로와 만은 몇 달 뒤 미국으로 돌아가지만 그들은 이미 한국을 제2의 조국처럼 좋아하고 꼭 다시 오겠다고 합니다. 그녀들이 떡볶이 만드는 법을 가르쳐 달라고 부탁해 얼떨결에 알려 주었습니다. 가장 자신 없는 분야가 음식이건만 기꺼이 그녀들의 부탁을 들어준 건 맛이 없어도 이게 오리지널일 거라고 믿을 것이므로 걱정할 이유가 없습니다. 이미 한국과 한국인들을 너무나 좋아하는 외국인들에게는 이 또한 작은 한류의 시작일 거라는 믿음 때문입니다.

이연실

우리는 동시대에 태어나 함께 살아가는 지구촌 이웃입니다. 집으로 초대된 두 미국의 아가씨는 동양의 낯선 집까지 머나 먼 길을 왔습니다. 낯설음은 늘 서로를 끌어당기나 봅니다. 저는 누구든 낯선 이들을 귀한 손님처럼 대했고 그들과의 대화를 통해 세상을 배웠습니다. 인간은 서로의 다름과 어색함도 품으면 자연스러워집니다.

　그녀들의 눈빛만으로 지프로와 만이 살던 땅과 풍경을 느꼈습니다. 우리는 모든 것이 다른 배경을 갖고 한 자리에 모였습니다. 낯선 이웃들이 서로를 존중하고 배웠습니다. 인간에게서 풍기는 사람의 향기란 이런 게 아닐까요?

　우리도 모르는 사이에 서녘 하늘에선 얼마나 무수한 별들이 오늘도 나타났다가 사라질까요? 우리 곁의 수많은 다국적 이웃들이 얼마나 많이 우리들 모르게 생을 스쳐갔을까요? '지프로'와 '만' 두 발랄한 아가씨처럼….

07

시리아 변호사 친구와의 재회

거의 반년 만에 시리아 젊은이와 다시 만났습니다. 대한민국 시리아 유학생 1호 압둘와합입니다. 그에 관한 책이자 그의 글도 실린 책이 출간되어 축하 겸 여러 소식도 듣고 싶었습니다. 압둘와합은 원래 변호사였고 한국에서는 박사과정을 밟고 있습니다. 올해 라마단 마지막 날 대학 근처 편의점에서 만난 그는 예전보다 표정이 밝았습니다. 이제 한국 국적도 취득한 상태입니다. 그는 프랑스 유학을 준비하던 중 시리아에 와 있던 한국인을 길에서 우연히 도와주면서 한국을 처음 알게 되었다고 합니다.

시리아 변호사 친구가 쓴 놀라운 이야기

사계절이 있고 역사가 깊으며 과

이연실

거 종교나 정파 또는 민족을 떠나 우수한 인재가 일하던 시리아, 인구는 수니파가 많지만 집권한 아사드가 시아파라서 아사드 정권의 측근이 모두 시아파입니다. 강대국들의 각축전으로 고향을 떠난 시리아 난민이 터키에 4백만 명, 레바논에 1백 40만 명, 요르단에 1백만 명, 유럽에 1백만 명 있습니다. 지금까지 팔미라 등 수많은 인류 문화의 보고가 무참히 파괴되었습니다. 우리는 여전히 강대국이나 인간의 탐욕이 얼마나 위험한 짓인지 생생히 목도하고 있습니다.

한국에 사는 시리아 사람은 1천 500명 정도입니다. 2020년 12월 기준 인도적 체류자 1천 231명, 난민 인정자 5명입니다. 저는 3년 전쯤 제주도에서 시리아 난민 2명과 이야기를 나눈 적 있습니다. 이태원에서 알바를 하는 유학생, 사업가 그리고 연수를 받으러 온 의사 등 시리아 출신들이랑 대화를 했었습니다. 그들의 고국인 시리아를 떠나온 얘기를 할 때마다 제 마음이 안타깝고 저리곤 했습니다. 시리아나 한국이 강대국들의 각축전이 되어 있기에 더 동병상련을 느끼는가 봅니다.

시리아는 한국인들이 많이 가보지 못한 나라입니다. 그러나 과거 육상 실크로드의 핵심 교역국이었습니다. 석유나 가스 또는 지하자원이 풍부한 나라이며 인구에 비해 나라가 커서 먹고사는 걱정도 없었습니다. 무역이 발달해 수천 년간 활발했고 나라가 아름다워 여행객도 많이 찾았습니다. 시리아가 지도자를 잘 만나지 못해 이렇게 무너진 것을 봅니다. 시리아 난민 소식을 들을 때 또는 그 나라 출신 사람들을 보면 제 심경이 매우 복잡해집니다.

시리아는 아랍 22개 나라 중 한 국가입니다. 리비아의 카다피, 이라크의 사담 후세인이 죽은 후에는 유일하게 친러시아 국가입니다.

시리아에서 대통령 부자지간이 1970년부터 50년 이상 독재를 하며 사달이 났습니다. 시리아 독재자에 반발한 혁명이 일어나자 아사드를 밀어주는 러시아가 와서 반정부군은 초토화되었고 지난 10년간 50만여 명이 목숨을 잃었습니다. 시리아가 러시아판으로 될 것을 염려한 미국이 IS를 비롯한 극단 테러 집단들을 소탕한다는 그럴 듯한 구실로 개입하고 있습니다.

아사드가 이슬람교 중 시아파 신자여서 시아파의 종주국인 이란이 아사드를 후원해 줍니다. 러시아와 이란은 미국의 앙숙이므로 시리아 국민만 이래저래 새우등이 터지고 있습니다. 아사드는 지금 완전히 러시아의 꼭두각시입니다. 시아파의 종주국인 이란의 눈치도 봐야 해 이러지도 저러지도 못하고 허수아비 정권이 되고 말았습니다.

그 외에 카타르, 사우디아라비아, 터키 등이 개입돼 시리아의 앞날은 험난하고 불투명합니다. 프란치스코 교황도 시리아 내전을 가리켜 "역사상 최악의 인도주의적 재앙"이라며 내전 종식을 촉구할 정도로 국제사회의 우려가 큽니다. 죽어 나가는 것은 언제나 힘없는 백성들입니다. 아사드는 인재를 쓰지 않고 자기 말만 잘 듣는 세력들이나 조폭 두목 등을 장관에 앉히는 등 돌이킬 수 없는 짓을 저질렀습니다. 아버지와 아들로 이어진 시리아 독재자 대통령이 석유 자원을 팔아 해외로 돈을 빼돌려 국가가 파탄이 났습니다. 현직의 알 아사드 대통령은 최근 4선에 성공했습니다. 2000년에 취임한 그는 오는 2028년까지 권력을 보장받게 되었습니다.

압둘와합을 만난 날은 라마단의 마지막 날이었습니다. 그가 고향에 있었으면 이프타르 축제를 했을 것입니다. 공부하러 한국에 온 사

이연실

이 전쟁이 일어나 10년 이상 지금까지 가족도 만나지 못하고 고향에도 가지 못하고 있습니다. 타국에 와서 열심히 공부했고 지금은 법학 박사 과정을 밟고 있는 압둘와합, 이 젊은이는 영어, 아랍어, 한국어가 능통해 무역 관련 전문 변호사로 일하기를 원합니다. 이미 시리아에서 변호사였으니 일을 잘할 겁니다.

제가 예전 같았으면 라마단을 마치는 기념으로 할랄 레스토랑에 가서 맛있는 식사라도 대접하며 격려와 응원을 해줬을 겁니다. 그러나 본의 아니게 삶의 크레바스에 갇혀 있는 저로서는 그냥 작은 딸기 한 상자를 선물해 줬습니다. 그가 얼마나 고귀한 일을 하는지 알고 있기 때문입니다. 학생 신분이지만 〈헬프 시리아〉 운동을 펼쳐 터키와 시리아 국경 근처에 지인들이랑 협력해 학교를 지었습니다. 현재 1천 명의 시리아 난민 어린이들이 공부하고 있습니다. 인간이 살아가는 데 필요한 모든 것들이 다 귀한 시리아입니다.

50년 전만 해도 한국과는 비교할 수 없이 다 가졌던 시리아를 부자지간 독재자가 쑥대밭으로 만들었습니다. 한국은 고 박정희 대통령과 국민이 그 세월에 기적을 이뤘습니다. 시리아 친구와 우리는 지구촌 이야기, 중동 정세, 인류 역사와 문화 그리고 현실 문제 등 많은 대화를 나눴습니다. 시리아가 지도자를 잘못 만나 비극을 겪는 사이 오늘날 한국은 우수한 인재들이 넘치건만 지도자가 계속 헛발질만 합니다. 한국은 지난 4년간 최고의 선수단을 이끌고 수년간 제대로 골인 한 번 못 하고 동네 축구를 하고 있는 셈입니다.

우리도 과거 1·4후퇴 때나 한국전쟁 때 남녘으로 부산으로 난민들이 몰려들었지요. 우리가 잘사는 나라의 밀가루 원조로 살아났듯이 시리아 난민들 역시 무슨 수를 써서라도 부디 이 고통의 시절을 잘 견디라고 기도합니다. 시리아 난민들 중에도 교육만 잘 받으면 세계적인 인물들이 나올 겁니다.

인간은 누구나 늘 희망을 먹고 삽니다. 저 역시 매일 아침 눈을 뜨면 희망 한 알씩 삼키며 하루를 시작합니다. 지금은 우리가 모두 마스크를 쓰고 자유로이 이동도 하지 못하는 시대입니다. 서로 식은땀 흘리며 21세기 이 지난한 시절을 통과하고 있습니다. 한국인들이 아무리 숨을 못 쉬게 힘겨워도 차마 힘들다고 입도 뻥긋 못 할 만큼 힘든 이들이 지구촌에는 너무도 많습니다. 한국인의 투정 역시 사치라는 걸 시리아 친구와 얘기하며 또 느꼈습니다.

우리는 입을 옷이 있고 다음 끼니도 있습니다. 고향도 있고 가족도 존재합니다. 핵을 가진 북한이 있으나 눈앞에서 총 소리나 탱크 소리 또는 로켓 폭격을 맞이할 두려움에서는 벗어나 삽니다. 지구상에는 한국인보다 더 가진 것 없는 이들이 95%쯤 될 겁니다. 전쟁의 트라우마로 고통에 젖어 갈 곳 몰라 하는 이들이 이 순간 신음을 하고 있습니다.

압둘와합을 만나고 돌아오며 저는 앞으로 옷을 사지 않기로 결심했습니다. 그리고 하루 두 끼만 먹기로 다짐도 하게 되었습니다. 옷장에 넘치는 옷들을 다 입어도 낡아서 기워 입는 일이 없을 만큼 새 옷 수준의 옷이 한국인에게는 많습니다. 한국인들이 과도하게 먹고 마시고 입으며 살면서 대부분 삶에 고마움을 모르고 사는 듯합니다. 인간은 풍요로울수록 잔잔한 삶의 만족을 잊어갑니다. 지금 이 순간도 고마움으로 하루를 시작합니다.

이연실

08

자랑스러운 세계 태권도 축제

2015년에 저는 '2015 세계 태권도 한마당' 행사에 다녀왔습니다. 태권도는 1988년 서울 올림픽 때까지만 해도 시범 종목이었습니다. 2000년 시드니 올림픽 때부터 정식 종목이 됐습니다. 베트남 전쟁 당시 미군을 통해 태권도가 전해지기 시작했다고 합니다. 현재까지 200여 개 나라에 전파돼 있습니다. 그해엔 60여 개 나라에서 태권도 종주국 한국을 찾아왔습니다.

행사를 주최한 한국 국민으로서 자부심을 느끼기도 했지만 구석구석 개선 사항이 보였습니다. 외국 손님들에게 미안하고 부끄럽고 마땅한 대책도 없어 등에서 식은땀이 날 것 같았습니다. 한순간 수천 명이 쏟아져 나오는데 택시나 버스가 제대로 연결되지 않았습니다. 교통 방송이나 지역 방송 또는 언론이 협력해 미리 택시들이 일렬로 줄을 서서 마치는 시간에 맞춰 대기하고 있도록 배려도 했어야 합니다.

외국인들은 그 더위에 택시를 잡을 수 없고 콜택시를 부르지도 못했습니다. 외국인들이 지역 자원봉사자들에게 말을 걸어 봐도 서로 의사소통도 안 되는 데다 짐가방을 끌고 어깨에 메고 손에 들고 무한정 무더운 아스팔트 위에서 진땀을 흘리고 있었습니다. 한숨과 탄식, 불만의 소리가 여기저기서 들렸습니다. 그들이 부러워하는 한국의 뛰어난 인프라가 별로 피부에 와닿지 못했을 겁니다. 그들이 호강을 하러 한국에 온 것은 아니지만 최소한 고생을 시켜서는 안 될 것입니다.

한국은 오늘날 외국에서 분야별로 한류 열풍이 불 만큼 고도성장을 이룬 나라입니다. 한국은 전쟁 직후나 보릿고개 시절에는 아프리카 대륙이나 필리핀보다도 못살던 나라였습니다. 경제 개발 5개년 계획으로 초가지붕을 걷어낸 국가입니다. 외국인들의 표현대로 한다면 대한민국은 갑자기 잘살게 된 졸부 국가에 해당합니다. 부인하고 싶지만 부정할 수 없습니다. 그래서 오랜 역사를 지닌 성숙한 선진국의 행사에 비해 기획력과 치밀한 전략이 부족한 편입니다. 특히 다른 세계 박람회나 국제 행사에 비해 체육계 행사는 아쉬움이 더 많이 남습니다.

과일에 비유하자면 한국은 설익은 과일이라는 생각을 지울 수 없습니다. 지구상에는 잘 익은 홍시 같은 나라도 있지만 땡감 같은 나라도 무수히 많습니다. 자연스럽게 익힐 시간이 없이 속성으로 익힌 나라도 있습니다. 한국은 홍시는 못 되지만 다행히 땡감도 아닙니다. 이번 행사를 보면서 카바이트로 단숨에 익힌 홍시를 보는 것 같았습니다.

이 대회는 평택 역사상 가장 큰 국제 행사였습니다. 경기도와 평

이연실

택시에서 6억 원의 예산을 지원한 대회인 만큼 기대도 컸습니다. 1,095명의 외국 선수들과 한국 선수 등 4천 6백여 명이 찾아와 숙박이나 음식점, 교통, 광고 수익으로 10억 원의 지역 경제 유발 효과를 가져올 거라는 장밋빛 전망도 있었습니다. 그러나 제가 경험한 행사는 아쉬운 점이 많은 국제 대회였습니다. 차라리 모르면 속은 편할 텐데 장단점이 잘 보이는 저의 섬세한 부분이 문제일까요?

저는 외국 태권도 선수단장의 초대로 이 행사에 가게 되었습니다. 그는 세계 여러 나라를 다니며 외국 문화에 밝습니다. 저는 행사장에 가기 전부터 외국 손님들에 대한 걱정이 앞섰습니다. 각양각색의 나라에서 왔을 그들에게 무슨 문제가 있을지 충분히 이해하기 때문입니다. 선수단장이나 사범 등을 제외한 학생 선수들은 대부분 한국에 처음 왔을 겁니다. 한류 열풍을 일으킨 나라, 태권도 종주국 한국에 올 때 많은 기대와 설렘을 안고 왔을 겁니다. 그러나 대부분 인천국제공항에 들어선 순간부터 그들에게는 고난이 시작됩니다.

오대양 육대주 출신의 외국인들이 인천국제공항에 들어오면 가장 먼저 먹거리에 충격을 받습니다. 먹을 수 있는 음식을 찾아 공항 안팎에서 이리저리 떠돌아다닙니다. 할랄 전문 식당이나 채식주의자 전용 식당이 거의 없기 때문입니다. 그런 부분에서만 본다면 인천국제공항이 세계에서 손꼽히는 우수 공항으로 선정되는 게 의아할 정도입니다. 인천국제공항이 보다 더 성장하려면 일본의 사례를 보라고 권하고 싶습니다.

일본은 승객들이 경유할 때 인천국제공항이 아닌 자국의 공항을 이용하도록 지자체에서 다각도로 지원하고 있습니다. 그 결과 일본을 경유하는 국제선 항공 승객이 폭발적으로 늘었습니다. 돈 많은 중동 고객들을 유치하려 공항 주변에 할랄 식당을 차리고 모스크를 짓거나 메카 방향을 알리는 화살표 키블라를 표시해 두기도 합니다. 그리고 날마다 5차례씩 기도를 하는 그들을 위해 별도의 기도실 '무살라'를 마련해 뒀습니다. 종교를 떠나 고객의 편의를 맞춤형으로 제공합니다. 과거부터 국제 사회의 흐름을 눈치껏 파악하고 대처하는 능력이 한국보다 뛰어납니다. 이미 백 년 전에 세계 여러 나라에 인재들을 파견시켜 길거리 가로수와 간판 심지어 휴지통까지 사진을 찍어오게 했습니다. 그걸 활용하고 재창조해 냈습니다. 그렇게 해서 경제대국이 된 나라입니다.

요즘 중국이 일본을 따라 합니다. 한국이나 지구촌에 파견된 중국인들 특히 대학생들은 순수 학생인 경우도 드물지만 산업 스파이들이 많습니다. 저는 지난번 서울에서 중국인 교수와 얘기를 나누다가 졸도를 할 뻔했습니다. 중국인들의 야욕과 야망의 발톱 아래 놓인 한국이 정신 차리지 않으면 큰일 나겠다 싶었습니다. 이미 태권도 도복은 발 빠른 중국인들이 장악해 한국에 온 이들이 '메이드 인 차이나' 도복을 사들고 자신들의 나라로 돌아가는 형국입니다.

일본은 인천국제공항이 우수 공항으로 선정되자 재빨리 한국의 약점을 찾아내 변화를 시도했습니다. 시설과 속도 면에서 세계 최고 공항으로 연속 선정된 인천국제공항이 영원히 1위를 할 수는 없습니다. 현재의 고객이 영원한 고객이 될 수도 없습니다. 저는 가끔 인천국제공항에 갈 때마다 여러 가지를 보완하면 좋겠다는 생각을 많이 합니다. 무슬림을 위한 기도실 마련이나 할랄 식당 한두 개 유치하

이연실

는 것이 그렇게 어려운 일은 아닐 텐데요. 시설이야 최우수지만 직접 외국인들의 입을 통해 듣게 되는 불편 사항들을 저는 너무도 잘 압니다. 그러한 것들이 현실에 반영되기를 바랍니다.

어느 나라 출신들이든 외국 사람들은 자신들의 문화를 인정하고 존중하는 나라에 가고 싶어 합니다. 한국에서 지하철을 타면 안내 문구가 한글과 영어뿐입니다. 안내 방송 역시 한국어, 영어, 중국어, 일본어만 나옵니다. 방송은 그렇다 쳐도 지하철 안내 문구는 유엔 인정 6대 언어 정도까지는 표시가 되어야 좋습니다. 싱가포르도 기본 4개 공용어로 표시합니다. 외국인들 중에 한국어와 영어를 모르는 이들도 많다는 것을 인식해야 합니다. 아프리카에서 온 선수들은 영어나 프랑스어에 강합니다. 중앙아메리카 선수 중에는 브라질을 제외하고 스페인어가 유리합니다. 유럽 열강의 식민지 지배를 받은 영향을 조금씩만 고려한다면 지하철역에서 이리저리 헤매며 난감해하는 일을 크게 줄일 수 있습니다.

저는 이번 행사장에 가기 전날부터 난감했습니다. 외국 친구들은 자신들이 지금 한마당에 간다며 그곳으로 오라고 했습니다. 그들은 한마당을 한국의 유명한 지명으로 잘못 알고 있었습니다. 경기도 평택시의 이층 체육관으로 오라고 해야 정확합니다. 오히려 저에게 왜 그 유명한 한마당 장소를 모르느냐고 되물어 그제야 사태 파악을 했을 정도입니다. 세계적인 대회이므로 당연히 한국인인 내가 알고 있을 거라고 믿고 있었습니다.

제가 평택역에 내렸으나 택시 기사들조차 무슨 행사가 어디서 열리는지조차 전혀 모르고 있었습니다. 20여 분 택시를 타고 가는데 행사에 관련된 현수막 2개를 본 게 전부입니다. 평택시의 시민들조차 모르는 국제적인 행사장을 물어물어 찾아갔더니 수십 개국 선수단이 와서 북새통을 이루고 있었습니다. 평택시의 경험 부족과 업무 손발이 맞지 않음을 한눈에 느꼈습니다. 평택시 공무원들이 국제 행사 경험을 별로 해본 적 없어서 그랬는지 여러 가지 아쉬운 게 보였습니다.

선수들이 여기저기서 우왕좌왕한 이유가 있었습니다. 행사장 벽이나 안내판 어디에도 행사 진행 순서를 크게 알리는 걸 찾아볼 수 없었습니다. 안내 책자를 만들어 군데군데 놓았으나 선수들이 운동 연습을 하느라 손에 일일이 들고 다닐 수 없었습니다. 플라스틱 부채도 제작해 놓았던데 입구에서 나눠주지 않았습니다. 더워 죽겠다고 하소연하는 사람들을 놔두고 귀빈석 자리를 차지한 이들에게 선심 쓰듯 나눠 주는 것 역시 보기 좋지 않았습니다.

1986년 아시안 게임과 1988년 서울 올림픽을 치른 나라라고는 믿기지 않을 만큼 여러 분야에서 취약한 것들이 단번에 눈에 띄었습니다. 가장 먼저 30도 넘는 폭염에 시달리며 물을 찾아 길 잃은 양처럼 떠도는 인도 학생들이 보였습니다. 수천 킬로미터나 비행기를 타고 온 나라, 그러나 물을 마시고 싶어도 말이 잘 안 통하고 도와주는 사람이 누구인지도 알 수가 없어 쩔쩔매고 있었습니다. 여러 팀들이 물을 찾다가 지쳐 비 오듯 땀을 쏟으며 계단에 주저앉아 인상을 쓴 채 한숨을 쉬고 있었습니다.

군데군데 정수기를 설치하거나 아이스박스에 물병을 넣어두고 아무나 누구든지 마실 수 있게 했더라면 좋았을 겁니다. 단체 티셔츠를

이연실

입은 행사 관계자들이 나와 있었지만 외국인들은 그들이 누구인지도 모릅니다. 영어로 자원봉사자라고 쓴 노란색 조끼를 입는 것도 한 방법이 될 수 있습니다. 영어를 못 하고 한국어도 못 하는 일부 어린 선수들은 답답하고 괴로워 죽을 맛이었을 겁니다. 땀을 비 오듯 쏟으며 갈증 때문에 괴로워했습니다. 말레이시아 선수, 이란 선수, 베냉 선수, 터키 선수들 역시 도움이 필요하긴 마찬가지였습니다.

점심으로 7천 원짜리 뷔페식을 팔던 곳의 광경은 너무나 충격적이었습니다. 지금까지 경험한 뷔페식 중에서 가장 열악했습니다. 30도가 넘는 폭염 날씨에 비닐하우스에 들어가 밥을 먹는 느낌이었습니다. 가만히 있어도 땀이 나는 날씨에 에어컨 시설이 턱없이 부족해 아예 찜통 같았습니다. 김밥은 시금치인지 어느 재료 하나가 이미 쉬어서 약하게 쉰내가 났습니다. 중국, 일본 정도를 제외하고 거의 모든 나라 사람들이 김을 모르기에 아예 못 먹습니다. 김이나 파래·다시마를 그들은 바다풀이나 이끼로 여기기 때문입니다. 어떤 외국인들은 김을 태운 종이로 오해를 하기도 합니다.

몇 가지 되지 않는 음식 중 탕수육은 죽처럼 풀어져 있었습니다. 대개의 한국인이 외국의 음식 문화에 대해 자세히 모르듯 그들도 우리 음식 문화가 한없이 낯설기만 합니다. 식당에 가면 맵고 짜고 발효 식품이 많으며 나물 반찬이 많은 한국 음식에 처음부터 적응할 수는 없습니다. 인도나 네팔 선수들도 난감해하기는 마찬가지였습니다. 이들은 소고기를 먹지 않습니다. 13억 명 넘는 인구 중 80퍼센트가 힌두교를 믿는 인도와 얼마 전까지 힌두교가 지구상에서 유일하게 국교였던 네팔 등 힌두 문화권 출신들은 소고기를 절대 먹지 않습니다. 수천 년 전부터 소를 신성시 여겨 만일 멋모르고 죽이면 이유 불문하고 감옥에 갈 만큼 엄격한 나라에서 온 선수들입니다. 현재 인도는 지구촌에서 소고기 수출 1위 국가지만 그건 일반 소가 아닙니다. 물소로 일반 소의 사촌 격이라 할 수 있습니다.

힌두교인들은 대부분 철저한 채식주의자들입니다. 그들은 소고기뿐만 아니라 살생을 해서 얻는 어떠한 고기나 햄, 소시지도 거의 먹지 않습니다. 심지어 극단적인 채식주의자들인 자이나교 출신들은 계란조차 먹지 않습니다. 그들 앞에 소시지 볶음도 놓여 있었습니다. 멋모르고 소고기 성분이 섞인 걸 먹으면 배탈 설사에 시달리게 됩니다. 수천 년 동안 이어져 온 음식 문화이므로 이해가 됩니다. 몸이 적응을 못 하고 소화 효소를 제대로 분비하지 못한다고 합니다.

가장 많은 선수단을 이끌고 온 말레이시아처럼 참가국의 4분의 1이 넘는 16개국 이상이 무슬림 국가입니다. 그들은 할랄 음식이 아니어서 한국에서 야채나 생선을 제외하고는 먹을 게 많지 않습니다. 거의 모든 음식점에서 돼지고기와 술을 팔고 있기 때문입니다. 어느 식당에 고기가 있을지라도 소고기, 닭고기, 양고기 역시 할랄 인증을 받지 않은 것이라서 거저 줘도 그들은 쳐다보지도 않습니다. 그런 이들에게 돼지고기 탕수육이라니… 도대체 행사 관계자들이나 그곳 공무원들은 뭐 하고 그 자리에서 월급을 받는지 모르겠다는 생각이 들었습니다.

마요네즈를 넣어 만든 한국식 야채 샐러드 소스 역시 놀랍기는 마찬가지였습니다. 외국인들은 대개 각종 야채를 썰어 식초, 올리브, 소금으로만 섞어 먹는 걸 선호합니다. 한국식 샐러드를 먹고 속이 메

이연실

스꺼워 토하는 사람도 있었습니다. 차라리 다양한 과일이나 견과류, 생선 튀김, 야채 샌드위치나 새우 버거 등을 준비해 놓으면 적어도 운동을 격하게 해야 하는 선수들이 여기저기서 굶고 지친 표정으로 멍하니 앉아 있지는 않을 겁니다.

처음 접한 한국 음식을 먹고 배탈이 나 온종일 밖에 못 나가고 화장실만 오가는 이가 있었습니다. 벤치에 앉아 파인애플 통조림 깡통을 따서 포크로 찍어 먹는 중동 사람들도 보았습니다. 뷔페 음식 주변에서 빈 접시만 들고 겉도는 사람, 양상추만 담다가 생것으로 먹는 사람도 있었습니다. 지구촌에서 누구나 즐기는 감자튀김을 한 봉지씩 나눠주거나 차라리 행사장 주위에 바나나를 한 트럭 실어다 놓고 마음껏 먹으라고 하는 게 차라리 나을 뻔했습니다.

아랍 문화권이나 인도 문화권 출신이 아니어도 오늘날 채식이나 유기농만 고집하는 사람들이 무척 많습니다. 음식 문화뿐 아니라 한국에는 지구촌 이웃들의 다양성을 인정하지 못하는 경향이 매우 큽니다. 우리식 사고방식으로 외국 손님을 맞이하는 행동은 기본 예의가 아니며 대형 국제 행사를 준비하는 자세가 아닙니다. 빨리 탈피해야 합니다. '자기가 배고프면 먹겠지' 하는 식의 태도는 결코 성숙한 시민 의식이 아닙니다. 먹거리는 인간의 삶 속에서 매우 중요합니다. 상대방 나라들의 음식 문화를 잘 알고 인정하고 대비해야 합니다.

중국 문화권 사람들은 대개 따뜻한 녹차나 자스민차를 즐깁니다. 아랍권 국가나 영국 또는 영연방 국가 사람들은 맑은 홍차를 마십니다. 인도나 네팔, 파키스탄 등은 우유를 넣은 홍차를 선호합니다. 대륙이나 인종을 불문하고 각기 차를 날마다 여러 잔씩 물 마시듯 하던 외국인들에게 찬물도 실컷 못 마시게 했으니 큰 결례를 저지른 셈입니다. 체육관 안에는 자판기가 있었으나 외국인들에게는 거의 무용지물이나 다름없었습니다. 차라리 협찬을 받아 그들이 좋아하는 시원한 바나나 우유를 하나씩 선물로 나눠주었더라면 저절로 홍보가 되었을 것입니다. 대부분 외국인들은 자판기에 있는 한글을 읽지 못합니다. 그리고 후진국에서 온 학생 선수들은 자판기 문화가 낯설기만 합니다.

외국 학생 선수들은 음료수를 사 먹고 싶어도 한국 동전이 없거나 바꿀 곳도 없습니다. 체육관 밖에는 푸드 트럭이 커피를 팔고 있는 게 전부였습니다. 후식이라고는 과일도 음료수도 눈 씻고 찾아볼 수가 없었습니다. 멀건 호박죽이 있었으나 몇 가지 없던 뷔페 음식에 그나마 음식 이름이 없으니 정체불명의 음식에 손이 가기 쉽지 않았을 겁니다. 필리핀 사람들이 한국인들에게 별미라며 '발롯'을 차려주는 것과 다를 바가 없습니다. 처음 일본 '나또'를 먹는 것처럼 기이한 체험일 수밖에 없습니다.

이처럼 음식 문화에 대한 배려를 못 해 한국은 관광객을 일본에 거의 다 빼앗깁니다. 마치 한국인들에게 익숙하지 않은 양 머리를 통째로 쪄놓고 눈알이 가장 맛있으니 파먹으라고 하는 것보다 더 심한 고문이 될 수 있습니다. 무슬림 중에서 모르고 돼지고기 성분이 들어간 음식을 먹은 사람은 구토를 하고 배탈이 나 고생하다가 본국으로 미리 떠나기도 했습니다. 어느 나라 선수 관계자는 체육관에서 2시간 거리에 있는 자기 나라 음식을 파는 곳에 가서 끼니를 해결하기도 했습니다.

이연실

이 행사에 한국에 온 60여 개 나라의 손님들은 관광객이 아닙니다. 그들이 한가하게 한국을 체험하기 위해 왔더라면 이것저것 특이한 음식을 먹어보고 고생스럽더라도 뒷골목까지 걸어 다니며 대중교통을 이용해 보면서 고생도 즐길 수 있습니다. 그러나 이날의 행사는 태권도 종주국인 한국에서 열리는 세계 태권도 대회 참석이라는 목적이 분명한 방문입니다. 많은 기대를 갖고 한국에 온 이들이 허기와 갈증에 시달렸습니다. 택시를 못 잡아 허둥대고 도와주는 이도 별로 없으니 귀국하고 나면 한국에서의 아름답고 좋은 추억보다는 힘들고 고생한 기억이 더 많을 게 틀림없습니다.

아나운서가 매끄럽게 사회를 보았으나 어수선한 분위기라 개막 행사에 집중을 할 수가 없었습니다. 걸그룹이 나와 랩을 했으나 주위가 번잡해 귀를 틀어막는 사람들이 많았습니다. 뜻도 모르는 가사에다 귀가 쟁쟁한 상황에서 즐기기란 무리입니다. 아마도 부채춤이 효과적이지 않았을까 생각해 봅니다. 간혹 국제 행사에 판소리를 선보이기도 하는데 외국인들은 전혀 감동을 받지 못합니다. 차라리 눈으로 즐길 수 있고 사진을 찍을 만한 것, 한국 춤 특히 우아하고 아름다운 부채춤을 권하고 싶습니다.

우리나라 큰 행사장에 갈 때마다 정·관계 인사들이 돌아가면서 인사말을 하는 걸 봅니다. 그들의 판에 박힌 격려사에 관심이 없습니다. 한두 명이 간단명료하게 축하 인사를 하고 말아야 하건만 경쟁적으로 얼굴 드러내기식 행사로 진행하는 것도 문제입니다. 그들이 한국어로 시의원 누구라고 소개하는 순간 외국인들은 하품을 합니다. 행사가 끝나고 나면 그들이 어떻게 얼마나 고생을 하며 돌아갈지 상상만 해도 아찔했습니다.

행사를 마친 뒤 평택시 의원들과 행사 관계자 간에 마찰이 있다는 보도를 접하며 오랜 역사와 품격 있는 행사를 치르는 선진국들과 저절로 비교가 됐습니다. 한국의 우수한 태권도 문화와 더불어 외국인들에게 먹거리와 안내를 적극 배려하는 축제가 되기를 바랍니다. 어떤 행사를 하든 언젠가 반드시 다시 오고 싶은 나라, 생각만 해도 미소가 지어지는 나라여야 합니다. 한국의 미래는 의외로 사소한 것들에 달려 있을지도 모릅니다. 그러한 것들이 모여 국가 경쟁력으로 이어집니다. 한국인으로서 누구든 자기 분야에서 진정한 프로가 되는 노력이 절실히 필요해 보이는 대회였습니다.

아프가니스탄 전쟁 참전 시 다리를 잃고 태권도로 자활한 미국 선수와 딸 조이

이연실

09

바그다드에서 온 여인

이라크 여자인 자흐라는 저의 특별한 친구입니다. 자흐라는 아랍어로 꽃입니다.

사실 아랍 친구들이 제게 지어준 저의 아랍 이름이기도 합니다. 그녀를 통해 아랍 세계를 많이 배우고 있습니다. 자흐라와 저는 달라도 너무 다릅니다. 지구별에서 같은 20세기에 태어나 태양과 달을 바라보고 사는데 마치 외계 행성 출신 같습니다. 같이 21세기를 사는 것이 맞나 싶습니다. 타고난 성격, 개인적 기질, 살아온 환경과 문화적 배경, 누리는 문명 등 서로 대화를 하다 보면 모든 게 믿기지 않아서 눈을 동그랗게 뜰 때가 한두 번이 아닙니다. 자흐라와 저 사이에 공통분모가 있다면 이목구비 숫자, 그리고 우리가 여자라는 것입니다.

자흐라는 현재 46세입니다. 그녀는 나이가 저의 셋째 여동생뻘이지만 벌써 손자와 손녀들이 여럿입니다. 그래서 그런지 나이는 저보다 여섯 살이나 적으면서 행동이 가끔 할머니스럽습니다. 제가 여고

생 때인 18세에 그녀는 결혼을 했기 때문입니다. 대개의 아랍 국가는 결혼 상대자 1순위로 사촌이 가장 먼저 지목됩니다. 아주 오래전 한국이나 다른 나라에서 가문과 혈통을 지키기 위해 그랬던 것처럼 말입니다. 사촌이 마음에 들지 않거나 없을 경우 6촌, 8촌, 그런 식으로 범위를 넓히다가 마땅한 연령대가 일가친척에 전혀 없으면 그제야 남과 결혼을 시킵니다. 그녀는 올해 18세인 셋째 아들을 위해 이종 사촌인 17세 여학생을 염두에 두고 있다고 합니다. 그 둘을 내년에 결혼시킬지도 모르겠습니다.

이슬람권뿐만 아니라 외국 대부분의 나라가 지금도 일제강점기처럼 대부분 10대 후반, 심한 경우 15세 전후에 결혼하는 셈입니다. 대개는 한국의 여고생 나이 때 결혼을 합니다. 과거 한국 남자들이 술자리에서 농담으로 했다는 말이 떠오릅니다. "이 세상 삼 중에서 가장 좋은 삼은 인삼도 아니고 산삼도 아닌 고3"이라고 했다는데 다 이유가 있나 봅니다. 인간은 그때가 신체적으로 물이 오르기 때문이라고 합니다. 그래서인지 다국적 친구들 중 18세에 결혼해 지금 손자 손녀가 주렁주렁한 사례가 많습니다.

18세에 결혼한 자신의 딸이 또 18세에 결혼해 여러 자녀를 낳으니 40살이면 할머니가 됩니다. 40대 노총각과 노처녀들도 많은 한국과는 무척 대조적인 현상입니다. 그러니 50대 후반이면 증손주도 태어납니다. 한국은 여성의 평균 수명도 그들보다 15세 이상 높으니 옛날 우리나라 할머니처럼 60살만 되면 행동도 사고도 완전히 할머니가 됩니다. 며느리가 생기면 살림을 며느리가 다 하니까 TV를 보거나 차를 마시거나 손주들과 놀아주는 게 전부입니다. 이슬람권 여인들은 10대 후반부터 20대까지는 늘씬 날씬한데 보통 40대가 되어가면 기본 쌀 한 가마니 무게가 됩니다. 나날이 몸집이 불어나 몸무게가 기본 80kg 이상입니다. 운동을 거의 하지 않고 고기를 많이 먹으며 음식이 대체로 달고 짜고 기름지기 때문이지요.

자흐라는 9남매로 태어나 역시 9남매 속에서 자란 남편과 18세에 결혼을 했습니다. 그녀의 부모님은 자흐라가 여자이고 사회생활을 할 게 아니므로 굳이 많이 가르치지 않았습니다. 그러다 이라크의 육군사관학교 출신이자 얼굴을 한 번도 본 적 없는 친척과 결혼을 한 겁니다. 아버지나 삼촌이 결혼시킬 상대의 사진을 보여준 게 전부, 한국도 한때는 중매로 결혼을 했듯이 결혼식 하는 날 남편의 얼굴을 처음 보았답니다. 사촌인데도 남녀가 유별하기 때문입니다.

자흐라는 부모 세대보다 훨씬 적은 숫자인 5남매를 낳았습니다. 벌써 둘이나 결혼을 시켰는데 자신처럼 18세에 맏딸 루제인이 출가해 37세에 이미 할머니가 됐습니다. 루제인은 어머니 세대와 다르게 결혼 뒤에도 공부를 꾸준히 해 그녀가 외손자와 손녀를 돌봐줬습니

다국적 외국군 장군의 아내들

다. 할머니가 손주를 돌보는 것은 세계 어디서나 숙명인가 봅니다. 그녀의 아들과 딸은 2명 이상 자녀를 낳지 않을 거라니 한국과 비슷해지고 있습니다. 요즘 이라크의 젊은 층들은 서로 사귀다가 이별도 한다니까 많이 변하고 있는 것 같습니다.

자흐라는 자기 집 마당이나 이라크 시내 집 앞에 있는 동네 시장을 빼고는 일평생 혼자서 외출을 해본 적이 없습니다. 출타할 때는 반드시 남편이나 장성한 아들과 동행을 합니다. 자기가 태어난 곳과 시집을 간 시댁을 크게 벗어나지 못하고 일생을 살다간 옛 한국 여인들과 매우 비슷한 경우입니다. 이슬람 문화도 크게 바뀌고 있으나 여전히 봉건적인 건 사실입니다. 한국의 일제강점기 때쯤 될 겁니다. 여자는 태어나 시집가는 날과 죽어서 무덤으로 가는 날만 바깥출입이 허용됐던 천 년 전 이집트 파티마 왕조 때에 비하면 자흐라는 다행인지도 모릅니다.

그녀에게는 취미도 특기도 살림입니다. 중동이나 이슬람권 나라에서는 과거 1등 신붓감의 조건으로 음식 잘하는 여자를 꼽았으니 요리를 잘하면 인기 만점입니다. 외식을 거의 하지 않고 기본 3대가 같이 살며 손님은 집에서 맞이하기 때문입니다. 형제자매가 많아 집안 어른들 생신이라도 되면 거의 100명쯤 모이기도 하니 요리는 가문의 얼굴입니다. 그녀는 손님이 누구든 후하게 대접합니다. 자흐라는 향신료 커민을 넣어 끓이는 차, 항구도시인 바스라 지역의 유명한 레몬을 통째로 말린 걸 넣어 만드는 데자지(닭고기) 수프를 잘 끓입니다. 물론 흰색, 노랑색, 주황색 등 각종 색깔의 쌀밥, 피자, 케이크, 샐러드, 쿠키, 빵 등 모두 다 척척 만듭니다. 양 1마리를 잡으면 부위별

이연실

로 각종 요리를 다 해내는 만능 요리사입니다.

　그녀의 휴대폰에는 남편과 직계 가족들의 전화번호만 입력돼 있습니다. 18세에 결혼해 사회생활을 한 경험도 없어 가족 외에는 입력할 번호도 거의 없습니다. 자흐라는 제가 남편이 아닌 한국 남자나 외국 남자와 통화를 하거나 문자 또는 카톡을 하는 것을 놀라워합니다. 제가 수천 명의 국내외 남자 지인들 연락처를 가지고 있는 것을 보고 깜짝 놀랍니다. 비록 그 숫자가 이성으로서의 남자가 아니라 성별 분류상 남자일 뿐이어도 기절할 일로 봅니다. 업무가 됐든 공적인 일로든, 그녀는 남편과 아들 사위를 제외한 남자들과는 대화도 해본 적 없기 때문입니다.

　자흐라가 외간 남자와 대화할 일은 병원 의사 선생님과 상담할 때밖에 없습니다. 그것도 남편이나 아들의 동행이 이루어집니다. 물론 산부인과의는 여성이어야 합니다. 한국 여성들은 결혼을 하지 않고 자녀도 낳지 않아 산부인과가 운영이 안 돼 폐업하기 일쑤랍니다. 저는 대한산부인과협회에 건의하고 싶습니다. 서울에 이슬람권 여성 전문 산부인과에 여성 의사와 간호사를 두면 좋겠다고 말입니다. 굳이 새롭게 병원을 차리는 것이 아니라 기존 병원에 시스템의 변화를 주면 손님이 줄을 설 겁니다. 현재 국내 거주 20만 명이 넘는 이슬람권 사람 중 절반이 여성입니다. 그녀들도 아이를 낳고 정기 검진도 받아야 하고 수술도 합니다. 전문 산부인과 소문만 나면 지구촌 이슬람권 여성 고객을 많이 흡수할 수 있습니다. 싱가포르나 태국 등이 그런 걸 잘해 큰 수익을 내고 있으며, 싱가포르의 래플즈 호스피탈이나 글랜 이글스 호스피탈이 대표적입니다.

자흐라의 남편은 원래 미국으로 연수를 받으러 갈 수도 있었지만 미국과 한국 중 한국을 선택했다고 합니다. 그 이유를 묻자 "한국이 한국전쟁 이후 세계에서 두 번째로 가난했는데 어떻게 반세기도 안 돼 잘살게 되었는지 너무나 궁금했기 때문"이랍니다. 그녀의 남편과 자흐라가 한국에 2년간 가게 되었다고 하자 집안이나 주위 사람들이 난리가 났답니다. 어떻게 지구촌 유일의 분단국가로서 핵이 있는 북한과 국경을 맞대고 있는 위험한 나라에 가느냐? 경제적으로는 발전했으나 그렇게 개고기도 먹는 나라에 가느냐? 등 걱정을 하면서 말입니다.

지금 이라크 사람들은 자기 나라에서 대문도 마음도 닫아걸고 산답니다. 35년간 각종 전쟁에 시달려 대부분 삶이 팍팍하고 마음의 여유가 없어졌기 때문입니다. 과거 엄청난 풍요를 구가하고 삶을 즐겼던 이들이 제한 송전과 제한 급수에 고통을 받습니다. 평균 기온 40도 전후이고 7월에는 50도 전후인 나라에서 전기가 끊기고 물이 제한적으로 공급되니 무능한 정부를 비판하는 시위가 빈번합니다. 전쟁, 테러, 부정부패로 혼란에 빠져 있습니다. 지금 이라크는 개인이든 사회든 국가든 금융 위기에 처해 있습니다.

자흐라는 자신의 남편이 한국에 와서 연수를 받는 동안 집에만 있습니다. 아침에 남편이 나가면 온종일 기다리다가 오후에 집으로 돌아오면 시장도 가고 주변 산책을 하거나 시내 외출도 합니다. 어쩌다 가끔 다국적 부인들 모임에 나가긴 하나 성격이 내성적이라 말도 거의 하지 않습니다. 침묵의 여왕인 그녀가 유일하게 믿고 대화를 하고 친구처럼 지내는 여성이 저입니다. 그녀의 상황을 알기에 저는 가끔

이연실

시간을 내어 그녀를 데리고 서울 시내 관광을 시켜주거나 바람을 쐬게 해주며 많은 대화를 나누곤 합니다.

1970년대 중동 여러 국가에 나가 건설 관련 일을 했던 한국인 근로자가 30만 명이 넘습니다. 한국인들은 대부분 이라크 사람들의 친절과 호의 그리고 관대함을 지금까지 기억하고 칭찬을 아끼지 않습니다. 자흐라와 제가 서울 거리를 걷다 보면 60대 이후로 보이는 중년 신사들이 그녀의 얼굴을 보고는 "아랍 어느 나라에서 왔느냐?"고 묻는 경우가 여러 번 있었습니다. "이라크 바그다드에서 왔다" 하면 그 순간 초로의 신사들이 감탄하거나 심지어 탄성을 지르기도 합니다.

그 신사들은 "참 좋은 나라 이라크에 또 가고 싶은데 지금 전쟁 중이라 안타깝다." "이라크를 위해 진심으로 기도해 주겠다." "이라크 축구를 응원한다." "이라크는 정말 고마운 나라였다." "이라크 사람들이 너무나 인간적이었다." "시간이 괜찮으면 식사라도 꼭 대접하고 싶다." 등 이처럼 긍정적인 말을 여러 차례 하곤 했습니다. 그분들에 따르면 이라크 현지인들이 굉장히 친절하고 인심이 후했다고 합니다. 당시 이라크 사람들은 어디서 들어본 적도 없는 대한민국이라는 가난한 나라에서 온 한국인들에게 동정을 베풀었습니다. 그들은 인정이 살아있고 측은지심이 있습니다. 한국인들이 길을 물으면 집에 들어오라며 차를 주고 음식도 무료로 주었답니다. 또 여비를 주거나 재워주기도 했답니다. '곳간에서 인심 난다'고 당시 이라크가 매우 잘살던 나라여서 그런 여유도 있었던가 봅니다.

어느 신사는 1970년대에 이라크 남부에 있는 바스라, 한국의 부산항에 해당하는 항구 근처에서 일했답니다. 참고로 바스라는 유프라

테스강과 티그리스강이 합류돼 흐르다가 바다로 흐르는 길목입니다. 바스라에서 한국의 현대 건설 노동자들이 많이 근무했다고 합니다. 건물과 도로 등 한국인들이 만든 건 지금까지도 튼튼하고 문제가 없으나 중국인들이 들어가 공사를 한 것은 3년도 안 돼 부서지거나 무너지거나 도로가 들떠 한국인들이 만든 것과 너무 비교가 된답니다.

이라크 사람들은 전통적으로 춤과 노래를 좋아합니다. 차와 유머도 대단히 즐깁니다. 그들이 어쩌다 들려주는 이야기들은 재치와 익살이 넘쳐 웃지 않고는 못 배깁니다. 그들 할머니나 부모 세대도 5분 간격으로 사람들을 웃게 했다고 합니다. 식탁에서도 너무 웃느라 밥을 제대로 먹지 못했다는데 저도 그들과 여러 번 폭소를 터트리곤 했습니다. 전쟁 중에도 유머를 즐기니 타고난 천성은 시대나 상황이 달라도 여전한 듯합니다. 항상 음악 듣기를 생활화하고 아랍권 인기 가수들에 얽힌 이야기도 들려줍니다. '카딤 알 사헤르'는 이라크 최고의 국민가수였는데 고 사담 후세인 대통령의 아들과 갈등을 겪어 해외 여러 나라에 머물다 이라크로 돌아가지 못하고 지금은 요르단의 수도 암만에 살고 있답니다. 고 사담 후세인 대통령과 그의 아들들은 대부분 죽었지만 남아 있는 그들의 측근들이 그 가수를 암살할 수도 있다고 여기기 때문입니다.

이라크 남자들은 대개 외향적이지만 자흐라의 성격은 온순합니다. 자흐라는 가족들과 여행을 즐기며 사진 찍기도 좋아합니다. 인정도 많습니다. 이라크 사람들은 남에게 베푸는 걸 '신께 드리는 향기로운 예물'로 여깁니다. 그래서 그런지 서울 거리에서 구걸하는 사람들을 우연히라도 보면 천 원짜리 지폐 한 장이라도 꼭 건네줍니다. 그러나 도덕적인 부분에서는 때로 바늘 하나 들어갈 틈도 보이지 않습니다. 특히 여자들에게는 지나치다 싶을 만큼 철저합니다. 보수적인 이슬람권 여자들은 자신의 남편 외에 다른 남자와 말을 하는 것조차 '하람(금기)'이라며 극구 사양합니다. 아직도 많은 이슬람권 나라는 남자나 여자의 순결을 절대시 여깁니다. 특히 여성들이 지켜야 할 최우선 덕목으로 가르칩니다. 결혼식 하기 전날에야, '결혼을 하게 되면 첫날 밤 무슨 일이 벌어지는지' 집안의 고모나 이모 등 어른이 이야기를 해준답니다. 요즘 한국에서는 초등학생들도 다 아는 성교육을 그녀는 집안 할머니에게서 받았답니다.

14세가 넘는 남녀가 악수하는 건 꿈에서도 불가한 일입니다. 조선시대 남녀칠세부동석과 같습니다. 그래서 한국의 지하철이나 거리의 한국 여자들을 보면 입을 다물지 못합니다. 성인 남자나 여자들이 자기 배우자가 아닌 이성과 편하게 이야기를 하는 것만 보아도 매우 신기해합니다. 제가 하루는 사우나와 찜질방 문화 체험을 시켜주려 했더니 그녀는 충격으로 얼굴이 사색이 됐고 금방이라도 울음을 터트릴 것만 같아 금방 나와야 했습니다. 자신의 몸을 남편 외에는 절대 보여주지 않아야 하는데 한국의 사우나에 옷을 벗고 있는 여자들을 보고 기겁을 한 겁니다.

자흐라는 제가 서울에서 혼자 택시 타는 걸 알고 여자 혼자 타는 것에 매우 의아해했습니다. 그걸 모르던 때, 그녀와 함께 택시를 타고 가다 편의점 앞에 잠시 차를 세우고 물을 한 병 사서 택시 안으로 돌아오니 기사와 5분 정도 차에 단둘이 남겨진 그녀의 얼굴은 이미

창백하게 바뀌어 있었습니다. "외간 남자와 택시 안에 둘이 남았는데 택시 기사가 차를 몰고 그대로 가버리면 어떻게 하느냐?"고 거의 원망에 가까운 눈빛으로 저를 바라봤습니다. 이라크 사람들은 집집마다 한 자루씩의 총을 가정상비약처럼 두고 살 정도로 치안이 불안하기 때문에 더 겁을 먹었던 겁니다.

어느 날 자흐라가 옷을 사야 하니 서울 시내에 동행해 달라는 부탁을 했습니다. 양고기 등을 많이 먹고 더운 나라들의 음식 특징대로 짜고 단 음식을 즐기는 그녀는 덩치가 큽니다. 매장에서 아무리 큰 옷을 권해줘도 80kg가 넘어 옷마다 지퍼조차 올라가지 않았습니다. 온종일 발이 부르틀 정도로 수십 개의 매장을 돌아다녀서 가까스로 맞는 옷을 하나 발견하자 그녀가 전화기를 꺼내들었습니다. '우선 남편에게 옷 색깔을 얘기하고 이 옷을 사도 되는지 허락을 받겠다'고 해서 저는 졸도할 뻔했습니다.

그녀에게는 절대자인 하늘의 신과 살아있는 신 수준의 남편이 있습니다. 무슬림으로서 시아파인 그녀에게 가족은 종교와 같고 그녀의 남편은 존경의 대상이자 외경스러운 존재이기도 합니다. 자흐라는 유명 연예인 남성을 짝사랑하거나 열혈 팬이 되는 것도 정신적인 외도나 우상 숭배로 여길 만큼 남편의 털끝 하나까지 신앙으로 여기듯 합니다. 그녀가 여섯 살 많은 남편을 신처럼 대하는 모습을 볼 때마다 한국인들과 너무나 달라 문화 충격을 많이 받습니다. 아마 가부장적인 일부 한국 남자들은 그녀의 헌신적이고 희생적인 면을 보면 다음 생애에라도 그런 대접을 받아보고 싶을 겁니다. 남녀평등을 주장하는 한국 여성들은 그런 이들의 모습을 어느 선까지 인정해야 하

이연실

나 헷갈릴 듯합니다.

그들은 '남자가 머리'라는 종교적 가르침을 철저히 따릅니다. 남편이 집안의 가장인데 자기 마음대로 할 수 없다는 겁니다. 이슬람 여자들은 남편이 모든 권한을 줘도 반드시 물어보고 행동합니다. 특히 종교적으로 원하면 아내를 4명까지 둘 수 있으므로 자하라는 절대 남편의 신경을 거스르거나 화가 나게 하는 행동을 하지 않습니다. 남편이 아내에게 '당신과 살고 싶지 않다'는 말 세 번만 하게 되면 친정으로 돌아가야 하기 때문입니다. 그건 가문의 불명예이고 치욕이므로 여자들은 매사 주의하고 또 조심합니다.

그래서인지 아랍 여성들은 남편이 밖으로 시선을 돌리지 않게 밤낮으로 최선을 다합니다. 그 행동이 경건하기까지 합니다. 의외로 속옷을 가장 야하게 입는 사람들이 이슬람 여성들입니다. 바깥 외출을 할 때는 얼굴과 손만 보이지만 그녀들이 집에 돌아오면 핫팬츠나 민소매 차림입니다. 자흐라가 한국에서 어느 날 제게 선물로 내민 속옷 한 쌍은 지금 생각해도 미소가 지어집니다. 걸리버 여행기의 소인국에서나 파는 잠자리 날개를 연상시키는 속옷을 제가 대학생 딸에게 보여주자 딸은 배꼽이 빠질 듯 웃음을 터뜨렸습니다. 그런 이슬람권 야한 속옷들은 거의 한국인들이 수출한답니다.

그런 그녀들은 잠자리에서는 아랍판 마릴린 먼로가 됩니다. '샤넬 넘버 5' 대신 그들은 다양한 아랍 향료와 향수를 잠옷으로 여깁니다. 가장 관능적인 춤을 추는 이들도 이슬람 특히 아랍 여성들입니다. 대표적인 게 밸리 댄스입니다. 침실에서 남편이 터키산 물담배 시샤를 피우며 식물 씨앗 '헬(커민)'을 넣어 끓인 짜이(차)나 박하 잎을 넣은 홍차를 마시는 동안 아내가 남편을 위해 밸리댄스 춤도 춘다고 합니다. 요염하기 그지없는 동작과 살랑거리는 긴 머리를 뽐내면서 말입니다. 한국에서는 어느 아내가 남편의 아늑한 휴식을 위해 탈춤이든 부채춤이든 춤을 춘다는 걸 본 적도 들은 적도 없습니다. 그들의 필사적인 노력을 일일이 글로 쓴다면 또 다른 문화 충격이 될 것입니다. 그렇다고 자흐라의 남편이 가부장적이냐 하면 전혀 그렇지 않습니다. 매우 자상하여 모든 것을 잘 도와줍니다. 그들의 삶은 한국인들이 상상하는 것 이상으로 다릅니다. 어느 문화권과도 비교 대상조차 없는 독특한 문화입니다.

한류 열풍의 위력은 자흐라를 통해서도 느낍니다. 그들에게 한국 드라마는 충격 자체입니다. 10년 전 20부작으로 만들어진 MBC 드라마 〈슬픈 연가〉의 인기가 대단합니다. 며칠 전 끝났다는데 모두 아랍어로 나온다고 합니다. 그들은 OST를 유튜브로 다운받아 감상합니다. 남자 친구나 여자 친구의 개념 자체가 없을 정도로 보수적이며 남녀유별인 사회에서 한국 드라마가 보여주는 세상은 별세계일 것입니다. 드라마 속에서 남녀 주인공들이 자유연애를 하고 삼각관계인 것, 남녀 배우들이 자유로이 술을 마시는 것, 팔·다리를 다 드러내 놓고 여자들이 종아리는 물론 허벅지까지 보이게 옷을 입는 것 모두 말입니다.

한국 드라마는 수천 년간 고수해 온 그들 문화에 변화의 불을 붙이고 있습니다. 이라크에 사는 젊은이들이 한국어를 익히고 한국 노래를 배우고 한국 문화를 즐긴다고 합니다. 한류 열풍은 이처럼 지구촌에서 철옹성 같던 벽도 허물고 있습니다. 낙타나 당나귀를 타던 아

이연실

랍 사람들이 자동차를 타듯, 말이나 가마를 타던 한국인 후손들이 지하철을 타듯 세상은 무섭게 변했습니다. 속도의 차이일 뿐 중동 사회도 이라크 사람들도 바뀌고 있습니다. 아랍 젊은 여자들의 생각도 크게 열리고 있습니다. 결국 인간은 편리하고 행복한 삶의 방향을 따라갈 것이고, 문화든 문명이든 시간이 낳은 산물이므로 끊임없이 변하고 진화해 가리라 봅니다. 시간과 세월은 국가 간 국경과 지구촌 사람들 내면의 벽도 허뭅니다.

자흐라는 조만간 다시 바그다드로 떠납니다. 이라크 황금기였던 하룬 알 라시드 시대를 저와 이야기하고 정치적으로 사회적으로 안정됐던 과거를 그리워하는 자흐라, 현재 극심한 혼란과 고통을 겪는 그녀의 고국으로 돌아갈 것입니다. 비극의 땅이어도 자흐라가 사랑하는 나라이고 고국이므로 기쁘게 귀국할 게 틀림없습니다.

그녀가 모시는 두 신이 변하지 않듯이 저와의 우정도 오랫동안 가슴에 남아 있을 겁니다. 그녀의 두 신에게 '어느 쪽을 더 간절하게 믿던가요?'라고 장난스레 물어보고 싶어집니다. 아마 두 신 모두 같은 대답을 들려 줄 듯합니다. 그녀의 절대적이고 순수한 믿음이 그녀 삶의 방식대로 그녀를 부디 구원하길 바랍니다.

문화에 따라 살아가는 방식이 다를지라도 사람은 모두 같은 사람입니다. 문화 차이로 빚어진 행동에 서로 수시로 눈이 휘둥그레졌지만, 그녀가 떠나게 되면 마음 지도가 어떻게 펼쳐질지 짐작됩니다. 자흐라가 섬기는 두 신神 건너에는 자흐라랑 제가 서로 바라보던 따뜻한 눈빛이 있습니다. 또 더 넓은 세상에는 사람들의 간절함이 별처럼 가득하겠지요?

10

처칠 동상 주변에서 서성거리다

영국 국회 의사당 근처에 처칠 동상이 있습니다. 가까운 곳에 영국 식민지 시절 단식 투쟁을 한 간디 동상도 있습니다. 역시 영국 지배를 받으며 남아프리카 공화국에서 아파르트헤이트의 백인 정권에 맞섰던 넬슨 만델라의 동상도 있습니다. 간디나 넬슨 만델라의 동상을 영국에서 보는 건 뜻밖의 일입니다. 윤봉길 의사나 안중근 의사의 동상을 도쿄에서 보는 것 같아 마음이 묘해집니다.

처칠 동상 앞에 서니 식민 지배를 벗어나 광복을 맞은 한국인의 후손으로서 온갖 감정이 꿈틀댑니다. 처칠은 자국의 이익을 위하거나 민주주의를 위해 자신들이 지닌 패를 쉽게 뒤집었습니다. 2차 세계 대전 승리로 영국의 자존심을 되찾으며 전 세계인들에게 V자 사인을 날렸습니다. 20세기 인류사에 처칠처럼 커다란 획을 그은 정치인은 많지 않습니다. 오늘날 영국인들이 가장 위대한 정치인 1위로 선정한답니다.

이연실

처칠은 타고난 복이 많고 운도 좋았습니다. 와인을 하루에 1병씩 마셨으며 20대 청년 장교 시절에 쿠바에서 재미로 피워보았다가 푹 빠져버린 시가 애호가였습니다. 평생 25만 개비 이상의 시가를 피우고도 91세까지 천수를 누렸습니다. 그가 1965년 91세로 세상을 떠날 때 한국인들의 평균 수명은 채 60세도 되지 못했습니다.

그는 영국의 유명한 정치인 아버지와 미국인 은행가이자 뉴욕 타임즈 주주인 어머니 사이에서 팔삭둥이로 태어났습니다. 그가 초등학교 시절 물에 빠져 죽기 직전 스코틀랜드의 가난한 농부 아들 알렉산더 플레밍이 건져내 살아났습니다. 이튿날 으리으리한 마차를 타고 어느 귀족이 플레밍의 집에 나타나 '내 아들을 구해줬으니 은혜를 갚겠다'며 '원하는 것이 무엇이냐?'고 물었습니다. 플레밍의 가족이 '아무것도 원치 않는다'고 말하자 그 귀족은 '런던에 데려가 최상의 교육을 시켜주겠다'며 뜻밖의 선물을 제안합니다. 그 귀족이 바로 플레밍 때문에 살아난 처칠의 아버지였습니다.

시골 출신 플레밍이 처칠의 아버지 덕분에 런던에서 세인트 메리 의과대학에 다녔습니다. 그가 훗날 페니실린을 개발해 세계 대전 중 수많은 병사들과 일반인들을 살린 것은 물론 폐렴에 걸려 사경을 헤매던 처칠을 살려냈습니다. 처칠은 플레밍 덕분에 두 번씩이나 죽음의 위기에서 살아남습니다. 플레밍은 차후 인류의 수명을 연장시킨 공로로 노벨 생리의학상을 타게 됩니다. 어린 처칠을 살려낸 플레밍이 아니었으면 인류사도 한국의 운명도 크게 바뀌었을 겁니다. 때로 인간사는 잘 짜인 한 편의 드라마 같습니다.

처칠은 유머와 재치가 매우 뛰어났습니다. 대중을 휘어잡는 언변도 대단해 수많은 일화를 남겼습니다. 탁월한 글 솜씨로 여러 권의 책을 펴냈고 제2차 세계 대전 회고록으로 노벨 문학상까지 받았습니다. 그는 영국 왕립 샌드허스트 육군사관학교 출신의 장교였습니다. 남아프리카에서 벌어진 보어 전쟁 때 종군기자로 활동합니다. 보어 전쟁은 나폴레옹 전투와 제1차 세계 대전 사이에서 가장 큰 규모였습니다. 오늘날 얼룩무늬 개구리 군복이 그 전쟁에서 시작되었습니다. 보어 인들이 숲이나 정글에 숨어들면 옷 색깔 때문에 영국 병사들이 식별을 못 해 무척 애를 먹었답니다.

오늘날의 남아프리카 공화국에는 그 당시 신교를 믿던 네덜란드 사람들이 식민 지배를 하며 포도 농사를 짓고 살았습니다. 그곳에 금광이나 다이아몬드 광산이 개발되자 영국이 50만 명이나 되는 군대를 동원해 강탈하려 한 것이 보어 전쟁입니다. 보어는 네덜란드어로 '농민'이라는 뜻입니다. 네덜란드계는 '아닌 밤중에 홍두깨 격'으로 7분의 1밖에 되지 않는 군대로 격렬하게 영국군에 저항했습니다. 그들은 게릴라 작전을 펼쳐 영국이 쉽게 제압할 수 없었습니다. 처칠은 당시 포로로 잡혔다가 탈출해 480Km 떨어진 영국으로 돌아가 국민적인 영웅 대접을 받으며 왕실로부터 최고 훈장을 받습니다.

제2차 세계 대전 때 미국이 일본으로부터 진주만 공격을 당하자마자 처칠은 미국을 움직여 영국과 프랑스를 지원하도록 했습니다. 잘 아시다시피 영국과 프랑스는 역사적으로 앙숙이었습니다. 백년전쟁 등 수많은 싸움이 일어났고 오랜 세월 결코 서로 용서할 수 없는 나라였습니다. 하지만 독일 제국이 유럽 대부분을 장악하자 함께 손을 잡았던 겁니다. 너무나 절박했던 처칠은 3개월간 백악관에 머물며

이연실

시가를 너무 피워 미국 대통령 영부인의 눈총을 받으면서까지 미국의 조력을 얻는 데 성공합니다.

일본이 태국을 제외한 아시아권을 폭넓게 식민지로 삼자 처칠은 러시아와도 손을 잡습니다. 러시아가 일본을 치도록 비밀회의도 했습니다. 일본이 원자폭탄 때문에 항복을 했으니 다행이지 피의 바다를 몰고 다닌 스탈린에 의해 일본을 공격할 시나리오대로 진행되었다면 한국은 어떻게 되었을까요?

처칠 총리는 이집트 카이로에서 미국 루즈벨트 대통령과 당시 중국 총통이며 그 뒤 대만을 이끈 장제스와 회담을 했습니다. '적절한 시기에 일본의 노예 상태에 놓인 한반도의 자유와 독립을 보장하겠다'고 결의한 것이 카이로 회담입니다. 카이로 회담에 이어 처칠, 루즈벨트, 스탈린이 회담을 주도하여 우크라이나 땅 얄타에서 한국의 운명이 결정되었습니다. '한국인은 일본의 식민지로 지냈으니 스스로 나라를 건사할 능력이 없으므로 40년간 신탁 통치를 해야 한다'고 결정한 것이 얄타회담입니다. 그들의 이익에 의해 한반도가 절반으로 나눠졌고 그 고통은 현재까지도 진행되고 있습니다.

한국 전쟁이 종전이 아니라 휴전이라는 사실도 뼈아픈 현실입니다. 한반도 사드 배치로 엄청난 논란이 이는 것도 제임스 매티스 미국방장관이 오산 미군기지에 도착한 것도 우리의 현주소입니다. 아직도 많은 외국인들이 한국을 위험한 나라로 인식해 여행 오기를 두려워합니다.

싱가포르에서 살 때 CNN이나 BBC에 연일 나오던 북한 뉴스를 본 외국 친구들은 '당신이 한국인인데 무서워서 어떻게 사느냐?'고 너나

없이 묻곤 했습니다. 심지어 BBC 다큐멘터리조차 38선을 다루며 자극적으로 묘사했습니다. 마치 공포감 때문에 살 수 없는 땅처럼 긴장감 있게 만들었습니다. 외국 지인들은 어느 나라를 막론하고 막상 한국에 와보면 자신들이 상상했던 나라가 아니어서 눈을 크게 뜨며 놀라워합니다. 어쨌든 한반도 분단이라는 역사의 회오리 속에도 처칠이 담겨 있습니다.

처칠은 영국인들에게 영웅입니다. 자신들의 나라 심장부이자 세

영국인들의 우상 처칠의 런던 동상 앞에서

이연실

계의 중심이라 여겼던 런던 하늘에 독일 전투기가 날아와 융단폭격을 할 때 영국인들은 방공호에 숨어 들어가야 하는 수모를 겪으며 자존심에 큰 상처를 받았습니다. 그때 '나는 국민 여러분들께 드릴 게 땀과 눈물밖에 없다'는 유명한 연설로 절망에 빠진 영국인들에게 감동과 희망을 주었습니다.

그런 처칠에게는 다른 면도 있었습니다. 간디가 단식 투쟁을 할 때 처칠은 '그 인간 아직도 숨이 끊어지지 않았느냐?'고 묻기도 했습니다. 식민지 사람들이 저항하면 식량뿐 아니라 씨앗까지 몰수해 수백만 명을 굶어죽게 했습니다. 영국 정치인들조차 그런 처절한 비극 앞에 '처칠이 제정신이 아니다'라고 심각하게 우려할 정도였습니다. 그 당시 인도 땅에서 수백만 명이 아우슈비츠의 유대인처럼 뼈만 남아 거리에서 죽었습니다. 그 땅은 본래 인도였으나 역사의 소용돌이에서 동파키스탄으로 불렸다가 지금은 방글라데시로 불리는 나라입니다.

19세기에 한 인간으로 태어나 너무나 많은 걸 누리고 지구촌의 미래를 쥐락펴락했던 정치 9단 처칠, 그가 살아있다면 자신의 조국인 영국이 나부터 살고 보자며 택한 브렉시트Brexit나 미국의 극단적인 우선주의와 혼란에 빠져서 조기 대선을 앞두고 있는 한국에 어떤 훈수를 둘까요?

처칠 동상 앞에 그의 행적이 비쳐져 있습니다. 스쳐가다가 저처럼 서성거리는 사람들이 또 있겠지요? 그 앞에서 햇볕을 쬐고 대화를 나누며 사진을 찍겠지요. 엄청난 역사를 품은 처칠의 동상과 근처의 광장과 하늘 배경이 때로는 쓸쓸해 보이기도 하겠지요. 모든 역사라는 것도 때로 그렇듯이 말입니다.

11

K 방산대전, 난다리의 외출

일산 킨텍스에서 열린 K 방산대전에 사흘간 다녀왔습니다. 고려 시대 이언 장군을 비롯, 조선 시대에 문관 못지않게 무관을 여럿 배출한 집안의 후손이어서 그런지 저는 군에 관심이 많습니다. 선조 할아버지 중에 요즘으로 치면 해군 제독인 수군절도사가 여러 명 계셨습니다. 임진왜란 때도 이순신 장군을 도와 큰 공을 세운 분이 제 조상 중에 계십니다.

무관의 DNA를 타고난 데다 세계사에 관심이 커서 특별히 전쟁사에도 눈길이 갑니다. 인류 역사상 세계 최대 제국을 이룬 칭기즈칸. 어떻게 자기 이름도 쓸 줄 몰랐던 인물이 그토록 엄청난 제국을 건설했는지 궁금했습니다. 그러나 이제는 그 의문이 풀린 지 오래입니다. 너무나 드라마틱하고 흥미진진한 전쟁사에 빠져 있기에 멜로드라마에는 관심이 전혀 없습니다. 오히려 전쟁 다큐멘터리를 좋아합니다. 그래서 적군조차도 존경했다는 롬멜 장군에게도 매력을 느낍니다.

아프리카 보어전쟁에서 탄생된 '개구리복' 탄생 비화에 대해서도 흥미롭게 공부했습니다.

인간의 역사는 끊임없는 전쟁의 역사였습니다. 그간 전쟁으로 33억 명이 사망했다고 합니다. 그토록 참담하고 처절한 역사 속에서 과학이나 의학 등 모든 학문이 계속 발달했습니다. 21세기도 예외가 아닙니다. 오늘날의 국가 체계나 조직, 행정, 법률은 물론 캔을 비롯한 의식주에까지, 전쟁이 영향을 미치지 않은 게 없습니다. 컴퓨터·드론 등은 말할 것도 없습니다. 인간사 대부분이 전쟁의 산물로 느껴집니다.

K 방산대전을 보며 한국인으로서 눈물이 핑 돌 만큼 복잡미묘한 심경이었습니다. 코로나와 경기 침체로 인해 예년보다 규모는 작게 진행됐으나 감회가 새로웠고 감동도 컸습니다. 북한과 세계 4대 초강대국 사이에서 살아가야 하는 이 땅의 국민으로서 왠지 모를 감상에 젖은 순간도 있었습니다. 한편으로는 지금 북한의 눈치를 보고 국군의 위상을 떨어뜨리고 군인들의 정신 자세도 느슨하게 하는 정부와 정책에 화가 나기도 했습니다.

방산대전, 전쟁 없는 세상을 위한 간절한 기도

한국 전쟁 때 변변한 무기가 없어 '지게부대'까지도 동원됐던 가슴 아픈 역사를 저도 압니다. 대한민국 공군 창설 초기 스토리도 눈물겹습니다. 21세기 대한민국 공군은 해외에서도 아주 유명합니다. 육해공 다 모이면 공군들이 가끔 농담으로 '공군이 가장 높다'고 주장합니다. 바다나 땅보다 높이 하늘을 날기 때문이지요. 그러나 승리의 깃발은 언제나 육군 보병이 꽂습니다. 귀신 잡는 해병대도 전설이지요. 안보에는 하늘과 땅 바다 어디든 모든 분야 중요하지 않은 곳이 없습니다.

이런 큰 행사에는 국방부 장관도 상징적으로 오고 국방과학연구소, 방위사업청 관계자는 물론 전현직 장성들과 각 군 핵심 인사들이 참관합니다. 그리고 외국 대사나 대사관에 나와 있는 무관들 또는 국방어학원, 합동군사대학교, 국방대학교로 연수를 하러 온 외국군 장교들도 대거 참석합니다. 이번에도 이라크 무관과 잠시 대화를 나눴습니다.

미국 록히드 마틴사의 직원과도 공군 얘기를 나눴습니다. 제 아들이 한국 장군과 미국 4성 장군의 통역을 한 이야기를 들려줬습니다. 그러자 그는 반색을 하며 "당신의 아들에게 전해주라"면서 록히드 마틴 회사 로고가 찍힌 펜을 선물했습니다. 일주일 후 제대를 하는 아들에게는 특별하게 기억에 남을 선물이 될 것입니다. 키가 190cm쯤에다 말라유 바하사어(말레이시아어)도 유창하게 하던 그에게 '세계적인 무기 회사 록히드 마틴의 직원으로서 한국은 어떤 의미일까?' 질문을 하고 싶었으나 여러 이유로 묻지 못한 게 아쉽습니다.

일반인들은 방산대전에 무기만 전시되는 것으로 아는데 군인들이

이연실

사용하는 어떠한 분야든 군수품이 전시됩니다. 방독면, 체온계, 수술 장비, 의료용 장비 등 다 해당됩니다. 특수복, 오토바이, 드론, 잠수정, 총기, 수류탄, 전차 등 군 관련 모든 분야를 망라합니다. 프랑스 출신으로서 싱가포르의 홀랜드 지역에 산다는 사업가는 니트릴 장갑에 관심을 보였습니다. 몽골 무관은 군용 마스크에, 몽골 참사관은 방역 살균 게이트에 관심이 컸습니다.

인상적인 외국 무기 업체는 이스라엘의 방산 회사 라파엘이었습니다. 그곳에서는 사진 찍는 걸 유난히 경계했습니다. 이틀간 UAE 장교들이 상담을 오래 하는 것이 특이했습니다. 라파엘 회사의 관계자 이름이 유발이었습니다. 유태인 저술가 유발 하라리 때문에 매우 익숙한 이름이라 단숨에 외웠습니다. 그 유발 씨에게 '나는 팔레스타인 사람들에게 고통을 주는 당신들에게 불만이 있다. 당신은 이스라엘 사람으로서 그 문제를 어찌 보는지 당신의 견해를 듣고 싶다.'고 한마디 하고 싶었습니다. 목구멍까지 차오르는 질문을 굳이 하지 않았습니다. 인간에게 고통을 안기는 벨푸어 선언 등이 다시 21세기에 반복되어서는 안 됩니다.

프랑스에서 온 특수 군용 타이어 회사 허친슨도 인상적이었습니다. 미쉐린 타이어로 유명한 나라이니 그럴 만도 합니다. 허친슨은 사람 이름이라고 합니다. 이 회사는 100년이 넘는 역사를 자랑합니다. 지금은 전 세계 군수품 중 타이어가 쓰이는 곳에는 허친슨의 제품이 쓰입니다. 한국의 헬리콥터·KTX 등에도 활용된다니 놀랍습니다.

프랑스는 고무나무가 생산되지 않는 나라입니다. 말레이시아나 인도네시아 보르네오산 고무를 수입해다 쓴다고 합니다. 역사적으로

나 기후적으로 당연한 결과입니다. 요즘 전 세계 물량이 부족한 수술용 고무장갑인 니트릴 장갑도 그렇습니다. 주로 말레이시아(영국 식민지)·인도네시아(네덜란드 식민지)·베트남(프랑스 식민지)·태국(식민 지배 열외)에서 생산됩니다. 군용 수술 장갑이나 타이어 등에도 제국주의의 역사가 깊게 스며 있습니다. 그리고 오래도록 인간의 삶을 좌우합니다.

한국인들이 고무신을 신게 되자 막대한 돈을 번 사람이 말레이시아 고무농장과 사업가들이었습니다. 과거 한국인들이 신분에 따라 비단신이나 나막신 아니면 짚신을 신고 다녔습니다. 오늘날의 빈곤국처럼 신발이 없어 어떤 이들은 맨발로 지내다가 고무신이 신발 혁명을 불러왔습니다. 고무신은 값싸고 질기고 오래 신을 수 있어 인기 만점이었습니다. 한국인 덕분에 크게 성공한 사업가들이 나라에 힘이 없고 국민이 깨어있지 못해 외세의 지배를 받는 말레이시아와 한국을 보고 놀라운 결심을 했습니다. 자신들의 2세들이 교육을 받아야 하고 과학이 발달해야 나라가 산다며 뜻을 모았습니다. 비즈니스로 번 천문학적인 돈을 의미 있게 대학 설립에 투자했습니다. 말레이시아 연방에 있던 싱가포르가 강제 독립되자 지금은 자연히 싱가포르 소속의 명문대학이 된 곳이 있습니다. 그 대학이 바로 아시아의 MIT라 불리는 싱가포르의 자랑 난양공과대학입니다.

저는 고 박정희 대통령의 혜안을 보고 감탄을 하곤 합니다. 50년 앞을 내다보고 경제 정책을 펼친 데다 오늘날 방위산업도 그분의 지원 아래 무에서 유를 창조했고 놀랍게 성장했습니다. 아무리 세계 최강의 미국이 우방국일지라도 스스로 강하고 준비되어 있지 않으면 기를 펼 수 없습니다. 남의 손에 국방과 안보를 다 맡길 수 없다는 뛰

이연실

어난 지도자의 리더십이 그립습니다.

한국은 국방 예산이 50조 원입니다. 미국에게는 매우 큰 고객입니다. 예전에 한바탕 큰 소란이 있었던 린다 김에 얽힌 세세한 비하인드 스토리도 많이 들었는데 여기서 밝힐 수 없음이 유감입니다. 세상에는 비밀이 없는 법입니다. 대한민국 군 역사에 길이 남을 흑역사이자 불명예스러운 사건입니다. 최근 UAE가 수십조 원어치 무기를 사는 이유가 궁금하기도 합니다.

한화, 로템, 풍산 등 전통적인 방산업체뿐 아니라 숱한 중소형 방산업체들이 무기나 핵심 부분들을 선보였습니다. 오늘날 전 세계 방위산업 시장은 430조 원 규모라고 합니다. 그러나 한국의 방산 규모는 세계 기준으로 볼 때 2% 수준입니다. 미미한 듯해도 방위산업은 성장 가능성이 무궁무진합니다. 한국은 IT, ICT, AI, 첨단 로봇 등에서 실로 엄청나게 발전했습니다. 일부 국가를 제외하면 한국의 기술력은 놀랍기만 합니다. 러시아도 무기 산업이 발달해 있습니다. 한국이 빌려준 차관을 갚지 못하자 러시아가 위그선 기술을 한국에 모두 양도한 전례도 있습니다.

외국의 경우 많은 나라가 중국산 무기나 러시아제 무기를 수입해 왔습니다. 가격 문제도 있지만, 외교적으로 미국과 불편한 나라들은 그럴 수밖에 없을 겁니다. 한국이 무기를 수입하거나 수출할 경우 아마 미국의 CIA가 다 유리알처럼 보고 있을 것 같습니다. 국제 무기 거래 시 모든 움직임과 동선이 파악되고 있으리라 추측됩니다. 그래서 무기 거래상들은 동선을 밝히지 않는 것을 영화에서도 많이 봤습니다. 실제로 외국에서는 무기상들이 종종 실종되기도 한다고 들었습니다.

　중국산 무기의 경우 가격이 저렴한 편이나 유지 보수 등의 한계가 있을 것입니다. 한국의 방산 규모는 아직 큰 비중을 차지하는 것은 아니나 뛰어난 기술과 품질로 세계 무기 시장에 도전할 수 있으니 천만다행입니다. 한국의 창원과 대전은 방산의 중요한 산업기지입니다. 중국은 현재 항공 우주 산업을 제외한 모든 제조업이 미국을 능가합니다. 코로나 시대에 어찌된 일인지 미국 경제는 답보 상태이고 중국 경제는 살아나고 있습니다.

　킨텍스나 코엑스 박람회에 가보면 세상의 변화를 실감하고 또 많은 분야의 다국적 출신들을 만나게 됩니다. 그러면 우리들의 현주소가 보입니다. 외국인들에게 어떤 특징이 발견되기도 합니다. 방산대전도 예외가 아니었습니다. 외국인들에게 기념 선물을 주면 선진국 출신의 경우 우선 환하게 웃으며 고맙다고 합니다. 그리고 자신이 가지고 있는 기념품이 있으면 줍니다. 그런 게 없을 경우 초콜릿 하나라도 건네줍니다. 그도 저도 없을 때 그들은 이렇게 말합니다. "지금 가지고 있는 것이 없으나 평생 잊을 수 없는 선물을 주겠다." 하면서 미소를 지어줍니다. 이번에 캐나다 신사로부터는 스위스 초콜릿을 선물로 받았습니다.

　반면 한국보다 경제적으로 어려운 나라 사람들의 경우 기념 선물을 줘도 우선은 순간 멈칫합니다. 경계를 하듯 하다가 선물임을 알면 재빨리 하나 더 달라고 말합니다. 거기다가 "우리 상사가 있다"거나 "하나 더 얻을 수 없느냐?"고 하는데 고맙다는 말을 하거나 미소를 짓는 이가 드뭅니다. 그러한 차이가 어디서 오늘 걸까 곰곰이 생각해

이연실

볼 때가 있습니다.

지난 20년간 지구촌 사람들을 다양하게 보다 보니 저절로 구분되는 게 몇 가지 더 있습니다. 굳이 상대방의 언어를 듣지 않아도 이목구비만으로도 민족을 알아채게 됩니다. 이목구비가 또렷하고 키가 유난히 크며 피부가 흰 신사들은 대개 네덜란드 사람들입니다. 그들은 백인들 중 평균 키가 가장 크기 때문입니다. 이번에도 장대 같은 키를 딱 보자마자 "네덜란드에서 왔느냐?"고 물으니 활짝 웃으며 "어찌 아느냐?"고 했습니다. 탈모가 심해 아예 영화배우 율 브리너처럼 머리를 다 밀고 다니는 경우 어느 문화권인지 금방 알 수 있습니다. 율 브리너는 한반도와도 인연이 깊었던 러시아 출신의 명배우였습니다.

총기 전시관에서는 잠시 여러 생각을 했습니다. 제가 아는 어느 나라는 각 가정마다 총이 한 자루씩 다 있습니다. 전쟁을 40년간 겪은 나라이므로 방어용입니다. 그들은 총기를 거의 보관만 하고 삽니다. 결혼식이나 크게 축하할 일이 있을 때 축포를 쏘는 게 우리와 크게 다른 문화입니다.

미국은 총기를 쉽게 살 수 있고 사고도 많이 일어납니다. 미국도 워낙 총기 사고가 난무하나 그들만의 카르텔과 정치인들과의 커넥션 등으로 아직까지도 손을 쓰지 못하고 있으니 안타깝습니다. 만일 한국에서 총기 소유를 자유화한다면 다혈질 기질에다 욱하는 성질이 있는 한국인들의 30%는 총기 사고로 이미 고인이 되었을 것입니다. 지금 이 순간도 지구촌 어디선가는 고의로, 사고로 아까운 목숨을 수없이 잃고 있습니다. 총을 처음 개발한 사람은 저승에서도 후회

하지 않을까 싶습니다.

　한국의 장보고나 이순신 장군은 해외에서 더 유명합니다. 만약 이순신 장군이 없었다면 지금 한국은 일본 땅이 되어 있을 것이니 세계사는 또 어찌 달라져 있을까요? 인류사에 전쟁은 언제나 필요악이었습니다. 20세기 들어 일어난 전쟁만 해도 그 상처와 고통은 여전히 현재 진행형입니다. 탱크를 구경하다가 저도 모르게 무릎을 꿇고 기도를 하고 싶어지기까지 했습니다. 전시된 무기들을 보며 누군가를 죽이고 무엇인가 파괴하기 위해서가 아니라 가족과 조국 더 나아가 인류 평화를 지키기 위한 것이기를 바랐습니다. 지금도 지구촌에는 내전과 전쟁을 겪고 있는 나라가 많습니다. 한국 인구보다 더 많은 이들이 전쟁 난민으로 떠돌고 있거나 내일이 없이 살아가고 있습니다. 이제 지구촌 사람들은 내전이나 전쟁의 고통에다가 코로나 전쟁까지 치르고 있습니다. 벌써 코로나 확진자가 5천만 명을 넘어섰고 1백만 명 이상이 죽었습니다. 국내도 심각하지만 해외에서 들려오는 소식은 더욱더 암울합니다. 이제 보이지 않는 적이 전 인류를 위협하는 무서운 시대가 되었습니다. 우한에서 시작된 비극, 중국은 이 죄의 대가를 어떻게 치를까요? 이것이 3차 세계 대전으로 문명사에 기록되지 않을까 두렵습니다.

　우리들이 참으로 상처가 많았던 한반도에서 태어난 것도 운명일 것입니다. 인간이 스스로 선택할 수 없는 게 있습니다. 시대, 국적, 부모입니다. 저는 다시 태어난다 해도 파란만장한 이 땅에 태어날 것입니다. 아파도 우리의 역사이고 우리의 조국입니다. 이 땅에 사랑하는 이들이 있기 때문입니다. 한국인들은 이미 겪을 모든 고통을 다

이연실

겪었고 상처도 헤아릴 수 없이 많이 받았고 극복도 했습니다. 이제 우리들은 덜 아프게 미래를 열어가야 합니다.

국가든 개인이든 스스로 지킬 수 있을 때 평화가 있습니다. 파워란 저절로 생기지 않습니다. 스스로 지킬 수 있어야 다른 사람도 지킬 수 있습니다. 국적, 민족, 종교, 역사, 피부색, 문화가 다를지라도 우리는 지구촌 이웃입니다. 우주에서도 특별한 별 지구별에서 살고 있는 경이로운 생명체들입니다. 이 땅에 사는 인간의 목적이나 목표는 무엇일까요?

인간은 누구나 행복하게 살고 싶어 합니다. 백 년도 살지 못하는데 어찌 그리 갖가지 전쟁을 치를까요? 이제는 지구도 세상도 우리도 지키며 의로운 전쟁을 할 때입니다. 인간다움을 지키고 생명을 지키면서 아름다운 지구를 지킬 때입니다.

군인들을 보면 분야를 막론하고 가슴이 찡해옵니다. 우리가 발 뻗고 살도록 하기 위해 애쓰는 분들을 보면 숙연해집니다. 조국을 지키다 산화하신 분들께는 한없이 고맙고 죄송하기도 합니다. 과거 육군사관학교 행사에 초청을 받아 갔다가 기수별 이름들이 새겨진 육사기념관 앞을 둘러본 적 있습니다. 그분들 중에는 목숨을 잃거나 다친 분들도 계시고 연로한 분들도 계십니다. 이 땅의 모든 군인들께 바치는 심정으로 그날 쓴 시를 올립니다.

― 육사 기념관 앞에서 ―

그대들이 봄으로 왔기에
민둥산 한반도가 늘 봄이었어라
하늘을 닮아 맑고 푸르던
바다를 닮아 속 깊었던 청춘들

조국의 이름을 뼈에 새기고
강물처럼 세상 속으로 흘러가서
우주의 바람이 되었거나
그대처럼 세상의 전설이 되었어라

세월이 쏘아놓은 화살 같아도
노병의 눈동자 기억하지 못해도
청운의 꿈이야 어찌 변하랴
소나무 같은 기상이야 어이 시들랴

이연실

12

싱가포르, 인생의 터닝 포인트

칭따오 맥주를 좋아하는 사람으로서, 독일의 조차지인 중국의 청도에 더 관심이 많았던 제가 국내 경북 청도를 방문하고 큰 관심이 생기게 되었습니다.

저는 한국 사회의 리더십의 부재를 목격하고 실망을 느꼈습니다. 매일 접하는 모든 뉴스에 희망을 잃어가고 있었습니다. 그런데 청도에서 이 나라의 지도자라는 사람이나 이 땅의 정치꾼들이 배워야 할 만큼 멋진 이장님(71세 교육자 출신)을 알게 되었습니다. 어느 조직이거나 크든 작든 솔선수범하는 리더가 있어야 합니다. 저는 말만 하거나 쇼만 하는 사람들을 체질적으로 싫어하는데, 청도에서 만난 예윤희 이장님이 페북을 통해 매우 부지런히 몸소 움직이시기에 감동했습니다.

제가 청도에 반한 두 번째 이유는 청도가 새마을운동이 처음 시작된 곳이라는 점이었습니다. 이장님을 통해 이 사실을 알게 되었습니다. 청도는 이 새마을운동의 역사 하나만으로도 한국이나 지구촌에서 영원불멸의 가치를 지니고 있습니다. 새마을운동을 잘 다듬고 포장하면 엄청난 문화 수출 효과를 낼 수 있다고 봅니다. 장차 지구촌 관광객도 불러 모을 수 있습니다. 특히 지구촌 95%의 한국보다 어려운 나라에 큰 변화를 줄 수 있는 에너지가 담겨 있기에 끌립니다.

저는 당시 토종 한국인으로 이 땅에서 35년쯤 살며 영어 한마디 써본 적 없었습니다. 그런 제가 모 대기업 국제회계팀장으로 발령이 난 남편을 따라 갑자기 싱가포르에 가서 살게 되었습니다. 영어, 중국어, 바하사어, 타밀어를 공용으로 쓰는 다민족 국가 국제도시에서 수년간 살면서 엄청난 문화 충격을 받았습니다. 언어의 경우 당시 한국인들은 영어 하나만 잘해도 주위에서 부러워하던 시절입니다. 제가 해외 생활을 하러 가던 날 문화 충격은 의외로 빨리 첫날부터 일어났습니다. 헬로우, 땡큐밖에 몰라 심란한 저의 비행기 옆자리에 앉은 인도 사람을 보는 순간부터 저는 기가 죽었습니다. 그 인도계 싱가포르 사람이 영어, 힌디어, 중국어를 쓰고 읽고 말할 수 있다는 것을 알았기 때문입니다.

그렇게 영어도 모르고 발붙인 싱가포르에서 선진국, 중진국, 후진국 등 거의 모든 나라 사람들을 가까이에서 들여다볼 수 있었습니다. 그것도 한국과 자세히 비교하면서 말입니다. 제 아이들이 다니던 영국계 국제 학교에 가면 수십 개 나라의 지구촌 학생들이 있었습니다. 제가 일부러 한국인이 한 명도 없는 로컬 교회나 인터내셔널 교회에 가면 그곳에는 70개쯤의 국적이 있었습니다. 그러니 날이면 날마다 모든 것이 제게는 신선한 충격의 연속이었습니다. 국적은 물론 사는

이연실

내 인생을 바꾼 나라, 경이로운 국제도시 싱가포르

모습도 부의 소유 정도도 각양각색이었습니다.

외국의 왕족부터 가난한 여러 나라에서 온 가정부들까지, 저는 누구와도 격의 없고 허물없이 지냈습니다. 중국계 자산가가 사는 600억 원짜리 집도 스쳐가며 보았습니다. 당시 독일계 은행을 다니는 남편을 둔 지인 베티 림이 부동산 중개 비즈니스를 했는데, 늘 호기심이 넘치는 저를 좋아했습니다. 저더러 좋은 저택들이나 고급 콘도미니엄을 구경시켜 준다고 자주 그녀의 벤츠에 태워 주었습니다. 그 시절 벤츠는 한국인들의 경우 잘사는 이들이나 타던 차였으나, 부유한 나라에 가보니 그보다 비싼 승용차들이 비일비재했습니다. 그 시절만큼 제가 벤츠를 버스보다 더 자주 탄 적이 없습니다.

싱가포르에서 만난 이들은 평균적으로 한국인들보다 훨씬 잘사는 사람들이었습니다. 그들이 싱가포르에 살지만 각자의 고국은 제각각이었고 삶도 천차만별이었습니다. 과거 한국에서는 농촌에 소 한

마리만 있어도 대학 등록금이 해결돼 우골탑이라는 말도 생겼습니다. 요즘 한우의 경우 보통 1천만 원쯤 한답니다. 외국인들은 자기네 나라의 거대한 목장에서 양이나 소들을 수천 마리나 수만 마리씩 기릅니다. 한국의 시골에서는 땅 1만 평이 있으면 먹고살 만한 집이라 합니다. 요즘은 땅값이 올라 나름 시골 부자가 될 수도 있습니다. 그러나 선진국에 머물며 지구촌 부자들 틈에서 보니 세상이 위로도 끝이 없고 아래로도 끝이 없었습니다. 당시 결혼해서 24평 아파트에 살다가 갔는데 24평은 부자 나라의 저택 주방 겸 파티장 수준의 면적일 뿐이었습니다.

싱가포르에 와 있는 외국의 부자들은 한국인의 상식을 깨는 경우가 수두룩합니다. 그들은 부의 개념 자체가 다릅니다. 다수가 집에 가정부들을 두고 살며 풍요를 구가했습니다. 저택이나 펜트하우스 또는 고급 콘도미니엄에 사는 그들은 제가 보아온 한국인들의 삶과 달라도 너무나 달랐습니다. 어지간히 살 만하면 기본적으로 야자수와 부겐빌레아꽃이 피어 있는 멋스런 풀장이 있었습니다. 대개 한국의 비싼 아파트 또는 유명한 주거지도 선진국의 고급 주거 환경에 비하면 초라한 수준이었습니다. 자국에 자가용 비행기 소유자도 있었고, 한 가족이 소유한 땅 면적이 서울시와 맞먹는 경우도 있었습니다.

부자 나라나 선진국에서 온 사람들은 제가 한국인이라는 사실을 알면 '그러냐?' 정도의 반응이었습니다. 한 프랑스 여자와 영국인 여자들은 저를 바라보며 표정으로 '한국인? 참 많이 컸네' 하고 말하는 듯했습니다. 싱가포르는 인종 차별이 없는 나라라지만 그곳에 와 있는 서유럽 국가 출신의 여자들의 표정에는 아시아인이나 한국인들

이연실

에 대한 은근한 무시가 깔려 있었습니다. 그러나 그들도 싱가포르 사람들에게는 깍듯했습니다. 자신의 나라보다 여러모로 격이 높다는 것을 익히 알고 있었기 때문입니다.

저도 그 당시 편견에 사로잡혀 있었던 자신을 발견하고 잘못된 의식을 바꾸는 계기를 가졌습니다. 어느 날 방글라데시 어린이가 있어 속으로 '아마 가난하겠지?' 여겼는데 알고 보니 어마어마한 부유층의 아들이었습니다. 아프리카 나이지리아에서 온 어린이도 아프리카의 엄청난 부자 가문에서 온 학생이었습니다.

부자도 많이 보았지만 가난한 나라에서 일하러 와 그 무더운 열대 지방의 컨테이너를 숙소 삼아 살던 육체노동자들도 보았습니다. 싱가포르는 워낙 집값이 비쌉니다. 당시 제가 살던 콘도미니엄의 경우 요즘 월세가 7백만 원이라고 들었습니다.

제가 만난 지구촌 출신들의 95%는 한국보다 경제가 낙후된 나라 사람들입니다. 저의 눈길은 늘 외국의 육체노동자나 가정부들에게 향했습니다. 그 이유는 제가 가난했던 나라 대한민국 출신의 한국인이었기 때문입니다. 싱가포르에 노동자로 오는 인도나 인도네시아, 말레이시아 기타 나라 남자들, 필리핀, 미얀마, 인도네시아 등에서 오는 가정부들을 보면 그들은 과거 한국보다 다 잘살았던 나라 출신들입니다. 그들 중에 지금도 생생히 기억하는 인도 노동자가 있습니다.

그의 이름은 '쌍꺼'라고 했습니다. 제가 시원한 수박을 내어주자 자기 고향 마을에서 부모님이 수박 농사를 짓는다고 하며 매우 좋아했습니다. 그 땅은 자기가 싱가포르에서 막일을 하고 컨테이너에서 자면서 알뜰히 다 모아 고향에 산 땅이라고 자랑을 했습니다. 자기가 지금 이 부자 나라 싱가포르에서는 막노동자이지만 인도 고향 마을에 가면 성공한 사람 축에 들어서 인도로 돌아가면 자신에게 시집올 여자들이 줄을 설 거라면서 쑥스럽게 웃었습니다.

부자 나라 싱가포르로 돈을 벌러 온 그 인도 청년은 아주 후줄근한 티셔츠와 낡은 청바지를 입고 있었습니다. 마침 남편과 체격이 비슷해 보여, 남편이 잘 입지 않는 티셔츠, 바지 등을 한아름 꺼내오고 잘 매지 않던 넥타이도 건네주었습니다. 옷을 주자 어찌나 좋아하고 행복해하던지 그 표정과 미소가 잊히지 않습니다. 그날 쌍꺼 씨가 저에게 넥타이를 도로 주며 한 말도 기억납니다. "저는 워낙 가난한 집에서 태어나 한 번도 좋은 옷을 입거나 넥타이를 매본 적이 없습니다. 그래서 넥타이를 어떻게 매는 줄 모릅니다. 그리고 앞으로 인도에 돌아가도 넥타이를 맬 일은 없습니다." 하더군요.

당시 싱가포르에서 받은 문화 충격 중에서 특별히 더 놀라운 게 몇 가지 있었습니다. 그게 바로 국가 지도자의 중요성입니다. 예를 들어 싱가포르의 금융 중심지인 쉔톤웨이의 45층 이상 높은 건물에 올라가 보면 왼쪽으로 말레이시아, 오른쪽으로 인도네시아가 손에 잡힐 듯 보입니다. 놀라운 것은 가장 인구가 많고, 국토 면적도 넓고, 석유를 비롯한 각종 지하자원이나 해양 자원이 무궁무진한 인도네시아가 후진국 소리를 듣고 있었다는 겁니다. 인도네시아는 과거 네덜란드의 식민지였습니다. 그리고 예전에 수하르토라는 걸출한 대통령이 있었지요.

말레이시아도 다민족 국가로 과거 영국의 식민지였습니다. 동말레이시아와 서말레이시아 등으로 이뤄져 있고 주석 등 지하자원도

이연실

많습니다. 농산물 자급자족도 다 가능하고 해외 관광객 수입도 흑자입니다. 그래서 말레이시아 국민은 대체로 중진국 수준의 삶을 삽니다. 그 나라는 영어를 공용어로 쓰고, 여러모로 아주 훌륭한 국가 지도자라는 평을 받은 마하티르 총리가 있었습니다. 물론 7명의 술탄(왕)이 돌아가면서 왕관을 쓰지만 마하티르 총리야말로 말레이시아의 간판 스타 정치인입니다.

싱가포르는 1965년 말레이시아 연방 시절 말레이시아가 뚝 떼어내다 버린 골치 아픈 섬이었습니다. 그러나 오늘날 국가 경쟁력 세계 2위의 찬사를 매년 받습니다. 자원은커녕 파 한 뿌리까지 다 수입해서 먹는 나라인데도 말입니다. 싱가포르는 전 세계에서 가장 많은 이들이 이민을 가고 싶은 나라로 꼽는 선진국입니다. 나라가 깨끗하고 아름다우며 사람들의 도덕이나 윤리 수준이 높습니다. 정치인들이나 공무원의 청렴지수도 세계 1위입니다. 미래에도 탄탄대로일 싱가포르의 가장 큰 장점은 교육에 있습니다. 싱가포르는 영어를 공용어로 씁니다. 싱가포르에는 세계적인 지도자 고 리콴유 전 총리가 있었습니다. 이 세 나라만 비교해 봐도 나라의 지도자가 얼마나 중요한지 실감이 납니다. 모두 다, 한때지만 한국처럼 일본의 식민 지배도 받은 공통점이 있습니다.

제가 예전에 고 박정희 대통령에 대한 비사를 읽으며 신기하다고 생각했던 일이 기억이 납니다. 그분은 공과를 떠나 세계적인 인물입니다. 과거 박 대통령이 서거하자 리콴유 전 싱가포르의 총리가 "훌륭한 친구를 잃었다. 1백 년 만에 한 명 나올까 말까 한 지도자"라고 했다는 얘기를 싱가포르의 어른한테 들었습니다(그 어른은 중국계 싱가포리언으로 일본어를 잘해 별명이 미스터 재팬이었습니다. 2차 세계대전 당시 싱가포르가 말레이시아령이었을 때 일본어 통역을 했답니다).

제가 외국에 살며 놀랐던 것 중 또 하나가 외국인들이 한국 역사를 많이 알고 관심도 높다는 점이었습니다. 그들은 삼성 핸드폰, 현대 자동차, LG 가전제품을 칭찬했고 해외에 나가 있는 한국 건설사와 건축 기술을 대단히 부러워했습니다. 말레이시아의 가장 높은 쌍둥이 빌딩인 페트로나스 빌딩도 한국, 일본이 각각 맡아 지었습니다. 싱가포르의 고급 아파트 쉔톤웨이의 빌딩 등 한국인들의 건축 작품이 셀 수도 없습니다.

외국인 중 중년 이상은 종종 저에게 불편한 질문도 했습니다. "대한민국은 대단한 나라인데 어째서 블루하우스(청와대)에만 다녀오면 대통령이나 가족 또는 측근들이 다 감옥을 가느냐?" 하고는 한마디 덧붙입니다. "우리는 한국 사람들이 부럽다. 당신 나라에는 박정희 대통령이 있지 않았느냐?" 그러면서 그들은 싱가포르의 고 리콴유 총리나 한국의 박정희 대통령의 이름을 거론했습니다. 그들에게 호기심으로 "두 지도자는 독재자라는 비판도 받는데 그 부분을 어떻게 보느냐?" 물으면 공통적인 대답이 나옵니다. "독재라 할지라도 개인의 부정부패나 착복만을 일삼는 아프리카나 필리핀의 마르코스식 독재가 아니므로 장기 집권자라고 칭하는 게 옳다. 그리고 나라를 잘살게 해주는데 독재 기간이 10년이면 어떻고 100년이면 어떠냐?" 그들 중에는 인류 4대 문명권 출신들이 다 있었습니다.

저는 그 정도로 고 박정희 대통령을 지구촌 사람들이 두루 알고 또 존경한다는 사실이 신기했습니다. 그런 대통령을 둔 한국이 부럽

이연실

다느니, 자신의 나라에는 왜 그런 지도자가 없는지 안타깝다느니, 해서 한국인으로서 기쁘기도 했습니다. 이집트, 이라크, 인도, 중국 출신들이 한국이나 싱가포르를 한없이 칭찬하고 부러워하며 저까지 높여줬습니다. 한국에만 있으면 잘 모르지만, 외국에서는 자신의 고국 품격이 곧 개인의 격과 동일시되기 일쑤라는 것을 저는 그때 배웠습니다.

마흔 살에 한국으로 귀국하는 밤 비행기 안에서 한숨도 잘 수가 없었습니다. 한국을 떠나기 전의 저와 수년간의 싱가포르 생활을 마치고 다시 한국으로 오는 저는 너무나 달라져 있었습니다. 충청도산 우물 안 개구리 이연실이 글로벌 마인드를 가진 체리로 변신해 있었기 때문이었습니다. 제 가치관, 인생관, 세계관이 확고하게 형성됐습니다. 비로소 세상에 눈을 뜨고 제 뇌세포가 달라져 있기에 과거의 저는 절대 아니었습니다.

그도 그럴 것이 지구별의 200개 넘는 나라에서 온 각종 다채로운 사람들과 만나고 소통을 했기 때문입니다. 국적, 인종, 민족, 종교 등의 모든 것을 다 초월해 세상 사람들을 귀한 존재로 보게 되었습니다. 마음의 경계가 사라졌습니다. 심지어 과거 일본인들을 향한 무조건적인 싫음도 눈 녹듯이 없어졌습니다. 그것은 정치권이나 역사의 문제였지 한 개인의 문제나 일본인 친구 더구나 제 지인들의 문제가 아니었음을 뼈저리게 느꼈습니다. 예전보다 한국인으로서 한국의 발전과 외국을 자연스럽게 비교하고 한국의 장단점을 알아보는 눈이 길러졌습니다.

그것은 저에게 축복이자 형벌이었습니다. 아무것도 모를 때는 마음이라도 편했건만 바깥세상을 두루 알게 되니 드디어 나 자신이 보였고 우리가 더 잘 보였습니다. 어느 순간 한국이 객관적으로 보이는 균형 잡힌 시각도 갖추게 되었습니다. 과거에는 세상의 나라 이름이 그냥 사회과부도에 나오는 국가명에 지나지 않았습니다. 그러나 다국적 친구들이나 지인들과 호흡하는 사이 어느새 각 나라 이름은 친구들이 사는 소중한 나라로 가깝게 다가왔습니다. 외국에 가기 전에는 '결혼할 때 마련한 대출금 낀 24평 아파트를 30평 대로 늘리다가 40평 대로 이사 간다면 좋겠다, 내 이름으로 된 상가라도 하나 있으면 좋겠다.' 하는 식으로 작고 소박한 꿈을 꾸었습니다. 그러다가 지구촌 구성원들의 삶 그리고 인류가 사는 지구별로 관심과 꿈이 확대되었습니다.

제가 받은 외국에서의 지구촌 이웃들의 사랑이나, 한국이 지구촌에서 받은 사랑에 새마을운동을 통해 보다 더 널리 사랑을 실천하고 싶다는 간절한 마음을 품고 한국으로 돌아왔습니다. 귀국하며 자녀 교육 등 할 일을 하고 대략 60세쯤 움직이리라 계획된 일이 몇 년 일찍 인연의 힘으로 시작되었습니다. 그리하여 소띠 해에 청도를 방문하게 된 게 아닐까 합니다.

이연실

13

극동에서 서유럽으로

잠시 바람처럼 낯설고 먼 유럽에 머물다 왔습니다. 사람들은 자기 자신을 찾기 위해 여행을 떠난다고 말합니다. 저에게 여행이란 혼란과 질서를 오가며 감정의 소용돌이 속으로 빨려 들어가는 여정입니다. 그 격랑이 스스로를 돌아보게 하고 세상을 다시 바라보게 합니다.

영국과 프랑스 두 나라를 떠돌이별처럼 걸어 다녔습니다. 소수의 강대국들이 스위스와 에티오피아, 태국과 네팔을 제외한 지구상의 대부분 나라들을 식민지로 삼았던 세계사 속에서 핵심 역할을 했던 영국과 프랑스의 민낯을 거리 곳곳에서 만날 때마다 마음이 떨려왔습니다.

짧은 13일의 일정으로 무엇을 알겠습니까? 그렇지만 그동안 돌아본 지구촌 어떤 나라보다도 강렬하게 문명과 문화의 충격을 받았습니다. 그 충격으로부터 완전히 벗어나지 못해 귀국하고 몇 날을 앓아 눕고야 말았습니다.

13세기 이탈리아 사람 마르코 폴로의 '동방견문록'에 한반도는 나오지 않습니다. 13세기 아프리카 모로코에서 태어나 유럽과 아시아, 아프리카를 30년간 여행했고 원나라에도 다녀간 이븐 바투타의 '이븐 바투타 여행기'에도 한국 땅에 관한 어떤 기록도 등장하지 않았습니다. 유럽인들의 시각으로 볼 때 근동과 중동을 한참 지나 극동일 수밖에 없는 먼 거리입니다. 우리가 살고 있는 반만년 역사의 한반도는 그만큼 아주 멀고도 외진 곳이었습니다.

한국이 유럽과 첫 인연을 맺은 것은 조선시대 효종 때였습니다. 네덜란드 상선이 일본의 나가사키로 가던 중 폭풍을 만나 우연히 제주도 해안에 떠밀려왔기 때문입니다. 13년 동안 조선 체류 경험을 담은 하멜 표류기를 읽는 내내 미소를 짓거나 탄식했던 기억이 유럽에서 되살아났습니다. 그 당시 하멜이 조선인들의 의식주를 매우 상세히 기록해 놓았습니다. 조선 백성들의 가난하게 사는 모습이 날비린내처럼 스며 있었던 기억이 생생합니다. 그가 이 기록을 남긴 이유는 13년 동안 밀린 임금을 청구하기 위해서였습니다. 그 당시 네덜란드 사람들은 최신식 대포와 총을 가지고 있었습니다. 포도주도 배에 싣고 다닐 정도로 풍요로웠습니다.

일본은 오래 전부터 포르투갈인들에게 총 만드는 걸 배웠고 앞선 문물에 충격을 받아 서양과 활발히 교류했습니다. 미국, 영국, 프랑스, 러시아, 네덜란드와 조약을 맺고 메이지유신 시대를 열었던 일본과 달리 조선은 세계사의 변방에서 우물 안의 개구리 신세였습니다. 살인적인 가뭄으로 조선팔도에서 백성들이 굶어죽던 때였습니다. 그 시절의 영국과 프랑스는 우리의 상식을 뛰어넘는 과학 발전

이연실

을 이루고 세상의 중심이 돼 있었던 걸 서유럽에서 뼈저리게 실감했습니다.

중학교 시절 세계사 시간에 영국과 프랑스를 배울 때면 매우 흥미롭고 신기했습니다. 1970년대에 초중등 학창시절과 청소년기를 보낸 한국 청소년들에게 유럽은 그저 공상 과학 만화에나 나올법한 먼 세계였습니다. 가톨릭 학교여서 프랑스 주교님이 상주해 그저 유럽 사람을 청소년기에 딱 한 명 본 게 전부였으니 말입니다.

21세기를 살고 있는 우리들에게 영국과 프랑스는 머리부터 발끝까지 많은 영향을 끼치고 있는 숙명 같은 나라들입니다. 어느 나라나 세계 표준시에 따라 시간을 봅니다. 그 기준점인 그리니치 천문대가 영국에 있습니다. 100여 년 전 프랑스 파리에서 만국박람회 개막식에 참석하라는 초대장을 세계 각국에 보냈습니다. 그런데 어느 나라 사람은 미리 도착하고 또 다른 나라 사람은 늦게 왔습니다. 나라마다 시차가 있어서 날짜가 달랐다는 걸 그 시절 사람들이 대부분 몰랐기 때문입니다.

우리가 타고 있는 기차와 지하철은 모두 영국에서 나온 과학 문명의 꽃입니다. 지하철은 두더지가 흙 속에서 길을 내는 모습을 보고 과학자가 힌트를 얻었다는데 런던에 지하철이 나온 지 110년이 지나서야 한국은 1974년 첫 지하철 개통을 했습니다. 그러나 지금은 자랑스럽게도 한국 지하철이 세계인들을 매료시킵니다. 세계 최고의 지하철로 내부가 넓고 쾌적하고 밝습니다. 싱가포르나 한국의 지하철을 타본 사람은 영국과 프랑스의 지하철을 타는 순간 얼마나 작고 좁고 낮으며 낡았는지 알고 깜짝 놀라게 됩니다.

영국은 빅토리아 여왕이 다스리던 때 세계 최강의 국가였습니다. 전 세계에 60개 이상의 나라를 식민지로 뒀던 나라입니다. 그것도 모두 알짜배기 땅들을 차지한 행운을 누렸습니다. 그 행운이 식민지 나라들에게는 또 다른 시련이자 불운의 시작이었지만 말입니다. 세계 각처를 식민지로 점령할 때 한국의 남쪽 거문도에도 왔었지만 일본, 러시아 등의 주변 정치 상황에 따라 2년 만에 철수를 했습니다. 가져 갈 것은커녕 보태줘야 할 만큼 이 땅이 가난했기에 식민지로서 큰 매력을 느끼지 못했을 겁니다.

　한국인 최초로 일본과 미국 유학생이었으며 상투를 가장 먼저 자르고 양복을 첫 번째로 입었던 유길준은 서유럽을 여행하고 『서유견문』을 남겼습니다. 그가 왜 운명처럼 계몽사상가가 되었는지 충분히 이해가 갑니다. 서양의 뛰어난 과학 기술과 그 과학 기술이 이룬 눈부시고 놀라운 문명과 문화를 접하고 받은 문화 충격이 어땠는지 과거로 거슬러 가서 그와 대화를 나누고 싶었습니다. 일제강점기 때 일본과 프랑스에 유학을 떠났던 나혜석이 왜 그토록 페미니즘을 부르짖었던지 비로소 그녀와 시대를 초월해 온전히 소통할 수 있었던 시간이었습니다.

　영국과 프랑스는 서유럽에 위치하고 도버해협을 사이에 두고 있는 나라입니다. 역사적으로 왕가끼리 정략결혼을 하고 가장 싸움도 많이 했으며 지금까지도 애증이 얽힌 나라입니다. 두 나라는 마치 일본과 한국처럼 참으로 많은 부분이 너무나 다릅니다. 아직도 나라 밖 세상 사람들은 중국, 일본, 한국이 주거 형태나 언어 심지어 문자도 같은 줄 아는 이들이 많습니다. 극동 지역을 중국 문화권으로 묶

　　　　　이연실

어서 인식하기 일쑤입니다. 일부 지식인들이나 한류 열풍을 경험한 이들 외에는 동북아시아를 동일한 문화권으로 바라보고 이해합니다.

런던의 중앙 기차역 근처에서 우연히 영국 신문을 펼쳐보았습니다. 청와대 소식과 요즘 한국인들이 겪고 있는 진통이 크게 실려 있었습니다. 세계 역사라는 장기판에서 졸로 오랫동안 살아와야 했던 한국의 소식을 그들은 관심 있게 다루고 있었습니다. 한국 전쟁 직후 지구상에서 두 번째로 가난했던 한국이 10대 경제대국이 되었기 때문일 겁니다. 어느 도시든 삼성 휴대폰, LG 에어컨 또는 TV나 현대기아 자동차들이 눈에 띄어 반가웠습니다.

선진국들의 수도에서 한국인으로서 문화 상대주의를 생각하다가 자신도 모르게 문화 사대주의로 빠져들어 문득 정신을 차릴 때가 많았습니다. 그럴 때마다 밉든 곱든 우리는 대한민국 땅에 태어난 한국인이라는 사실을 아프게 깨닫곤 했습니다.

오늘날 우리는 태양왕 루이 14세보다 더 많은 과학 문명을 누리는 21세기 민주 국가 한국에서 살고 있습니다. 지금 우리가 겪고 있는 탄핵 정국의 수많은 진통을 기꺼이 견뎌내고 극동의 주옥같은 나라로 주목받기를 바라며 런던과 파리의 거리를 걷고 또 걸었습니다. 그 발자국들은 비록 소용돌이였지만 한국인이라는 긍지와 지구촌이라는 화해의 산책이었습니다.

세계 역사를 바꾼 서유럽, 프랑스 에펠탑

이연실

14

마누라가 네 명입니까?

한국에 오는 이슬람권 남자들이 크게 당황하는 질문이 있습니다. 한국 사람들이 아무 생각 없이 툭 던지는 말 때문입니다. 약간 재미있다는 듯이 아니면 부러운 듯이 묻는 말, "당신은 마누라가 네 명입니까?"

한국인들이 왜 그런 질문을 하는지 의아해하고 신기해합니다. 그들은 대부분 말하기를 "하나 있는 마누라도 두통거리인데 넷이라니? 신이 공짜로 한 수레를 줘도 싫다."며 고개를 절레절레 흔듭니다. 이런 현상은 종교를 떠나 지구촌 모든 문화권에서 공통적으로 일어나는 현상입니다.

인류 역사상 한 남자로서 가장 많은 자식을 둔 사람은 모로코의 술탄 물레이였습니다. 그는 네 명의 부인과 숫자 불명의 첩들 사이에서 자그마치 1,171명의 아들과 딸을 뒀습니다. 웬만한 중학교나 고등학교 학생 숫자가 될 겁니다. 축구팀을 만들어도 78개 이상의 팀이 만들어질 테니 가히 짐작이 됩니다. 어느 여자가 어떤 자식을 낳았는 지 심지어 이름까지도 헷갈렸다니 거의 동물농장 느낌이 듭니다.

현대인 중에서 기억나는 사례가 있습니다. 북인도의 몽골계 남자 가 있습니다. 그는 마누라와 자식 손자까지 모이면 500명이 넘습니다. 그는 거대한 집을 지어 다 같이 한 집에 삽니다. 역할 분담이 철저하고 마누라들끼리 아주 잘 지내는 공동체가 형성돼 있습니다. 그의 직업 은 한국으로 치면 동네 이장인데, 주변 마을에서 다 부러워합니다.

동남아의 한 섬에 사는 게으름뱅이 남자는 마누라가 5명 있더군 요. 그는 마누라들에게 방 한 칸씩 주고 요일별로 정해 밤마다 방문 하는 게 유일한 일이라면 일입니다. 자기는 손 하나 까딱도 하지 않 고 그 섬에 들어와 있는 일본계 공장에 마누라들을 보내서 돈을 벌 어오게 합니다. 그 남자는 야자수 아래서 해먹을 걸쳐놓고 낮잠만 잡니다. 재미있는 것은 그 섬 사람들이 그를 은근히 부러워한다는 점입니다.

미국의 기독교 한 파인 몰몬교가 한때 일부다처제로 유명했으나 문제가 되자 지금은 공식적으로 사라졌습니다. 그러나 여전히 마누 라를 7명이나 둔 남자가 신문에 나기도 합니다. 외국이든 한국이든 일부다처의 사례들이 은근히 많습니다. 투기가 심하지 않은 게 특이 사항입니다.

저는 몇 해 전에 7개 나라 출신들과 자국의 연애와 결혼 문화 등에 관해 대화를 한 적 있습니다. 우리들은 거의 4시간 동안 여러 번 고 개를 끄덕이거나 배꼽이 빠질 지경으로 웃었습니다. 인간의 본성은 어찌 그리 같으며 삶의 방식은 왜 그리도 다르던지요?

이연실

그날 대화를 같이 나눈 사람 중 가장 기억에 남는 사람은 스웨덴 출신의 여의사 요O나였습니다. 그녀는 서울의 J대 의대에 연수를 받으러 왔다가 저와 인연이 닿아 친하게 지내다가 본국으로 돌아갔습니다. 그녀를 통해 북유럽 여성들의 성 의식 등을 새롭게 듣곤 했습니다. 요O나는 미혼이었는데 가장 결혼하고 싶은 문화권을 중동으로 꼽았습니다. 자기가 인간의 신체적 특징을 해부학적으로 잘 안다며 그쪽 남성들에게 무척 끌린다는 겁니다. 아주 논리적으로 증거를 들어가며 얘기를 하더군요. 과거 사막에 살던 민족의 남자들이기에 뜨거운 모래에 자신의 심볼을 단련시켜 비아그라를 처방할 대상들이 아닐 것이라는 이유입니다. 의사다운 말입니다. 실제 역사적으로 여러 사례를 책에서 읽은 기억이 납니다.

저를 포함해 참석자들의 눈이 다 휘둥그레졌습니다. 동북아시아 국가 중 한국인은 중간쯤일 거라네요. 그러나 저는 여러 라인으로 중동 사람들이 정력제를 많이 찾는다는 말을 들었습니다. 그들은 대개 아내 한 명도 감당 못 하는 이들이 허다하다고 합니다.

21세기에 살고 있는 지구촌 사람들의 결혼에 상당한 변화가 일고 있습니다. 도파민이나 엔돌핀 또는 세로토닌 등 호르몬상 사랑에 빠져 지내는 기간은 3년이라고 합니다. 그러나 이제는 3개월로 짧아졌다고 합니다. 결혼을 한 사람이든지 연애를 하는 이들이 그 기간을 넘기는 것은 전우애나 인류애라고 합니다.

한국 청년들이나 외국 청년들이나 점점 이 시대의 젊은이들이 결혼에 큰 의미를 두지 않는답니다. 남자들도 마누라 한 명이랑 평생 살 자신이 없다는 겁니다. 현대 남성들은 마누라를 저승사자보다 더

모든 문화권 남자들의 고백 '마누라가 많으면 두통!'

무서워합니다. 군 최고 사령관도 자기의 가장 큰 원수는 적이 아니라 마누라라고 농담을 합니다. 그러니 어떻게 다음 생애에 또 결혼을 하느냐는 겁니다.

대문 밖에만 나가면 온갖 유혹이 많은 시대입니다. 이성을 만나는 것도 이제는 스마트폰으로 국경도 없이 소통되는 시대입니다. 어느 누구든 일평생 한 사람에게 매여 살 필요가 없다고 당당하게 말합니다. 상대방이 아무리 좋아도 질린다고 합니다.

이연실

문화권에 따라 비유가 다른데 내용은 똑같습니다. 여자를 과일, 음식, 꽃으로 비유하곤 합니다. 예를 들어 과일의 경우 아무리 맛과 향이 뛰어난 사과를 줘도 죽을 때까지 일평생 사과만 먹으라고 하면 질리지 않겠느냐는 입을 모읍니다. 이 세상에는 맛과 향 모양과 색깔이 다른 맛있는 과일이 지천이라는 주장을 합니다.

제 생각에는 프랑스의 지성 샤르트르와 시몬느 보봐르처럼 계약 결혼을 하는 것이 21세기 결혼의 대안이 될 것으로 보입니다. 서로 원수니 악수니 하며 죽기보다 고통스럽게 살 이유가 없습니다. 계약 결혼으로 하되 연장 여부는 두 사람의 합의에 따라 결정하면 되겠지요. 누가 대통령 선거에 나와 이런 내용의 공약을 걸면 반드시 당선될 거라는 농담도 들은 적이 있습니다. 백세 장수 시대에는 서른 살에 결혼을 해도 70년간 한 사람과 산다는 의미입니다. 그것이 축복일 수도 있으나 맞지 않는 이들에게는 그보다 더 큰 형벌이 없을 겁니다.

언젠가 인기 있었던 영화 〈님아, 그 강을 건너지 마오〉에 나왔던 노부부는 그 시대에 그 시골에서 그 길만이 유일한 삶과 사랑의 방식이었습니다. 두 사람 다 선택의 여지가 없었습니다. 이제 남녀 모두 다른 시대에 달라진 세상을 살고 있습니다. 이 시대 부모들은 장차 아들이든 딸이든 자녀가 비혼을 선택하든 훗날 결혼 후 이혼을 선택하든 다 존중할 것 같습니다. 그러나 배우자가 여러 명인 것은 반대할 것이 틀림없습니다.

아직도 지구촌의 많은 지역에서 남자들은 꿈을 꿀지도 모릅니다. 과거의 왕처럼 돈 많은 이들이나 권력자들이 공식적으로 여러 명, 비공식적으로 수십 명 또는 수백 명을 거느리고 살았던 것처럼 살고 싶어 할지 모릅니다. 인류 역사상 최악의 남자 사냥꾼 측천무후도 있었고 색광인 모택동도 있었으나 그들이 행복했다고 볼 수는 없을 겁니다. 원래 사랑이란 비싼 심장을 귀하게 주는 것이지 피자 한 판처럼 여러 조각으로 나눠 줄 수는 없기 때문입니다.

이슬람 문화권에서 아내를 네 명까지 둘 수 있게 했던 것은 과거에 전쟁이나 기타 사유로 남편을 잃은 여자들이 먹고살 길이 없었기에 여자들이나 아이들을 거두라는 사회보장적 시스템에 기반한 것이라고 합니다. 깊은 속뜻을 모르고 마치 장난처럼 한국인들이 외국인들에게 질문을 던지는 것은 사실 매우 무례한 매너입니다. 한국인들은 외국인들에게 프라이버시에 가까운 난처한 질문을 쉽게 하는 편입니다. 상대방에 대한 최소한의 예의를 지켜줘야 하는데 말입니다.

외국인이 한국 음식 문화를 전혀 모르고 어디선가 주워들은 말로 우리들에게 "당신은 한국 사람인데 혹시 하루 세 끼 개고기를 먹습니까?"라고 묻는 것과 같습니다. 한국인이 개고기를 먹는 것이 외국인들에게는 야만인처럼 느껴지는 문화입니다. 그들은 한국인이 자기가 키우는 애완용 개들을 잡아먹는 줄로 잘못 압니다. 그러므로 놀랄 수밖에요.

한국이 개를 잡아먹는 매우 이상한 나라 같은데 차라리 일본으로 유학을 가라고 했다는 얘기를 듣고 웃었던 기억이 납니다. 그 친구가 어쩌다 고향에 전화를 하면 진짜 개고기를 먹지 않더냐고 확인을 한다니 우리로서는 황당한 질문입니다. 그러니 잘 알지 못하면서 이슬람권 남자들에게 마누라가 네 명이냐 하는 그런 질문을 함부로 해서는 절대 안 되겠지요?

이연실

15

청산별곡 후렴구의 비밀

고려가요 청산별곡은 그 시대 작품 중 최고로 평가를 받습니다. 대한민국에서 고교를 다닌 사람 중 이 가요를 모르는 사람이 거의 없을 겁니다. 후렴구 '얄리 얄리 얄라셩 얄라리 얄라'를 우리는 학창시절에 의미가 없는 것이라고 배웠습니다. 그리고 작자 미상이라고 합니다.

저는 이 작품이 다시 연구되어야 한다고 봅니다. 후렴구 '얄라'가 아랍어이기 때문입니다. 얄라는 아랍어로 '빨리 가자'라는 뜻입니다. 글 내용이 청산에 놀러 가자라는 뜻으로 이해됩니다. 아랍 친구들과 이야기를 하다 보면 자주 듣는 말이 얄라입니다. '여행 가자', '구경 가자', '지금 가자'라는 의미이지요.

우연히 그들의 말 얄라를 듣고 저는 무릎을 쳤습니다. 그들이 얄라라는 말을 쓰는 순간 고려가요 청산별곡이 전광석화처럼 제 뇌리에 스쳤습니다. 뭔가 비밀의 문을 발견한 느낌이라서 '유레카!!!'라고 외칠 뻔했습니다. 참고로 맷돌이나 공기놀이 또는 굴렁쇠 등의 놀이도 아랍 국가에서 즐기는 것을 알게 되었습니다.

현재 아랍어는 지구촌 25개 나라에서 공식 언어로 쓰입니다. 유엔 지정 6대 언어 중 5위를 자랑합니다. 오늘날 지구촌 인구 3억 명이 쓰는 언어입니다. 역사적으로 지구상에서 어휘가 가장 풍부한 언어인데 그 까닭은 과거 육상 실크로드의 영향 덕분입니다. 14개 이상의 나라를 통과했던 머나먼 길을 오가며 아랍 상인들이 보고 듣고 새로운 문물에 얽힌 단어도 많이 익혔기 때문입니다.

아랍어 유머도 다른 언어권이 따라갈 수 없이 유난히 발달해 있습니다. 저는 살아오면서 지금까지 아랍 사람들처럼 재미있는 이들을 못 봤습니다. 언어의 귀재들인데 수천 년간 많은 나라를 오갈 때 나눈 기나긴 대화 덕분일 겁니다. 유머가 발달한 지역으로는 중동이, 나라로는 이집트를 꼽을 수 있습니다. 이집트 코미디 프로그램이 20개가 넘고 아랍 문화권에서 인기 최고인 이유도 그들의 역사와 관련이 깊습니다.

지구상 모든 언어권 중에서 아랍어만큼 속담과 격언이 많은 언어가 없습니다. 우리가 알고 있는 숱한 동화나 소설 또는 여행기 등의 문학 작품이 바로 아랍 문학입니다. 그들 언어의 작품이 영어나 프랑스어 버전으로 외부 세계에 두루 퍼졌고 결국 우리에게까지도 알려졌습니다.

제가 아랍 문학을 처음 접한 것은 열세 살 때였습니다. 아라비안 나이트의 수많은 작품 중 하나인 '알리바바와 40인의 도둑'을 읽었습니다. 여러 버전의 영화로도 나왔지요. 동굴 문을 여는 주문에 '열려라 참깨! 닫혀라 참깨!'가 나올 만큼 그들은 참깨를 많이 먹습니다. 마늘과 참깨에 올리브유를 넣고 갈아서 만든 '홈무스'는 건강에도 아주 좋습니다. 그냥 먹어도, 빵을 찍어 먹어도 환상입니다.

참깨 역시 실크로드를 통해 중국 그리고 한반도에 전래되었습니다. 그 또한 아랍 상인들 덕분이었습니다. 기름을 짜도 한국인들은 '참'자를 붙여 참기름이라고 할 만큼 귀한 대접을 했습니다. 아라비안 나이트를 읽은 이후 전에는 옛날이야기나 전래 동화에 익숙해 있다가 외국 작품의 새로운 맛에 깊이 빠져들고 말았습니다. 지금도 다른 문화나 세계사가 최대 관심사입니다.

오늘날 여러 시대의 언어에 아랍어의 흔적이 남아 있습니다. 고려시대에는 원나라에 아랍 무역상들이 많이 왔습니다. 그들이 한반도에도 다녀갔기에 분명 아랍어의 영향이 꽤 있었을 겁니다. 고려시대 청산별곡을 쓴 지식인이 누구인지 알 수 없습니다. 그러나 당시 원나라와 교류를 활발히 하고 아랍 상인들도 만났던 역관으로 추정됩니다. 아마도 오늘날의 외교관이나 통역 전문가 같은 역할을 했을 겁니다.

비누를 아랍어로 '사분'이라고 합니다. 제 페친 중 연세가 좀 드신 분이 어렸을 적에 경상도와 전라도에서 비누를 사분이라고 했다는 얘기를 해주셨습니다. 참으로 신기했습니다. 절대 우연은 아닐 것이라 분명 그 옛날에 교류가 있었다고 확신합니다.

아랍인들은 푸른색과 초록색을 대단히 좋아합니다. 중동 지역 사막 때문이기도 하고 유목민이었기에 푸른 초원은 곧 생명을 뜻합니다. 과거에 한반도를 다녀간 이슬람 상인들이 신라나 고려의 푸른 산과 들판에 얼마나 반했을지 가히 짐작됩니다.

알라가 아랍어이므로 당시 아랍 어느 나라 사람들이 주로 실크로드를 따라 왔는지 모르겠으나 오늘날의 25개 아랍권 나라 중 하나일 겁니다. '얄리 얄리 얄라셩 얄라리 얄라' 이 문장 속의 아랍어도 한국의 전라도 경상도 사투리나 제주 방언처럼 나라마다 방언이 많아 추적 조사를 해야 할 겁니다.

아랍 상인 누군가가 한반도의 아름다움에 반해 푸른 산으로 나들이를 가자고 한국인 지인에게 청했을 것 같습니다. 그들은 천성적으로 초원이나 숲, 오아시스로 소풍 가는 걸 아주 좋아합니다. 지금도 중동 사람들이 한국에 오면 이 땅의 날씨와 비, 산, 나무, 식물에 황홀해하며 매료됩니다.

예나 지금이나 산이 70%가 넘는 한반도를 보고 경탄하는 중동 사람들입니다. 어쩌면 이슬람 상인을 고려시대 어느 문장가가 자신의 집에 초대를 한 뒤 대화를 하며 이 글을 쓴 것 아닌가 추측됩니다. 고려가요에 나오는 후렴구에 아랍어가 쓰여 있다는 것, 이것은 결코 우연이 아닐 겁니다.

앞으로 학자들이 청산별곡을 다시 연구한 후 고려시대 문학사를 다시 써야 할지 모릅니다. 아랍어 단어 얄라가 놀라운 단서가 될 겁니다. 제가 호기심으로 관련 문헌들을 찾아보니 청산별곡을 연구한 한국의 학자들이 여러 명이나 있습니다. 모두 자신의 생각을 써놓았더군요.

그간 한국의 고전 문학 학자들이 아랍어를 몰랐기에 의미 없는 후렴구라 했을 겁니다. 문학 작품이 의미가 없다는 건 말이 안 됩니다. 뜻을 모르니까 학자들이 자기 방식대로 본문 해석도 상상력을 동원해 풀이를 해놓았을 것으로 느껴집니다. 물론 문학 작품이란 쓴 사람의 손을 떠나면 읽는 이의 세계관으로 읽힙니다.

이연실

청산별곡의 비밀이 있을 아랍 상인과 고려 상인

대한민국의 국문학계 특히 고전 문학을 연구하는 학자들에게 청산별곡에 유심히 관심을 가지라고 권유하고 싶습니다. 한국 역사 속 고려시대에 아랍 상인들과 원나라 사람들이 얼마나 깊이 교류했는지 잘 알고 있습니다. 아시아, 북아프리카, 유럽이 그들의 손에 의해 문명과 문화를 받아들였으니 가히 그 규모와 역사에 고개가 절로 끄덕여집니다.

당시 중동은 세상의 중심이었고 전 세계 무역을 주름잡았던 대상들이 아랍인들이었습니다. 해상 실크로드 시대에는 그들이 동남아시아 시장과 바다의 중요성을 알아 인도네시아 수마트라섬 아체에 자리를 잡았습니다. 아체 지명에도 아랍과 중국의 문화 코드가 내장돼 있으니 인류사는 늘 흥미롭습니다.

한국 고전 문학사를 다시 써야 할 비밀이 분명 아랍어 단어 '알라'에 숨어 있을 겁니다. 현실 비관이나 세상 도피 등으로 억지로 꿰맞춘 듯이 해석을 한 것과 달리 새로운 버전이 나올 것 같습니다. 고려인들에게는 남녀상열지사 문화가 있었고 자연도 좋아했지요. 그러니 청산에 가자는 아랍어 단어가 특별한 비밀을 품고 있을지도 모릅니다. 마치 상형문자 해독의 열쇠로 이집트에서 발견된 로제타석처럼….

16

경이로운 이집트 친구들

일본에 머무는 이집트 친구와 오랜만에 소식을 주고받았습니다. 그 친구는 인생역전을 한 청년입니다. 한국의 홍삼을 좋아해 제 지인 회사에서 할랄 인증받은 홍삼을 자주 원가로 구해주곤 했습니다. 이번에 이 친구의 막내 동생인 사업가가 일본에서 한국의 할랄 홍삼 사업을 하고 싶다는 연락이 와서 아는 회사를 소개해 줬습니다.

제게 다양한 분야의 이집트 친구들이 있는데 그중 이 친구는 여러모로 연구 대상입니다. 그는 이집트의 아주 가난한 집 8남매의 장남으로 태어났습니다. 청소년 시절 하수구에 들어가 오물을 청소하는 일까지 했답니다. 공부만이 인생역전을 할 거라고 여겨 주경야독 했고 드디어 변호사가 되었습니다.

대가족의 장남이라 변호사 합격증을 모셔놓기만 했습니다. 돈을 더 벌고 싶고 인생도 재미있게 살고 싶어 과감히 사업가의 길에 들어섰습니다. 그가 종잣돈을 마련하기 위해 당시 잘나가던 일본을 선택했습니다. '내가 이집트인의 시각으로 아시아를 다니며 느낀 점을 글로 쓸 테니 당신 회사가 나의 원고를 사라, 그 대신 모든 비용을 대라'며 편지를 보냈다고 합니다. 편지를 받은 일본 NHK에서 그를 눈여겨보았고 그 친구는 전격 발탁되었습니다.

그는 당시 미래의 엄청난 시장인 아시아를 여행하며 돈도 벌고 세상 공부를 한 결과, 비즈니스에도 눈을 떴습니다. 지금은 제가 아는 것만 해도 8개 나라에 사업체가 있습니다. 이집트, 일본, 한국, 우즈베키스탄, 인도네시아, 말레이시아, 사우디아라비아, 홍콩 등에서 사업을 합니다. 한국에도 이태원과 안산에 여러 개의 회사가 있습니다.

이 친구는 매우 특이하게 아내가 셋 있습니다. 이집트 여자, 인도네시아 여자, 일본 여자입니다. 세 아내와 아주 편안하게 잘 삽니다. 그 비결은 자신이 생활비 등 모든 것을 공평하게 대주고 똑같이 사랑해 주는 거랍니다. 제가 은근 슬쩍 "그래도 사람인데 어느 아내에게 마음이 더 가느냐?"고 물어본 적 있습니다. 인도네시아 술탄 가문 출신 박사인 둘째 부인을 가장 사랑한다더군요. 두 사람의 금슬이 좋습니다.

그 인도네시아 여인은 저와 친해서 속내를 다 얘기하는 사이입니다. 그녀는 자신이 사랑받는 비결을 제게 귀띔해 줬습니다. 그 비결은 자신의 나라에서 과거 술탄의 여인들이 사랑을 받기 위해 사용한 식물 '자무'였습니다. 저는 그날 자무가 무엇에 어떻게 쓰이며 왜 좋은지 태어나서 처음 알게 되었습니다. 조금은 쑥스럽지만 인도네시아에서 수천 년 동안 내려온 비법으로 성생활에 큰 도움이 되는 식물이라고 합니다.

그 은밀한 비법을 말해준 그녀는 인도네시아의 명문가 후손으로 한국에서 박사학위를 받았습니다. 그녀의 선조는 지금 우즈베키스탄의 유서 깊은 고대 도시인 부하라에서 출생한 이슬람 대학자입니다. 우리로 치면 퇴계 이황 선생쯤 됩니다. 그녀의 선조 할아버지는 인도네시아의 수마트라섬 아체에 자리 잡고 학문을 일으킨 분으로 이슬람 학파의 세계적인 인물입니다.

이집트 사업가 친구의 막냇동생은 아주 특별하고 특이합니다. 언어에서도 5개 국어에 능통한 젊은이입니다. 그는 이집트에서 일본 아가씨와 인터넷에서 만나 사랑에 빠졌습니다. 일본으로 날아가 실제 얼굴을 본 지 3일 만에 처가의 열렬한 환영 속에 결혼식을 올렸습니다. '아담'이라 이름 지은 아들을 낳고 깨가 쏟아지게 잘 살고 있습니다. 그는 음식 솜씨가 얼마나 좋은지 다국적 요리를 잘하고 사업도 성공시킨 재주꾼입니다.

그들 형제의 조카는 자기 삼촌들한테 사업 수완을 익힌 뒤 한국에서 두 가지 사업을 하였습니다. 어느 날 그 청년이 한국에 온 지 얼마 안 됐을 때 고통으로 거의 눈물을 흘릴 정도로 힘들어하더군요. 치통이었는데 한글을 못 읽고 한국말도 몰라 쩔쩔매길래 치과에 데려다 치료를 받게 해줬습니다. 제가 바빠서 자주 못 오므로 의사 선생님과 간호사에게 특별히 부탁하고 제 전화번호를 남겨 잘 치료받게 도와준 사례가 있습니다. 치통으로 고통받던 청년은 웃음을 되찾았고 저를 '한국 이모'라 부릅니다.

그 청년은 한류 열풍에 빠져 한국으로 여행 온 말레이시아 아가씨와 만나 사랑에 빠지더군요. 어느 날 결혼식을 하러 말레이시아로 갔고 지금은 수도인 쿠알라룸푸르에서 행복하게 살고 있습니다. 그 젊은 부

이연실

부에게 결혼 선물로 한국 전통 장식품을 주었더니 무척 좋아했었지요.

이집트 젊은이 중 불법 체류자로 있다가 돌아간 이도 기억납니다. 이집트에서 대학을 졸업했으나 워낙 취업이 어렵고 일자리가 없으므로 세계 10대 경제대국이고 제조업이 발달한 한국에 왔답니다. 한국의 서울대 공대에 해당하는 이집트 최고의 명문대학인 카이로 공과대학을 졸업해도 월 20만 원 정도를 받는 사회이므로 그들에게 한국은 꿈의 나라였습니다.

한국에서 알바를 하며 150만 원쯤 버는 몇몇 이집트 젊은이들에게 제가 물은 적 있습니다. "서울은 물가가 비싸다. 방값이나 생활비를 쓰고 나면 저축이 불가능할 텐데 차라리 부모님이 계신 이집트가 낫지 않느냐? 무엇 때문에 한국에 머물며 사서 고생을 하느냐?"고 물었더니 그들의 대답은 한결같았습니다. "살아있는 느낌의 대한민국 그리고 서울이 마냥 좋다."는 겁니다.

이집트 사람들이 한국을 칭송할 때마다 저는 만감이 교차합니다. 이집트… 이름만 들어도 압도되는 나라가 아니었던가? 한때 세계 최고의 문명을 자랑했던 위대한 나라였지요. 알면 알수록 입이 딱 벌어지는 이집트, 자신들의 역사나 문화에 자부심이 넘치는 그들이지만 부패한 정치 지도자 몇 번 잘못 만나자 완전히 후진국으로 전락하고 말았지요. 지금도 카이로에는 벤츠와 당나귀가 섞여 도로를 오갑니다.

이집트 사람들도 머리가 얼마나 우수한지 저는 그들과 대화 중 자주 놀랐습니다. 그 나라는 오늘날 1억 2천만 명의 인구가 있는 대국입니다. 그리고 전 세계에 1천만 명이 넘는 이집트 인재들이 해외에 나가 살고 있습니다. 그들은 핵심 두뇌입니다. 미국이든 어디든 이집트 과학자나 세계적인 석학 등이 많습니다. 한국의 건국대에도 저와 친한 이집트 교수 친구가 있습니다. 4개 국어가 능통한 줄기세포 전문 박사입니다. 이 친구 또한 유머 감각이 대단히 탁월합니다.

앞으로 한국인들이 주목할 나라 중 하나가 이집트입니다. 역사적으로나 문화적으로나 종교의 역사에 있어서 이집트는 매우 중요합니다. 우리가 인류를 이해하기 위해서나 미래 지구촌 변화를 알기 위해서도 이집트는 반드시 알아야 할 나라입니다. 그만큼 다채로운 매력과 탐구할 숙제가 많은 국가이기도 합니다.

아프리카는 54개 나라로 이뤄진 엄청난 크기의 대륙입니다. 그중 이집트는 아프리카의 의장국이고 현재 엘시시 대통령은 의장국의 의장입니다. 아프리카의 만형 역할이라고나 할까요? 오늘날 무섭게 변화되고 있는 아프리카는 역사적인 이유로 영국, 프랑스, 인도, 미국, 이스라엘, 중국의 각축장입니다.

한국이 이집트를 눈여겨봐야 하는 이유는 손가락 10개로도 모자랍니다. 우선 이집트는 아프리카와 중동 그리고 유럽으로 연결되는 수에즈 운하가 있는 나라입니다. 인건비가 월 20만 원 이하로 싸고 관세가 없습니다. 한국이 다 거쳐 온 1차 산업 혁명부터 4차 산업 혁명까지 모두 다 필요한 나라이기도 합니다.

저는 한국의 전경련이나 중소벤처기업부 등이 노력해 한국 기업이 적극적으로 이집트에 진출하기를 권합니다. 한국의 사양산업도 이집트나 중동 그리고 아프리카 각 나라에는 거의 다 절실히 필요한 산업이기 때문입니다. 예를 들어 경기도 안산시만 해도 2만 5천 개의 중소기업이 있습니다. 그중 5천 개 정도의 기업은 이제 한국에서 설

이연실

자리가 없습니다. 한국에서 고사시키지 말고 개발도상국이나 어려운 나라에 진출하면 기업도 살고 지구촌 발전에도 기여하게 됩니다.

한국의 모 제과업체의 경우에 중국, 베트남, 러시아에서 한 품목으로 1조 원 이상의 매출을 올립니다. 그 회사가 이집트에 현지 공장을 세우고 아프리카와 중동, 유럽을 공략하면 엄청난 시장을 장악할 수 있습니다. 물론 할랄이나 코셔 인증을 받으면 금상첨화겠지요. 그 제품을 생산하는 한국 기업 두 곳이 아프리카에 관심이 없는 사이 인도 제과 회사가 아프리카에 들어가 재미를 보고 있습니다. 그야말로 떼돈을 벌더군요. 제가 자본이 조금만 있으면 작은 돈으로 큰돈을 벌 분야를 알기에 그 사업을 할 것 같습니다.

오늘날 이집트는 과거 친북이나 친중을 벗어나 친미와 친한으로 돌아섰습니다. 군인 출신의 엘시시 대통령은 한국의 경제 발전을 모델로, 고 박정희 대통령의 경제 정책을 전형으로 새로운 이집트를 꿈꾸고 있습니다. 인구 2천만 명의 수도 카이로 인근에 500만 명을 수용 가능한 신도시도 건설 중입니다. 앞으로 한국과 이집트는 양국 인사들의 방문이 줄을 이을 것입니다. 13개의 스마트 시티 사업과 시나이 반도 프로젝트 등을 위해 이집트는 국제 사회와 손잡고 종횡무진으로 활약하고 있습니다.

이집트의 집권자인 엘시시 대통령은 이집트 육사 출신의 엘리트 장교였습니다. 영국 왕립 군사학교와 미국에도 유학을 다녀온 인재입니다. 따라서 그는 자본주의를 잘 알고 경제의 흐름이나 지구촌 변화에 밝은 게 틀림없습니다. 훗날 역사가 평가하겠으나 현재 그는 과거 무바라크(아랍어로 '축복'이라는 뜻)보다 국민의 지지도가 높습니다. 헌

법상 2030년까지 대통령직을 수행할 수 있습니다.

이집트 사람들은 자신들이 어디에 살고 있든 역사에 대한 자부심이 하늘을 찌릅니다. 자기들끼리는 자신의 나라 정권 비판을 하고 빈부격차나 과거 독재 정권을 매우 못마땅히 여겨 성토도 합니다. 그러나 과거의 영광은 사라지고 엉망이 되어버린 자신의 나라를 외국인들이 무시하면 그건 참지 못합니다. 애국심이 대단합니다.

한 가지 특이한 것은 이집트가 다른 나라에 비해 미국이나 러시아도 두려워하지 않는다는 점입니다. 워낙 큰 나라이고 강국이었던 자신들의 과거 역사나 자부심 때문인지는 정확히 모르겠습니다. 그 느낌이 마치 '어느 나라든 우리에게 덤비려면 덤벼 봐라. 우리는 이집트!'라고 말하는 것 같습니다. 그만큼 이집트 사람들은 위대한 나일강 문명의 후예로서 자신감이 있고 자존감도 강합니다.

이집트는 지중해와 홍해를 끼고 있어서 매우 아름답습니다. 후르가다와 샤름 알 셰이크는 서양인들이 최고의 휴양지로 꼽는 곳입니다. 세계 최고의 스쿠버 다이빙을 하는 곳도 있습니다. 이집트에는 한국의 대기업 오너들보다 잘사는 어마어마한 부유층도 많습니다. 영국 다이애너 비의 애인이었고 함께 프랑스에서 사망한 '도디 알 파예드'가 이집트 억만장자의 아들이었지요. 한국인들이 대개 피라미드만 떠올리는 이집트는 고대부터 지금까지 관광의 보고이자 인류 문명사의 소중하고도 비옥한 터전입니다.

제 아들이 공부하던 영국의 대학에는 전 세계에 조직을 갖춘 대학생 봉사조직이 있습니다. 아들이 대학 재학시절 봉사할 나라로 선택한 곳이 이집트였습니다. 이집트에는 아프리카의 수단 내전 난민들

이연실

이나 고아들이 많습니다. 아들은 그 아프리카 고아들을 돌보는 봉사를 통해 배운 것이 많습니다. 이집트에서 여러 나라 출신의 학생들과 어울려 대화를 했고 여러 곳을 방문했습니다. 떠오르는 대륙 아프리카의 미래 등에 큰 관심을 갖고 있습니다. 아들은 미래 중남미도 발전 가능성이 있다고 여겨 도미니카 공화국으로 코이카 봉사도 다녀왔습니다. 아프리카 대륙과 중남미가 크게 성장하고 있으므로 저는 아들에게 늘 지구촌에 두루 애정을 갖되 특별히 두 곳에도 관심을 가지라고 권유했습니다.

이집트 젊은이들의 한류 열풍은 토네이도급입니다. 서울이나 부산 등의 대학에 이집트에서 유학생들이 많이 옵니다. 한국을 꿈의 모델로 삼고 있습니다. 과거 수천 년 동안 아프리카 케냐보다도 덜 알려졌고 한국 전쟁 이후 지구상에서 가장 비참했던 한국을 말입니다. 반세기 만에 대한민국이 기적을 이룬 걸 외국에서는 더 격찬합니다.

올해 11월 초 이변이 없는 한 제가 이집트를 방문하게 됩니다. 아프리카와 중동 여성 포럼에 한국인으로 참석해 다양한 행사와 세미나, 나일강 투어 등을 하며 한국을 더 지구촌에 알리도록 노력할 겁니다. 그 포럼에 참석하는 29개 나라 여성 리더들과 제가 지구촌 친구가 된다면 장차 한국인이나 한국 기업이 더 활발히 해외에 진출하는 데 도움이 될 것입니다.

앞으로 인천과 천안에서 이집트 관련 여러 프로젝트가 진행될 겁니다. 저는 좋은 아이디어를 몇 가지 갖고 있습니다. 그래서 이상희 전 과기처 장관님과 대화도 했습니다. 모두 매우 긍정적인 반응을 보이셨습니다. 제 아이디어를 바탕으로 더 구체적인 내용은 각 분야의 탁월한 전문가들이 체계적으로 진행할 것입니다. 아이디어 제공자로서 큰 보람을 느낍니다.

이집트… 유럽의 유서 깊은 박물관에는 나일강 문명이 일으킨 각종 유물이 넘칩니다. 너무 많아서 다 전시를 못 할 정도이지요. 이집트의 미라 하나만 봐도 놀라운 과학과 예술성이 녹아 있습니다. 저는 영국에서 실제 이집트의 미라를 자세히 본 적 있습니다. 시신을 감싼 천이 얼마나 정밀하고 예술적으로 섬세하던지 탄성이 나왔습니다. 이집트의 저력은 현재 진행형입니다.

인생은 만남의 연속입니다. 서로 만나야 친구가 되고 비즈니스도 되고 삶도 미래지향적으로 나아갈 수 있습니다. 한국의 능력 있는 기업들이나 큰 꿈을 가진 젊은이들은 모든 것이 포화상태인 한국을 벗어나 더 넓은 세상으로 뻗어나가기를 희망합니다. 세상은 열려 있고 길은 많습니다. 역사는 소수의 창조적이고 도전적인 사람에 의해서 만들어졌다는 것을 잘 압니다. 저 같이 평범한 주부에게도 다채로운 세상이 보입니다. 그러니 젊은이들에게는 얼마나 무궁무진한 기회가 있을까요? 세상 어디든 만들면 길이 되는 세상이 우리를 기다리고 있습니다.

이집트 하니 장군의 아내와 서울에서

바 람 의 흔 적

이연실

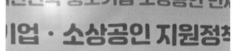

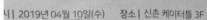

대한민국 중소기업·소상공인 만서

기업 · 소상공인 지원정책

시 | 2019년 04월 10일(수)   장소 | 신촌 케이터틀 3F

이연실

바람의 흔적

이연실

이연실

이연실

이연실

감사의 글

　이죽희 교수님을 페북에서 처음 알았을 때 강렬하게 끌렸습니다. 아우라와 내공 그리고 자연스럽게 풍겨나오는 품격을 느꼈기 때문입니다. 주향백리, 화향백리, 인향만리라고 합니다.

　조물주도 사람만큼 정성을 들여 창조한 존재가 없습니다. 이죽희 교수님을 뵈면 올바른 한국 여성의 기품이 느껴집니다. 우아하고 지적이며 겸손하십니다. 저절로 닮고 싶다는 생각이 듭니다. 한국어도 영어도 대단히 잘하시는데 주위에서 흔히 볼 수 없는 멋진 분입니다.

　페북에서 우리는 마치 전생부터 인연이 있었던 것처럼 호기심을 느꼈습니다. 실제로는 딱 두 번 뵈었던 분이 제 글의 교열을 자청해서 봐주셨습니다. 참으로 감사하고 고마운 인연입니다. 페북에서 맺은 고귀한 분이라 늘 존경합니다.

이 책을 잘 만들기 위해 노력하신 도서출판 행복에너지의 권선복 대표님과 오동희 에디터님 그리고 책 디자이너 최새롬 님께 감사를 드립니다. 세상의 모든 책들은 오래 지상에 남을 겁니다. 책은 누군가의 삶도 바꾸는 놀라운 에너지를 갖고 있습니다. 그러한 작업을 함께하신 귀한 분들께 마음속으로 꽃다발을 안겨드립니다.

외국인이 본 한국, 한국인이 본 외국이 절묘한
조화를 이루며 글로벌 시대를 한눈에 볼 수 있는
'혜안과 통찰'이 묻어나는 책!

권선복
도서출판 행복에너지 대표이사

사람들의 시선은 가지각색입니다. 세상에는 수많은 눈이 있고 귀
와 입이 있습니다. 우리는 서로 다른 견해를 받아들이거나 고찰하면
서 세상을 보는 눈을 키워갑니다. 타인의 시각을 빌린다는 것은 참으
로 흥미로운 일이라서 때로 생각하지 못했던 부분을 발견하게 되기
도 합니다.

특히 이런 면에서 매력적인 것은 '외국인'의 시각일 것입니다. 태
어난 곳이 완전히 다른 곳에서 온 사람은 한국에 대해서 어떤 견해를
가지고 있을까요? 정작 우리 한국인이 간과하고 있는 점을 날카롭게
짚어낼 수 있지 않을까요?

이러한 가정하에 그들의 글을 본다면 분명 깨닫는 바가 있을 것입

니다. 본서의 첫 절반은 외국인이지만 한국인보다 한국을 더 사랑하는 외국인, '이만열' 박사에 의해 쓰였습니다. 그의 본명은 임마누엘 페스트라이쉬, 지금은 한국으로 귀화한, 한국의 장점을 누구보다 잘 알고 있는 푸른 눈의 서양인입니다.

그는 한국인이 자신들이 가진 보물을 너무 모르는 것 같다고 안타깝게 생각합니다. 한국이 깨닫지 못한 한국의 잠재력을 높이 평가하며, 글로벌 시대에 한국이 주도적인 역할을 할 것이라고 예언하고 있습니다. 최근 한류 붐이 전 세계적으로 퍼지고 있는 것을 보면, 그의 말이 설득력 있게 다가옵니다. 지금은 K-pop, K-drama 같은 현대적 콘텐츠에 집중되어 있지만, 그에 따르면 우리나라가 가지고 있는 진정한 보물은 대대로 내려오는 역사와 문화 속에 잠재되어 있다고 합니다. 세계 '정신'을 뒤흔들 수 있는 근간을 가지고 있는 것입니다.

그의 글을 읽다 보면 우리가 경제발전에 치중하느라 소홀했던 우리 문화를 이제 다시 꺼내 봐야 할 때가 아닌가 생각됩니다. 역사를 잊은 민족은 뿌리가 없는 민족이라고 해도 과언이 아닙니다. 이제 그 뿌리를 키워가야 할 때입니다.

한편 책의 나머지 부분을 차지하는 '이연실'님의 '한국인이 보는 외국'은 즐겁고 경쾌한 필체로 저자가 본 외국의 사회상을 보여주고 있습니다. 그녀가 만난 외국인들의 이야기는 친구의 이야기를 듣는 듯이 가깝게 느껴집니다. 단순히 만남으로 그치는 것이 아니라 그들을 통해서 우리의 삶도 돌아보게 하는 통찰력도 깃들어 있습니다. 외국을 바라보고 한국을 들여다보면 내면의 이해는 더욱 깊어집니다. 자신을 되돌아보고 지구별 위에서 어떻게 살아갈까? 청사진을 그려볼 수도 있습니다.

더불어 외국인들도 우리와 별반 다르지 않다는 걸, 생활양식과 믿음의 차이는 있을지언정 다 같은 지구인이라는 것을 느끼게 될 때 미소가 지어집니다. 젊은이들이 세계로 향할 것을 북돋우면서 자신도 되돌아볼 것을 권합니다. 다양한 세상 속에서 각양각색의 이야기를 접하니 마음이 두근거려옵니다.

본서를 통해 서로 다른 두 시각으로 대한민국을 포함한 지구별에 대한 이야기를 나눌 수 있게 되어 진심으로 기쁘게 생각합니다. 글로벌 시대, 지구촌 시대에 이러한 책이 나온 것은 참으로 시의적절하게 여겨집니다. 훌륭한 글을 선사해 준 두 분 저자님께 감사드리며, 선선한 가을에 본서를 맞이해 마음의 양식으로 삼을 독자님들께도 축복이 깃들기를 소망합니다. 모두 행복하시길 빕니다.

출간후기

'행복에너지'의 해피 대한민국 프로젝트!
〈모교 책 보내기 운동〉

대한민국의 뿌리, 대한민국의 미래 **청소년·청년**들에게 **책**을 보내주세요.

많은 학교의 도서관이 가난해지고 있습니다. 그만큼 많은 학생들의 마음 또한 가난해지고 있습니다. 학교 도서관에는 색이 바래고 찢어진 책들이 나뒹굽니다. 더럽고 먼지만 앉은 책을 과연 누가 읽고 싶어 할까요? 게임과 스마트폰에 중독된 초·중고생들. 입시의 문턱 앞에서 문제집에만 매달리는 고등학생들. 험난한 취업 준비에 책 읽을 시간조차 없는 대학생들. 아무런 꿈도 없이 정해진 길을 따라서만 가는 젊은이들이 과연 대한민국을 이끌 수 있을까요?

한 권의 책은 한 사람의 인생을 바꾸는 힘을 가지고 있습니다. 한 사람의 인생이 바뀌면 한 나라의 국운이 바뀝니다. **저희 행복에너지에서는 베스트셀러와 각종 기관에서 우수도서로 선정된 도서를 중심으로 〈모교 책 보내기 운동〉을 펼치고 있습니다.** 대한민국의 미래, 젊은이들에게 좋은 책을 보내주십시오. 독자 여러분의 자랑스러운 모교에 보내진 한 권의 책은 더 크게 성장할 대한민국의 발판이 될 것입니다.

도서출판 행복에너지를 성원해주시는 독자 여러분의 많은 관심과 참여 부탁드리겠습니다.

도서출판 **행복에너지** 임직원 일동